JULES BAILLY

De la Société philotechnique.

LES

HEURES DE SOLEIL

POÉSIES

DEUXIÈME, TROISIÈME ET QUATRIÈME ÉPOQUE

(1854-1879)

PARIS

AUGUSTE GHIO, ÉDITEUR

1, 3, 5 ET 7, GALERIE D'ORLÉANS, PALAIS-ROYAL

1880

LES
HEURES DE SOLEIL

DEUXIÈME, TROISIÈME ET QUATRIÈME ÉPOQUE

(1854-1879)

.Les Poésies de la *première époque*, publiées en
1853, seront réimprimées ultérieurement.

Quant aux trois époques contenues dans le présent Recueil, elles sont ainsi divisées : 1854-1862,
1863-1870, 1871-1879.

JULES BAILLY

De la Société philotechnique

LES

HEURES DE SOLEIL

POÉSIES

DEUXIÈME, TROISIÈME ET QUATRIÈME ÉPOQUE

(1854-1879)

PARIS

AUGUSTE GHIO, ÉDITEUR

1, 3, 5 ET 7, GALERIE D'ORLÉANS, PALAIS-ROYAL

1880

LES

HEURES DE SOLEIL

Dans la joie ou dans la douleur,
— Après le bruit des chants funèbres,
Après tous ces grands deuils du cœur
Qui nous plongent dans les ténèbres,
Comme au milieu du gai réveil
Des jours heureux de notre vie, —
Il est des heures de soleil
Illuminant l'âme ravie :
Et ces jours à jamais bénis
Qui mêlent à la cornemuse
Les chants d'oiseaux aux bords des nids
Sont les visites de la Muse,

Descendant du ciel radieux,
Nous apportant la poésie,
Et nous offrant, nectar des dieux,
La coupe d'or de l'ambroisie.
Nous la vidons alors d'un trait,
Et tout devient rempli de charmes,
La ville ardente, la forêt,
Tout ici-bas, jusqu'à nos larmes!

1878.

A LA MUSE.

Tu me pris par la main, lorsque j'avais huit ans,
Pour me rendre attentif aux chansons du printemps,
A tout ce qui tressaille, étincelle ou remue,
A cette heure adorable où la nature émue
Sent le souffle de Dieu venir des cieux profonds.

Au lieu de me parler encor sous des plafonds,
Tu causais avec moi sous l'azur sans limites
Où le Maître apparut à tous ces vieux ermites
Vivant dans la prière et dans l'austérité,
Loin de la foule impure et du monde agité.

Ta main me montrait tout : branches entrelacées,
Lumière au sein des fleurs finement nuancées,
Merle noir inquiet, retraite des chevreuils,
Frais buisson virginal où brillaient les bouvreuils,

Jasmins, bergeronnette élancée et pimpante,
Sautillant près de l'eau qui miroite et serpente.
Tu souriais de voir, sous les grands rameaux verts,
Gazouiller les oiseaux avec mes premiers vers.
Tu me montrais aussi l'ondine et les napées,
Apparaissant au loin, par le soleil frappées,
Et tu n'oubliais pas, couchée au bord d'un champ,
L'oréade éclatante aux clartés du couchant.

Nous avons vu depuis s'enfuir bien des années
Dans le gouffre du temps tour à tour entraînées;
Mais le cœur est le même, et nous aimons toujours
La beauté du ciel vaste au réveil des beaux jours.
Gardons ce grand amour pour la nature immense ;
Que pour nous tout finisse ainsi que tout commence,

Nous avons cru dès l'aube aux univers plus beaux
Qui s'ouvrent pour notre âme au delà des tombeaux;
Et nous ne jetons pas, comme des fleurs fanées,
La croyance émouvante aux fières destinées.
La vie est une barque, et la mort est l'écueil;
Mais l'esprit rompt sa chaîne à côté du cercueil.
Sans pactiser jamais avec le vice infâme,
Nous avons hardiment jugé l'homme et la femme.
Et jamais à nous deux n'a faibli notre voix
Alors qu'il s'agissait de trône ou de pavois.

Quand autour du veau d'or la foule arrive et danse,
Gardons sur nos sommets la libre indépendance.
Rien n'a changé : je l'aime, autrefois je l'aimais.
Montons sur les hauteurs, n'en descendons jamais

O Muse, aux temps anciens montrons un cœur fidèle,
Et dans l'antiquité fuyons à tire-d'aile.
Chantons Corinthe aussi, chantons les murs thébains,
Rome à son apogée, étalant dans ses bains
Ce luxe éblouissant dont la splendeur étonne,
Et qu'ont si bien décrit Tacite et Suétone.
Chantons le vent des soirs courant dans les roseaux
Que Tivoli voyait s'agiter sur ses eaux,
Les vieux soleils couchants dans les jardins Farnèse,
Les flots de l'Archipel baignant la Chersonèse,
Les chevaux piétinant de jeunes affranchis,
Les fleuves traversés et tous les monts franchis.
Chantons les monts Sabins, les grands oiseaux nocturnes
Voltigeant au-dessus des marais de Minturnes,
Et tous ces siècles d'or si lointains et si beaux,
Évoqués par nos voix, sortiront des tombeaux.

1868.

L'ÉTERNELLE AMANTE.

Après avoir aimé les beaux soirs dans les bois,
Le vol des papillons, les nids dans la verdure,
L'étang vert où se jette un chevreuil aux abois,
Après t'avoir longtemps adorée, ô Nature,
Et goûté dans tes bras ce calme intérieur
Qui sort du pré joyeux, du parfum de la fleur,
Du val, de la forêt vigoureuse et profonde,
Et que rien sous le ciel ne remplace en ce monde,
Il avait sans pitié vu tomber ses beaux jours,
Ses chansons, son bonheur, ses premières amours,
Dans l'abîme effrayant où Satan nous attire,
Où vous avez laissé s'échapper de vos mains,
Femme, ton auréole, et toi, Musset, ta lyre!

Le couchant rouge et bleu, la blancheur des matins,

La lune qui sommeille au bord des cieux, l'étoile
Au souffle de la nuit laissant tomber son voile,
Ne charmaient plus, hélas! ses yeux accoutumés
Aux grands plafonds d'azur, aux lustres enflammés,
Aux clartés de ce monde et de cette amtmosphère
Où ta fleur, Poésie, en peu de jours s'altère :
Il te faut l'eau qui brille et la fraîcheur des bois,
Il faut leurs vieux échos aux douceurs de ta voix,
Il te faut la nature et ses parfums sauvages;
Au-dessus du bois sombre, il te faut des orages!

La Muse avec amour l'avait toujours suivi.
A genoux à ses pieds : « Je t'aime! criait–elle ;
Ton cœur, qui m'abandonne et que l'on m'a ravi,
Me reviendra, poète, et je te suis fidèle. »
Mais il ne tombait pas sanglotant dans ses bras;
Il riait, il chantait, et ne l'écoutait pas.

On avait vu déjà les mains de dix années
Retirer de son front des couronnes fanées,
Couronnes du plaisir, couronnes de ces nuits
Ne laissant dans le cœur qu'amertume et qu'ennuis.

Certain jour, fatigué d'un dîner de la veille,
Il courut par hasard s'asseoir au fond d'un bois.
Le chant d'un rossignol vint frapper son oreille.

Tout lui parut alors plus touchant qu'autrefois.
Sa jeune Poésie, assise au pied d'un chêne,
Épiait tous ses pas et tous ses mouvements.
Le printemps embaumait les airs de son haleine ;
Les oiseaux gazouillaient des poèmes charmants ;
Chardonneret, pinson, bouvreuil, bergeronnette,
Se miraient dans l'eau claire et faisaient leur toilette.
En les effarouchant, ils embrassaient les fleurs.

De l'œil de son amant voyant couler des pleurs,
La Muse aux longs cheveux se leva rayonnante,
Lui criant : « Reconnais ton éternelle amante !
L'air est pur, le bois vert ; mettons-nous à chanter,
Et jurons, en pleurant, de ne plus nous quitter ! »

1863.

TABLEAUX

PORTRAITS ET PAYSAGES

PREMIER SOLEIL.

Échappé dés vapeurs du joyeux orient,
Le Matin saluait le soleil en courant
A travers la rosée et dans les herbes fraîches.

L'antique Amour, portant son carquois et ses flèches,
Toujours frais, toujours jeune et toujours souriant,
Frémissant et vermeil, sous un jet de lumière,
Cueillant le papillon ou la fleur printanière,
Voltigeait en chantant au-dessus des jardins,
Près du lac enflammé qu'effleuraient ses deux ailes,
Ou près du vert gazon parsemé d'étincelles.

Dans les chemins mouillés, les chevreuils et les daims
Respiraient ces parfums, les plus doux de la terre,
Du printemps qui s'éveille et du bois solitaire.

Les yeux encor chargés du sommeil de la nuit,
Ils dressaient tout à coup la tête au moindre bruit,
Et regardaient le ciel, dans leur inquiétude,
Du fond de leur bonheur et de leur solitude.

Le Matin, sous les traits d'un jeune adolescent,
Courait, courait joyeux dans le val ou la plaine,
Se reposait pour boire à l'eau de la fontaine,
Puis, chantant la jeunesse et le soleil levant,
Toujours vif et léger, recommençait sa course.
Les faisans, après lui, venaient boire à la source.
Il courait dans sa niche éveiller le lapin,
Amoureux, comme on sait, de rosée et de thym ;
Il courait éveiller les oiseaux ; la fauvette
Sur les bords de son nid dressait aussi la tête.

Tout, sous le ciel en feu, célébrait ce printemps
Qui fit sourire Adam sur les bords de l'Euphrate,
En couvrant ses palmiers d'une flamme écarlate,
Et, levé sur le monde avant nos six mille ans,
S'alluma tout à coup, sous l'œil ébloui d'Ève,
Comme un ardent brasier dans la clarté d'un rêve.

Témoin des premiers jours, flambeau de tous les temps,
O soleil qu'en pleurant salua notre mère,
Qui fis tomber Adam auprès d'elle à genoux,

Qui couvris de chaleur le front ridé d'Homère,
Ton éclatant foyer n'est-il pas la lumière
De notre paradis, de notre ciel à nous?
Et n'est-ce pas vers toi que doit monter la terre?
Ton lumineux rayon n'est-il pas le chemin
Où passe, en s'envolant, l'esprit du genre humain?

1863.

RENOUVEAU.

Elle est ravissante, elle est blonde;
Elle a vingt ans, le cœur joyeux.
Il l'aime et ne voit qu'elle au monde;
Leur âge est le même à tous deux.

Depuis le jour où dans son âme
Elle a senti son jeune amour,
Ses jolis yeux sont pleins de flamme
De l'éveil au déclin du jour.

La prenant par sa taille souple,
Il la conduit à travers champs.
Voltigez donc, ô joyeux couple,
Voici le soleil du printemps!

Par la clarté du ciel dorée,
Dressant ses arbres reverdis,
La forêt vaste est éclairée
Comme un lumineux paradis.

Les herbes ne sont pas roussies
Par un foyer incandescent;
On voit, au fond des éclaircies,
Le soleil d'or quand il descend.

Voici partout les fleurs écloses.
Voltigez comme les oiseaux,
Comme l'abeille autour des roses
Et l'hirondelle au bord des eaux.

Cueillez les fleurs épanouies,
Respirez-les, offrez-les-vous;
Puis, les paupières éblouies,
Passez sans voir auprès de nous!

Détachez le lilas des branches
Quand sourit le matin vermeil,
Ou ravissez les roses blanches
Aux frais buissons de Montfermeil.

Rien n'est plus beau que la jeunesse
Cueillant ainsi les boutons d'or.
Pour que ce blanc matin renaisse,
Qui n'offre un jour tout un trésor !

On est dans le ciel quand on s'aime,
Quand l'un de l'autre on devient fou ;
L'amour est le bonheur suprême,
Comme on l'a dit je ne sais où.

Le resplendissant soleil perce
La colossale immensité :
C'est le printemps qu'aimait Properce,
C'est le brillant ressuscité.

La terre entière est enchantée
Sous le céleste pavillon ;
On voit sur la fleur veloutée
Se trémousser le papillon.

Il fuit soudain ces fleurs nouvelles,
Poudré, rapide, éblouissant ;
Ouvrant ou refermant ses ailes,
Il s'y rattache en frémissant.

Dans la nature aimant à lire,
Abandonnant tous nos journaux,
Le poète, occupé d'élire
Ou l'hirondelle ou les moineaux,

Pendant qu'on parle ou qu'on divague
A risquer d'en perdre la voix,
Est attentif à ce bruit vague
Du vent qui passe au fond des bois.

Toute âme heureuse est plus ouverte ;
Tout luit, tout fait plaisir à voir ;
Des marronniers la tête verte
Contraste avec le long fût noir.

Le cèdre du Jardin des Plantes
Étend les bras avec bonté.
Chevreuils, chamois, chèvres bêlantes
Sont pleins de grâce et de gaîté.

Ce sont des cris dans l'herbe fraîche,
Des bruits et des gazouillements,
Près de l'étang, près de la crèche,
Et plus loin des rugissements.

Sous les regards que lui ramène
La saison d'or au vert portail,
Le paon lentement se promène,
Ouvrant son splendide éventail.

Parmi les fraîcheurs fugitives,
Quand le jour commence à déchoir,
Les grands aras aux couleurs vives
Sont agités sur leur perchoir.

Fuyez le théâtre et les courses,
Cherchez la clairière et le val,
Écoutez le doux bruit des sources
Et des chansons à Bougival.

C'est là que Gabrielle heureuse
Attendait le bon roi Henri,
Le soir, dans une allée ombreuse
De son jardin calme et fleuri.

Le fier vainqueur d'Aumale et d'Arques,
Atteint des traits du dieu malin,
Écoutait là glisser les barques,
Dans les étangs, près du moulin.

Embrassez-vous où la plus belle
Des fleurs de jeunesse et d'amour
S'asseyait sur une escabelle
Pour regarder tomber le jour.

Dans les ravissants clairs de lune
Et sous les astres éclatants,
Riez tous deux de la fortune;
Voici le soleil du printemps!

1869.

SOUS LES TROPIQUES.

Allons, Muse, admirer d'autres nuits étoilées,
Contempler des couleurs superbement mêlées,
La liane enlaçant un tronc large et noueux,
Et grimpant vers la nue en fatiguant les yeux.

Ce n'est pas dans nos bois si chétifs et si tristes
Qu'il faut saisir encor la lyre ou le pinceau.
Mieux vaut, pour enflammer le front des vrais artistes,
Cette flore exotique où pas un arbrisseau
N'apparaît sous le ciel embrasé des tropiques :
Les grands balancements des arbres dans les airs,
Que l'horizon soit plein de soleil ou d'éclairs,
Forment dans le lointain des tableaux magnifiques.
De près, la forêt jette un éblouissement :
De luxe environnée et de clarté couverte,

La feuille, en s'étalant plus luisante et plus verte,
Du bonheur qu'elle éprouve a le frémissement ;
Car la nature est là contente d'elle-même :
Sa force exubérante est un élan suprême ;
La terre avec ivresse ouvre un flanc généreux,
Puis la forêt s'élance en chantant vers les cieux.
Des oiseaux merveilleux par milliers la remplissent,
Et des milliers de fleurs y soupirant d'amour
Reçoivent dans leur sein les chauds rayons du jour,
Qui les font tressaillir, et qui les embellissent.

Oiseaux et fleurs, naissez dans ces bois par milliers !
Arbres, élancez-vous comme les vieux piliers
D'un temple colossal de gloire et de verdure !
Gardez vos fiers aspects, ô superbe nature !
Vastes palétuviers.étendus sur les eaux,
Ne leur retirez pas tous ces flottants rameaux !
O nuit bleue et sereine aux poétiques ombres,
Le soir, à votre tour, éclairez les bois sombres !
Que la lune éveillée au bord du firmament
Couvre de sa clarté la forêt s'endormant,
Et que son blanc rayon, chanté par tous les âges,
Tombe amoureusement au milieu des feuillages,
Quand un oiseau plaintif voltige le dernier
Dans la fougère épaisse ou dans le bananier !

1869.

LES GROTTES DE MAMMOUTH.

I.

Nous voici sous le ciel américain. La terre,
Brûlante et sèche, attend l'eau qui la désaltère.
On voit s'incliner l'arbre aux rameaux fléchissants,
En appelant l'ondée aux flots rafraîchissants,
Dans ces vastes forêts que jamais rien n'émonde,
Et l'été radieux luit sur le Nouveau-Monde.

Les fleuves, les torrents brillamment éclairés,
Les bondissants troupeaux de bisons effarés,
Les cerfs nombreux couchés au milieu des savanes,
Se levant pour marcher en lentes caravanes,
Des oiseaux chatoyants au merveilleux gosier,
Plus vifs et plus joyeux qu'en nos prisons d'osier,

Et faisant résonner les échos des clairières,
Les marbres luxueux des plus riches carrières,
L'éblouissant aspect de tous les végétaux,
Les flancs ouverts du globe, où brillent les métaux,
De bruyants échassiers fuyant du marécage,
De grands aigles ayant tout le ciel bleu pour cage
Et les pics rayonnants des Rocheux pour perchoir,
— Que le jour étincelle ou commence à déchoir
Aux premiers tremblements des premières étoiles, —
Tout cela, fiers sujets de poétiques toiles,
Tout à coup nous transporte et remplit nos regards !

II.

Non loin d'un large fleuve et de rochers hagards,
Entrons dans cette immense et lugubre caverne
Où le noir vautour fauve et colossal hiverne ;
Traversons sans pâlir ces amas d'ossements
Dispersés sur le sol des sombres monuments ;
Admirons, en passant, à la lueur des torches,
La stalactite en feu descendant de ces porches ;
Écoutons le bruit lent de la chute des eaux ;
Voyons ces lacs affreux où les tristes roseaux
Ont parfois vers le soir des voix surnaturelles ;

Évitons de toucher d'énormes sauterelles
Cheminant à côté des sinistres parois.

Ces grottes de Mammouth ont vu trembler des rois
Aspirant, au milieu des longues avenues,
A revoir le soleil et la blancheur des nues.
A la frayeur partant des cent gouffres profonds
Vient s'unir la terreur arrivant des plafonds.
Ces palais des démons, ornés de stalagmites,
Devant l'œil étonné paraissent sans limites.
Le voyageur chrétien se signe en s'y trouvant.
Quand parmi tout cela vient s'engouffrer le vent,
Quand retentit la voix de la foudre grondante,
Il faudrait la palette et la lyre du Dante
Pour peindre cet enfer épouvantable et noir,
Qui vaut bien les horreurs de son vaste entonnoir.
Tout vieux pilier debout au milieu des ténèbres
Prend un air de fantôme et des aspects funèbres.
Les lacs n'ont pas, le soir, de superbes rougeurs ;
Les flottants nénuphars, les cormorans plongeurs,
Quand au bord des étangs le voyageur arrive,
Ne sont pas là jouant ensemble sur la rive.
Lorsque ce visiteur, en de légers canots,
Est lentement conduit sur ces lacs infernaux,
La voûte à deux cents pieds, les falots qu'on allume,
Le mouvement des eaux à la noirâtre écume

Font tout à coup penser, illustre Florentin,
A ces hardis pinceaux que la Mort, un matin,
Est venue arracher de tes deux mains crispées,
Avec sa main ayant la froideur des épées,
Et tirant sans pitié de l'énorme trousseau
La clef qui referma la porte du tombeau
Où tu dors, à l'égal du dernier prolétaire,
Au-dessous du grand bruit des vivants sur la terre.

1868.

CEYLAN.

Le soir t'assombrissant, forêt luxuriante,
Rend ta verdure au loin moins vive et moins riante.
Le vieux temple indien aux vastes corridors
Est le point culminant où volent les condors.
Dans sa béatitude et sous le ciel immense,
Levant son large front vers la nuit qui commence,
Rêveur silencieux des côtes de Ceylan,
Chemine au bord des flots l'éléphant grave et lent.
C'est l'heure où Vyâsa prenait jadis sa lyre,
Où le brahmane va s'agenouiller et lire
Auprès des bas-reliefs où sont assis ses dieux.

Contemplons d'un jour chaud les solennels adieux,
La splendeur du couchant richement répandue,

Sa chevelure d'or à la forêt rendue,
Des oiseaux blancs passant sous le ciel obscurci,
De fiers pingouins en deuil se promenant aussi,
Le tigre jaune et noir, couché dans les fougères,
Épiant le galop des gazelles légères,
Sous les verts bananiers le sommeil du lama
Et la lune argentée au pays de Brahma.

La nuit silencieuse et splendide est venue.
Ses longs rayons dorés, descendant de la nue,
Forment dans la mer calme un merveilleux tableau,
Et vont illuminer les profondeurs de l'eau.
Là brillent dans la flore étrange et sous-marine
La rose de la mer tremblante et purpurine,
L'astrée au bleu reflet, superbe en s'étalant,
Le corail écarlate au branchage opulent.
Tout ce monde aquatique est le palais des Muses.
L'actinie y fleurit à côté des méduses,
Et, colibris marins, de lumineux poissons
Voltigent par milliers au milieu des frissons
Que partout la nature éprouve en souveraine,
Depuis la Laponie, où s'accroupit le renne,
Jusqu'à la zone en feu du Midi souriant,
Et du Couchant vermeil jusqu'au ciel d'Orient.

L'univers resplendit sur Ceylan endormie,

La lune la regarde et devient son amie,
Sa pagode est debout au milieu des palmiers,
Et sa mer de cristal étincelle à ses pieds.

1868.

LES BABYLONES.

Quel est votre destin, modernes Babylones?
Qui viendra vous frapper et que deviendrons-nous ?
Quelle épée ou quel feu détruira vos colonnes?
Qui vous fera trembler et plier les genoux ?

De l'avenir voilé c'est là le grand mystère.
Mais Babylone immense a vu tomber ses tours;
Mais Carthage et Palmyre, où s'inclinait la terre,
Sont des champs désolés où planent les vautours.

A côté des débris des vieux palais d'Asie,
Quand le vent de la nuit fait pleurer les roseaux,
On aperçoit debout, rempli de poésie,
L'éléphant monstrueux qui rêve au bord des eaux.

L'archange de la mort, à la vaste envergure,
Vous contemple avec joie, en traversant les airs,
Ossements des Césars à la pâle figure,
Sidon ensevelie au milieu des déserts !

Ah ! quelque jour aussi, clairons de nos armées,
Vous vous tairez soudain comme ceux du passé !
Un grand souffle éteindra les lampes allumées
Dans les brillants séjours d'un orgueil insensé !

Où des chants résonnaient s'étendra le silence.
La chouette aux yeux ronds gémira tristement,
Non sur les arbres verts qu'un frais zéphyr balance,
Mais sur des murs détruits, loin de tout mouvement.

D'autres villes alors sortiront de la plaine :
On verra s'élever la coupole et la tour ;
De chars tumultueux la cité sera pleine,
Et des peuples nouveaux régneront à leur tour.

1868.

PORTRAIT CONTEMPORAIN.

Devant un jockey bleu le gandin s'extasie.
Le bruit des trahisons et de l'apostasie,
Les délateurs maudits, l'hypocrite qui ment,
Les traîtres, rien ne met son âme en mouvement.
Les esprits bas prenant tous les grands cœurs pour cible,
Sans l'enflammer jamais, le laissent impassible.
Il traite insolemment, bafouant Apollo,
Le divin Raphaël et le doux Murillo,
Ou l'artiste amoureux qui se penche avec zèle
Sur la coupe ou le vase élégant qu'il cisèle.

Piquer autour du lac de brillants étalons
De l'éperon doré qui tient à ses talons,
Citer les écuyers fameux de l'Hippodrome,
Vanter à tout propos ses terres de la Drôme,

Mais sans jeter les yeux sur la chaîne des monts
Où Laurence a chanté les chants que nous aimons,
Souper, quand minuit sonne, à la Maison-Dorée,
Montrer à ses amis sa poseuse adorée,
Lui lacer la bottine ou lui fermer les gants,
Énumérer, le soir, tous les coupés fringants,
Caresser sa jument, en célébrer les formes,
Tels sont en peu de mots ses plaisirs uniformes.

L'or sonnant envoyé par ses bois et ses champs,
Dont il ne connaît pas les beaux soleils couchants,
Le prix de ses moissons et du lait de ses vaches
Permettent d'acheter des chiens et des cravaches,
De couvrir de bijoux bien des fronts impudents,
En fredonnant *Marco la Belle* entre les dents.
Il a soin de songer, au milieu des ribotes,
A ne pas altérer la fraîcheur de ses bottes.
Décernant ses lauriers, il place avec orgueil
Un brillant arlequin au-dessus de Fargueil,
Et de tous points préfère un coureur que l'on selle
Aux sons de la mandore et du violoncelle.
Rien ne peut l'émouvoir : ni le ciel étoilé,
Ni le bois, le matin, par un brouillard voilé,
Ni les fleurs balançant l'eau claire en leurs calices,
Ni les plus frais vallons pleins d'ombre et de délices ;
Mais on le voit toujours arrêter ses poneys

Pour regarder Bédouins, Persans ou Japonais.

Tous les grands peuples morts, jadis à l'apogée,
Et couchés maintenant dans leur vaste hypogée,
Au milieu du silence effrayant des tombeaux,
Tant de grandeur muette et tombée en lambeaux,
Tant de puissance humaine aux quatre vents jetée,
Babel montant vers Dieu, par sa main arrêtée,
La forêt vierge immense où l'oiseau lumineux
Voit le serpent tenir la panthère en ses nœuds,
Cet enfer dont le Dante entendit les rafales,
L'éternité splendide aux portes triomphales
N'ont jamais attiré tous ses regards épris
De perroquets bavards et de chevaux de prix.
Sans tressaillir jamais au souffle du génie,
Il rit du Misanthrope et rit d'Iphigénie.
N'allez pas lui parler des grands élans du cœur;
Vous auriez pour réponse un sourire moqueur.
Parlez-lui de lions qu'un dompteur apprivoise
Et des couplets risqués d'une chanson grivoise,
Au lieu des droits sacrés défendus par Crémieux,
Vous verrez aussitôt qu'il vous comprendra mieux

Quand, buvant des adieux les dernières rasades,
Nos aïeux valeureux partaient pour les croisades,
Quand ils allaient monter sur leur noir destrier,

2

D'un pied touchant le sol, l'autre dans l'étrier,
La terre résonnait sous le bruit des armures.
Les cours d'eau miroitant aux langoureux murmures
Plaisaient moins en ces jours de chevaliers errants
Que la voix du tonnerre et le bruit des torrents.

Nous avons aujourd'hui des cavaliers infâmes
Parlant de leurs chevaux, de leurs chiens, de leurs femmes!
Dans l'univers moral, gangrenés et lépreux,
Ils sont vils et petits près de ces anciens preux,
Qu'on voyait se jeter jadis dans les mêlées,
Pensant à vous de loin, vieilles tours crénelées,
Cour où l'on chantera les héros triomphants,
Pont-levis, châtelaine et berceaux des enfants,
Tendrement balancés près des hautes croisées,
Dont flamboyaient au loin les vitres embrasées
Dès l'heure où piétinaient les chevaux du soleil,
Se dressant dans la nue, à l'orient vermeil.

1868

LE FEU.

Le joyeux papillon, poudré, plein de fraîcheur,
Déclarait avec feu son amour à la fleur.
Refusant ses baisers, le muguet et la rose
Lui disaient : « Taisez-vous, ou parlons d'autre chose.
Inconstant voyageur, vous aimerez demain
La royale anémone et plus tard le jasmin. »
Les oiseaux s'échappaient des tilleuls et des chênes,
Et volaient en chantant sur le bord des fontaines.
Les esprits du matin, qui traversaient les airs,
Tout couverts de rosée, au-dessus des bois verts,
Avaient, en éteignant la lune et les étoiles,
Chassé la nuit muette et replié ses voiles.

Le poëte, effrayé, tremblant à son réveil,
Cria : « Ce n'est qu'un rêve ! » — A l'horizon vermeil
Surgissait, tout couvert des clartés de sa gloire,
Le globe étincelant de l'immensité noire,

Superbe et solennel dans cette immensité,
Tel que Dieu sur le seuil de son éternité.

II.

Il avait vu d'abord une effrayante éclipse.
Un grand aigle effaré, tenant l'Apocalypse,
Traversait le ciel morne et fendait l'air pesant.
Il apporta le livre aux pieds du Dieu vivant.
Un affreux demi-jour couvrait toute la terre.
Un rocher seulement, revêtu de lumière,
Se dressait rayonnant dans cette obscurité.
Or, c'était sur ce point que l'aigle avait porté
Ce livre où retentit, comme un coup de tonnerre,
Le tocsin réveillant les morts dans leur suaire,
Sonnant le jour de Dieu dans les hauteurs du ciel.
Sur le divin rocher, Marie et Gabriel
Contemplaient le Seigneur. Le saint et le prophète,
Magnifiques, portant des lauriers sur la tête,
Debout, l'environnaient, et, dernier dénoûment,
Commença tout à coup l'immense embrasement.

III.

Les vaisseaux enflammés se croisaient sur les ondes.
Dans leur immensité s'arrêtaient tous les mondes
Pour voir brûler la terre et voir le genre humain

Disparaître au grand bruit du clairon souverain.
Ce clairon solennel arrêta deux armées.
Les lances devenaient des torches enflammées,
Et les canons d'airain, devant leur empereur,
Fondaient, comme la cire, aux regards du Seigneur.
Un conquérant prenait et brisait son épée.
Deux amants pâlissaient dans une île escarpée.
La colombe y mourait dans les palmiers en feu,
Jetant à ses amours un éternel adieu.
Les forêts, dont la flamme embrasait le feuillage,
Agitaient des lions la majesté sauvage.
Ils poussaient dans les airs d'affreux rugissements
A l'aspect du grand cèdre et des pins flamboyants

Le Dante et Béatrix, le Tasse, Éléonore,
Héloïse, Abailard, sortis de leurs tombeaux,
Se retrouvaient soudain et s'adoraient encore,
S'embrassant dans les bois d'où fuyaient les oiseaux.

Arrivé des enfers par le puits de l'abîme,
Au pied de la montagne éclairée et sublime,
Debout, Satan pleurait en voyant dans les airs
L'immensité sacrée et les cieux entr'ouverts.

1863.

SALON D'ARTISTE.

Riche et bariolée, une lampe moresque,
Au vitrage d'azur, au cuivre étincelant,
Descend du haut plafond, où reluit l'arabesque,
Et dont le centre est pris par la peinture à fresque
D'un céleste quadrige et d'aigles s'envolant.

Un tableau de Rosa Bonheur — troupeau bêlant,
Longeant une forêt où nul oiseau ne bouge,
Où l'arbre ému frissonne au vent frais de la nuit —
Apparaît tout d'abord aux regards, qu'il séduit;
Il est plein des clartés d'un soleil couchant rouge
Et du souffle amoureux d'un beau jour qui s'enfuit.

Dans la cage ouvragée où leurs printemps s'écoulent,
S'aimant, se becquetant entre l'aube et le soir,

Avec leur blanc plumage, avec leur collier noir,
Sur des rameaux joyeux deux colombes roucoulent.
La table, mosaïque aux cent marbres divers,
Au milieu du salon étale avec richesse
Mille oiseaux bleus perchés dans des feuillages verts.
Comme au fond d'un boudoir parfumé de duchesse,
Ou sous les hauts plafonds, par les siècles noircis,
D'un castel féodal sur la montagne assis,
La levrette dormant sur la marqueterie
S'y réveille et se lève avec coquetterie.

La fenêtre est unique et n'a point de rideaux;
Mais on voit resplendir sur ses larges vitraux
Les plus brillants sujets, les couleurs les plus vives :
Henri Trois s'y pavane avec ses perroquets,
Ses princesses, ses fous, ses pages, ses roquets;
Puis voici la forêt et les nymphes craintives
Fuyant l'œil indiscret des amoureux sylvains,
Sournoisement cachés dans le creux des ravins.
Quand les rayons du jour couvrent la cheminée,
Quand la fenêtre en feu rayonne illuminée,
Son vitrail est vraiment un merveilleux tableau,
Où la rose fleurit, où l'on voit couler l'eau,
Où boivent le bouvreuil et la mésange bleue,
Où le paon fait la roue et promène sa queue.

Sur ce mur, à côté d'un portrait du Titien,
Le Corrège, vivant, rencontrerait le sien ;
Ossian rêve auprès d'un torrent qui miroite,
Et Raphaël, posant sa joue en sa main droite,
Regarde fixement avec ses beaux yeux noirs.

Débris des panthéons, écussons des manoirs,
Statuettes des dieux, émaux, marbres antiques,
Vieux missel dans la paix du cloître enluminé,
Dessin de Murillo vaguement crayonné,
Jardinière élégante aux plantes exotiques,
Rien ne te manque à toi, gai paradis des arts,
Où l'on a réuni paysages, marines,
Dauphins joyeux jetant de l'eau par les narines,
Plats de faïence ancienne où rampent des lézards,
Vase étrusque à côté d'un tronçon de colonne,
Somptueux bas-reliefs des murs de Babylone,
Panneaux du moyen âge et bustes des Césars,
Recevant un rayon vif ou mélancolique
A travers les couleurs du vitrail artistique.

1869.

PANORAMA.

Dans un ciel embrasé, sous un nuage étrange,
Le soleil disparaît au bord de l'horizon ;
La forêt s'abandonne à son aspect, qui change,
Et la chèvre a cessé de brouter le gazon.

Le vent frais du couchant court dans le crépuscule,
Portant l'odeur des bois et des meules de foin ;
Le blé d'or, qu'a mûri la chaude canicule,
Abattu par la faux, n'apparaît plus au loin.

On entend, sans la voir, résonner la cigale.
Le bœuf au cou penché, qui beugle par moment,
De l'eau d'un abreuvoir lentement se régale,
Et l'arbre, autour de l'eau, s'incline en s'endormant.

On voit dans le hameau rentrer avec des gerbes
La paysanne aux bras par le soleil brunis;
Les chars, sur les côtés laissant pendre des herbes,
Traversent les vallons qu'avril a rajeunis.

Le calme est descendu sur la nature entière.
Tout se tait maintenant, et tout cherche un abri;
Les troupeaux à l'étable ont trouvé leur litière;
Par degrés, lentement, le ciel bleu s'assombrit.

Pendant qu'un jour naissant, au matinal sourire,
Dorant le fleuve, ailleurs en fait briller le fond,
Notre hémisphère ému, que le poète admire,
A pour dôme étoilé le ciel noir et profond.

Le cœur brûlant de l'homme est pareil à la terre;
Mais pour lui la nuit sombre ou la clarté du jour,
C'est la pensée intime, en deuil et solitaire,
Ou la double pensée au soleil de l'amour.

1869.

LE CIEL ÉTOILÉ.

Non loin de vos forêts en des vapeurs noyées.
Si poétiquement vers le déclin des jours,
Près des dragons d'airain aux ailes déployées,
Accroupis sur le seuil de vos brillants séjours,
O vous tous qui chantez dans des palais de marbre
Dont les salons riants sont tout reluisants d'or,
Où la serre embaumée et le bleu corridor
Sont remplis de fraîcheur dans la saison où l'arbre
Sent brûler son feuillage aux rayons du soleil !
O vous tous qui n'avez pour but et pour pensée
Que la joie éclatante et le plaisir vermeil,
Vous qui niez votre âme affaiblie et blessée,
Vous qui niez Dieu même, irrité de vous voir,
Quand le tilleul ému s'agite au vent du soir,
Chanter les voluptés au bruit joyeux des verres,
Arrivez, venez tous sur les monts solitaires !

Au lieu de répéter : « Jouissons et rions ! »
Voyez les Sirius, les brillants Orions,
Cassiopée en feu, des soleils fantastiques,
Les uns bleus, d'autres verts ou d'un rouge éclatant,
Tous remplis de richesse et de vie, en flottant
— Beauté toujours la même — ainsi qu'aux jours antiq
Où la terre était jeune, où les volcans fumaient,
Où bondissaient les flots des mers qui se formaient,
Où rêvaient, étonnés, les chevreuils et les biches
Debout sous les palmiers, près du cristal des eaux,
Où des milliers d'oiseaux aux couleurs les plus riches
Se posaient en chantant sur les premiers rameaux !

Amenez avec vous ces femmes souriantes
Dont tous vos diamants font rayonner les fronts,
Pour venir contempler, loin des villes bruyantes,
Le ciel illuminé, de la hauteur des monts.
Ah ! vous sentirez là vos âmes interdites,
Et, remplis de frayeur pour tout ce que vous dites,
Vous crierez qu'au-dessus des milliers de tombeaux
Dieu donne au cœur humain des milliers de berceaux !

1868.

OU VA LE MONDE?

Où va le monde? où va la terre?
Plus rien ne luit pour l'œil humain.
Tout se flétrit, et tout s'altère.
Comme aux éclairs du ciel romain,
Dans ce grand deuil du monde, il semble
Que tout s'agite et que tout tremble
Au bruit lointain des grandes eaux.
La nuit sinistre recommence.
On n'aperçoit plus l'Espérance,
Qui souriait près des tombeaux.

La Charité fuit de nos âmes.
La Foi remonte aussi vers Dieu.
Les cœurs salis n'ont plus de flammes.
L'Amour nous jette un cri d'adieu.

3

Vénus encore est souveraine.
Satan nous suit et nous entraîne,
Brisant les fleurs de nos vertus.
Un vent précurseur des tempêtes
Parfois retentit sur nos têtes,
Et tous les fronts sont abattus.

L'humanité tombe ou s'élève
Dans son vol à travers les temps :
Soudain un chant du ciel l'enlève,
Et tous les cœurs sont palpitants.
C'est le moment où l'esprit nage
Dans un air pur qui le soulage,
Où l'univers prie à genoux;
C'est le réveil vif et sonore,
Où le ciel s'ouvre et laisse encore
Ses rayons d'or tomber sur nous.

On sait alors quel est le terme
De ce pèlerinage humain,
Et l'on s'avance d'un pied ferme
Dans les clartés de son chemin.
Un ange, au loin, dans la lumière
Qu'autour de lui fait la prière,
Ferme avec bruit tous les tombeaux,
Pendant qu'une autre main vermeille

Du gai matin tient la corbeille
Et vient ouvrir tous les berceaux.

Mais il est, hélas! d'autres heures
Où le torrent nous engloutit,
Où rien ne luit dans nos demeures,
Où le clairon qui retentit
Vient annoncer les grands désastres;
Plus de clarté ne vient des astres
Dans ce lugubre abattement.
C'est le moment où les Sodomes
Ont vu le feu brûler leurs dômes
Et les jeter dans le néant.

Ce sont ces jours de fièvre où l'homme
Ricane et boit l'iniquité,
A ton déclin, soleil de Rome,
A ta lumière, ô Volupté;
Où tous les vers du jeune Horace,
Où le plus beau cheval de race,
Où tout sourire et tout trésor,
Où les plus doux parfums d'Asie
Sont pour la joyeuse Octavie,
Vidant sa coupe au bruit de l'or.

L'iniquité chante et blasphème,

Criant : « Rions des cieux déserts ! »
Et d'Éloa le chantre même
N'entend plus Dieu dans l'univers.
La grande harpe du psalmiste,
La lyre abandonnée et triste
N'ont plus d'échos retentissants.
Le songeur dit : « La cloche immense
Pend au zénith et se balance,
Prête à sonner la fin des temps ! »

O Dieu du ciel, ô notre Père,
Devant le sinistre horizon,
Quelque chose nous dit : « Espère »,
Malgré l'orgueil de la raison,
Malgré l'ébranlement des âmes
Offrant à tous les dieux infâmes
L'encens dont ton cœur est jaloux.
Oh ! oui, plus d'une espère encore,
Car tu tiens les clefs de l'Aurore,
Et la Nuit tremble à tes genoux.

1865.

VISION.

Un effrayant plateau, crayeux, stérile et morne,
Que fuit le léopard, qu'un rouge horizon borne,
Dans cette vision à mes pieds s'étendait.
Tout semblait y gémir, nul oiseau n'y chantait.
Quelques arbres chétifs, dans cette plaine aride,
Se penchaient tristement sous un soleil torride,
Et voyaient dépérir leurs rameaux éplorés,
Par les rayons du ciel en un jour dévorés.
On entendait au loin le sanglot de l'hyène,
Demeurant accroupie aux abords de la plaine,
Et le rugissement solennel des lions.

Nos frémissants coursiers, quand nous les délions
Pour les voir s'élancer au milieu des prairies,
Où leur pied va briser toutes nos fleurs chéries,

S'arrêtent tout à coup sur les bords du ravin,
Qu'ils n'apercevaient pas dans leur galop lointain.
Ainsi le léopard, le tigre, la panthère,
Effrayés, s'arrêtaient dès qu'ils touchaient la terre,
Dont la chaleur torride et dont l'aridité
Arrachaient un cri sourd à leur férocité.

Les vendeurs de drapeaux, ayant vendu leurs âmes,
Éperdus, couraient là sous d'éternelles flammes ;
Tous les bourreaux du peuple et tous les oppresseurs,
Tous les noirs Attilas, tous les envahisseurs
De pâles nations dans le cercueil jetées,
Mais, au bruit du canon, un jour ressuscitées ;
Tous les tremblants Judas, les traîtres, les tyrans,
Poussaient d'affreux soupirs et des cris déchirants.

Satan, qui contemplait cette infamie antique,
Passait au milieu d'eux sur un char fantastique.
Des Césars, inclinés vers un bassin boueux,
Y lavaient à genoux, l'un ses manteaux fangeux,
L'autre ses étendards, ses poignards, dont les lames
Ont lui comme un éclair au fond de tous ces drames
Qui t'ont fait si souvent, ô grand Juge irrité,
Détourner tes regards de notre humanité !

1863.

DEUX BERCEAUX.

I.

Les plus brillants récits des grands combats épiques,
Des peintres flamboyants les immortels travaux,
Les arbres merveilleux d'un bois sous les tropiques
Charlemagne à ses preux parlant de Roncevaux ;

Le magique Alhambra rempli de lampadaires,
Le feu du coloris d'un palais byzantin,
Sous le ciel le plus beau les plus frais belvédères,
Le plus joli nuage à l'horizon lointain ;

Le chamois au pied leste ou les chevreuils timides,
La grive et le bouvreuil, merles ou sansonnets,
Voltigeant le matin dans les branches humides ;
La plus fine aquarelle et les plus beaux sonnets ;

Dans les jardins joyeux, la fleur la mieux choisie,
Le nid du roitelet, caché dans l'arbrisseau,
Pour mon cœur et mes yeux ont moins de poésie
Qu'Angèle et Julia dormant dans leur berceau.

II.

Plus tard, je leur dirai : « Courez, mes petits anges ;
Avec vos trébuchets attrapez des mésanges,
Des pinsons, des bouvreuils et des chardonnerets.
Pour votre gaîté folle, enfants, je donnerais
Les palais d'Orient, les trésors de Golconde. »

III.

Chasser les papillons dans la plaine féconde,
Marcher dans la rosée au milieu des jardins,
Mettre en fuite, en criant, des chevreuils ou des daims,
Ne rien savoir surtout du monde et de la vie,
C'est la clarté du cœur que plus tard on envie,
Quand le bouquet de fleurs est tombé de nos mains,
Quand les réalités et les tourments humains
Font marcher avec nous leur lugubre cortège.

O belle enfance d'or qu'un chérubin protège,
Enfance immaculée, aux yeux pleins de douceur,
Enfance aux longs cheveux dont la rose est la sœur,
Ton nom est le plus doux parmi tous ceux qu'un homme
Avec le plus d'amour ici-bas chante ou nomme !

IV.

C'est ainsi que, tournant les yeux dernière nous,
Le front dans notre main et tombant à genoux,
Nous regrettons le feu des soleils éphémères
Levés sur nos berceaux balancés par nos mères,
Ce fin duvet de l'âme aux jours de sa blancheur,
Ce matin rempli d'air, de joie et de fraîcheur.

1868.

LA VILLE DU RÊVE.

Toujours joyeux, jamais jonchés de feuilles mortes,
Des bois verts l'entouraient de leurs rameaux flottants.
Des éléphants de bronze en défendaient les portes,
Et de gais carillons sonnaient les pas du temps.
Sur quatre monts voisins, quatre feux fantastiques,
Au couchant, à l'aurore, au froid septentrion,
Au sud étincelant, où se lève Orion,
Brûlaient durant la nuit sur des trépieds antiques.

On n'y redoutait pas la chaleur des étés,
Un printemps éternel y régnait. Nulle ondée,
En s'abattant sur elle à flots précipités,
N'en faisait tout à coup une ville inondée.
La lumière y tombait admirable en ses jeux.
Là jamais la noirceur d'un nuage orageux

Ne montait au-dessus des coupoles dorées.
Des femmes de vingt ans, artistement parées,
Marchaient légèrement sur un royal pavé
Dans ses moindres détails finement achevé.
Ce pavé, mosaïque aux dessins poétiques,
Partout continué, passait sous des portiques
Dont le marbre neigeux, brillant, diamanté,
D'un rayon adouci recevait la clarté.
L'essaim tumultueux des mauvaises pensées,
Ces milliers d'oiseaux noirs parcourant l'univers,
Abandonnant son vol et les hauteurs glacées,
N'y descendait jamais en traversant les airs.
Les séduisants palais, les frais jardins, les rues
Étaient bien des splendeurs en un rêve apparues
Dans les bois d'alentour le cor joyeux sonnait;
Une musique heureuse en tout temps résonnait
Dans les temples épars, aux blanches colonnades.
Ce n'étaient que chansons, bruit des eaux, sérénades.
Voltigeant dans les parcs, de chatoyants oiseaux
Touchaient l'eau lumineuse ou le bout des roseaux.
Le vert aux reflets d'or, le bleu soyeux et riche
Vêtaient ces fins oiseaux, que regardait la biche,
Accroupie et rêveuse au milieu des gazons, .
Dans le cercle azuré des lointains horizons.

*
* *

De beaux vieillards couverts des plus simples étoffes,
Des penseurs transcendants et d'heureux philosophes,
Couronnés de lauriers et de leurs cheveux blancs,
S'éloignaient de la foule et marchaient à pas lents.
Tous les arts florissaient dans la ville enchantée,
Par la Muse attentive en tout temps visitée.
On n'y connaissait pas les tristes lendemains
Qui suivent ici-bas tous nos bonheurs humains,
Ces ombres de la vie effaçant la lumière
De nos amours tombés dans leur fraîcheur première.
Les hauts palais remplis de bruits et de chansons
Brillaient dans leur jeunesse avec mille écussons,
Et des oiseaux de proie, aux coins des tours nouvelles,
Taillés dans le granit, ouvraient leurs grandes ailes.
Des chefs-d'œuvre naissaient sur la moindre paroi
L'artiste, se voyant acclamé comme un roi,
Agité par le feu qui coulait dans ses veines,
Passait avec fierté sous les rameaux des chênes.
Les poètes nombreux, aux ravissantes voix,
Possédaient des sequins, des trônes, des pavois,
Des villas où venaient voler les tourterelles,

Des castels rajeunis flanqués de six tourelles,
De grands bois, des piqueurs, de brillants destriers
Offrant aux gais chasseurs l'or de leurs étriers.
Ces poètes chantaient la gloire et la fortune
En habits de brocart, le soir, au clair de lune,
Où, voyant se lever les astres éclatants,
Ils récitaient leurs vers aux femmes de vingt ans.

*
* *

Au-dessous de ce dôme azuré qui la couvre,
La cité de mon rêve avait aussi son Louvre.
Les maîtres seulement s'y trouvaient réunis :
C'étaient Jakob Ruisdael aux buissons pleins de nids,
Hobbema, Van Ostade aux vivants paysages,
Rembrandt Van Ryn aux noirs et lumineux visages,
Delacroix plein de feu, Greuze aux contours charmants,
L'Albane, adorateur ému des lacs dormants,
Raphaël, Murillo, ces doux peintres des anges,
Les groupant dans l'azur, au-dessus de nos fanges,
Au milieu des rayons du ciel des bienheureux,
Et Peter-Paul Rubens au pinceau vigoureux.
On atteignait le temple où régnaient tous ces maîtres,
Aux quatre vents des cieux, par de grands escaliers.

Éblouissant et riche aux vitraux des fenêtres,
L'art grandissait encor sur les trois cents piliers :
On sentait que la main d'un de ces Michel-Ange
Dont la gloire immortelle en tout temps rajeunit
Avait donné — mêlant l'admirable à l'étrange —
Le relief et la vie à ces fûts de granit.
Le mors entre les dents et la housse flottante,
Se cabrant, regardant fixement devant eux
La foule émerveillée et la ville éclatante,
Portant des cavaliers sans aspect belliqueux,
Dans leur crinière au vent laissant passer les brises,
C'étaient trois cents chevaux superbement sellés,
Dont la tête impassible allait toucher les frises,
Et du monde idéal puissamment rappelés [1].

La nuit d'or qui suivait un divin crépuscule
Éclairait sur un pont un colossal Hercule
Dont un pied reposait sur un monstre marin.
Des dragons de porphyre et des taureaux d'airain,

1. Telle était à peu près la frappante colonnade du Man-
papum de Seringham, cette riche et originale merveille de
l'architecture indienne.

Cent fontaines ornaient la cité fantastique.
Chaque âge évanoui depuis le monde antique
Revivait dans le marbre, où la main des sculpteurs
De l'idéal sublime atteignait les hauteurs.
Un centaure fuyait à côté d'un trophée.
Se tournant vers Cybèle au front couvert d'épis,
Un groupe de lions fièrement accroupis
Rêvait en écoutant la musique d'Orphée.
Sur un grand piédestal qu'un bas-relief ornait,
Pégase, le coursier fabuleux, piétinait.
Annibal, promettant la gloire et le partage,
D'un geste, à l'horizon, montrait Rome à Carthage,
Et César, à cheval, superbe, audacieux,
Regagnait Rome altière et regardait les cieux.
Apollon surmontait ta plus haute colonne,
O ville embellissant, imitant Babylone !
Des bosquets dans les airs, des jardins suspendus,
Dont les parfums volaient, largement répandus,
Dont les milliers de fleurs n'étaient pas éphémères,
Et dont les eaux, sortant des bouches des chimères
En lumineux cristal au jet impétueux,
Retombaient au milieu de bassins somptueux.

*
* *

Ah! c'était un tableau qu'ici-bas rien n'égale
Quand tout cela brillait dans des feux de Bengale,
Les uns bleus, d'autres verts ou d'un rose éclatant ·
Tous éclairaient le ciel superbe en y montant,
Les parcs, où les chevreuils ne craignaient pas les ronces,
Les marronniers touffus, les cèdres, les quinconces,
Les abreuvoirs de marbre, où de beaux chevaux blancs
S'inclinaient et buvaient près des roseaux tremblants.
Ils portaient fièrement de jeunes amazones
Ayant la beauté pâle et douce des automnes,
Et laissant sur leur cou flotter leurs cheveux blonds
Dénoués par la brise au milieu des vallons.

Hardiment soutenus par des cariatides,
Des vases florentins pleins de rosiers splendides
Traçaient autour des eaux un cercle séduisant
Que les oiseaux du soir suivaient en s'y posant,
Et surtout poétique au moment où les branches,
Les chamois, les chevreuils et les cavales blanches,
Les goélands, courant comme au bord de la mer,
Recevaient un feu rose ou le bleu d'outremer.

1870.

LE CAVALIER CÉLESTE.

Sous la nuée en feu, sous l'horizon immense,
Le soleil descendu commence à se plonger.
Ce magique horizon est plein de transparence ;
On croit voir au delà les anges voltiger.

Entre deux talus verts la route est resserrée.
Il me faudrait ici les pinceaux d'Hobbema :
Ardent consolateur de notre âme ulcérée,
Adonaï des Juifs, que le vieux Job aima,

Un de tes serviteurs, un lumineux archange,
Galope en ce chemin aux grands arbres penchants.
Le vieux pâtre accroupi dans la vallée étrange
Entend le blanc cheval courir à travers champs.

Le cavalier superbe est la Mort rayonnante,
Et non la Mort affreuse au grand capuchon noir,
Dont les coups font gémir la cloche résonnante,
Ici pour la chaumière et là pour le manoir.

L'archange éblouissant, aux vêtements splendides,
Ouvre le ciel des saints au vieillard alité ;
Il montre aux yeux mourants de nos vierges candides
Le rutilant soleil de l'immortalité.

Son regard enflammé, lançant de la lumière,
Met en fuite aussitôt les démons interdits ;
Sa main dans l'agonie apparaît la première
Et tient le bouquet bleu des fleurs du paradis.

1870

CONSEIL.

Tu n'es pas fait pour notre temps
— Siècle de courses au printemps
  Comme en automne,
Siècle de luxe et de rivaux,
Où d'Aspasie aux dix chevaux
  Ton œil s'étonne, —

O poète peu diligent
Quand il s'agit d'or ou d'argent,
  Prompt quand la Muse
T'appelle au milieu des bois verts,
Où, sans troubler le dieu des vers,
  Ton chien s'amuse.

O fier rêveur, tu ne vois pas,
Pâle, indigné, croisant les bras,
Que l'on te hue,
Qu'on te regarde et qu'on sourit
Dans cette foule où tout périt,
Dans la cohue.

Laissez les Lucullus joyeux,
Les lionnes peignant leurs yeux,
Passer et rire,
Et demeurez dans les grands bois,
Où tout s'agite à votre voix,
Où l'on respire !

1870.

A PROPOS DU CRIME DE PANTIN.

Un pâle voyou cause avec un ca-
marade : — Il y a une première
à la Morgue, aujourd'hui, et un
succès !... On refuse du monde.

Oui, ce vieux monde encore est plein d'aspects funèbres ;
Oui, le grand jour divin descendu de la croix
En nos temps obscurcis lutte avec les ténèbres ;
Oui, partout la nuit monte, et la clarté décroît.

Allons-nous retomber dans ce déclin de Rome
Où le sang qui coulait captivait tous les yeux,
Où la main d'une femme énervée ou d'un homme
Présentait le cécube aux bustes des aïeux ?

Nous n'avons plus le cirque, où rugissaient de joie,
Quand s'étaient relevés les grillages de fer,
Le tigre et la panthère, en tombant sur leur proie ;
Mais le crime effrayant en spectacle est offert.

Lorsque la fin du jour aux récits se consacre,
Quand autour du foyer chacun revient s'asseoir,
Le cadavre emporté, pris au champ du massacre,
Apparaît crayonné dans les journaux du soir.

Ce champ de mort, théâtre envahi par la foule,
Comme autrefois le temple, est rempli de marchands ;
Aspasie aux yeux bleus le contemple et le foule,
Pour reprendre à Paris son sourire et ses chants.

O famille émouvante affreusement tuée,
Je me sens effrayé quand je vois parmi nous,
Le long des boulevards, ta mort prostituée,
Tout un peuple à la morgue et personne à genoux !

La terre hospitalière ici-bas nous recouvre.
Un sceau sur le cercueil par la mort est posé.
Nous devons respecter, quand l'éternité s'ouvre,
Le sanctuaire humain où l'âme a reposé.

Ah ! ces dessinateurs, ces vendeurs de nouvelles
Savent les goûts du siècle et connaissent leur temps !
L'air est malsain, il faut que tu le renouvelles,
O Roi du ciel, ô Dieu des matins éclatants !

1869.

LES GÉNIES.

Entre la terre et Dieu, couronnés de lauriers,
    Je voyais les esprits sublimes,
Et je voyais de loin des aigles à leurs pieds
    Planer sur les plus hautes cimes.

Byron, qui s'approchait d'un nuage orageux
    D'où sortait le bruit du tonnerre,
Redisait à l'écart les accents chaleureux
    De Childe-Harold et du Corsaire.

Musset, non loin de lui, rêveur aux cheveux blonds,
    Écoutait le roulis des ondes,
Laissait fuir sa pensée en cadence et par bonds,
    Et contemplait le feu des mondes.

Sombre, baissant la tête au-dessus des enfers,
    Les bras croisés, chantait le Dante.
Éblouissant, tournant vers les cieux entr'ouverts
    Sa majesté resplendissante,

Milton montrait du doigt les trônes lumineux
    Brillant au-dessus des étoiles ;
Son regard, était plein de la clarté des cieux,
    Dont sa main déchirait les voiles.

Le Tasse, en souriant sous de verts orangers,
    Causait joyeux avec Homère,
Et regardait, chassant les drapeaux étrangers,
    La France alors sauver sa mère !

En troublant tout à coup l'apaisement serein
    De ces royaumes pacifiques,
Un grand aigle effaré vint s'abattre soudain
    Au sein des clartés magnifiques :

Il était entouré de gloire et de rayons ;
    Superbe, il venait de la terre,
Et s'écriait : « Voici *les Contemplations !* »
    En s'abattant dans la lumière.

1863.

LES OISEAUX.

Qu'il me séduit, ton ravissant ramage,
Ton cri perçant, le son clair de ta voix,
O merle noir, merle au luisant plumage,
Merle inquiet sur les rameaux des bois !

Bel oiseau rouge, éclatant ramphosèle,
Chardonnerets, flamants, paons étoilés,
De vos couleurs la richesse étincelle,
Or et rubis sur vous sont rassemblés.

Comme au beau temps de la Grèce en cothurnes
Ta voix émeut, le soir, au bord des eaux,
Philoméla, lorsque les vents nocturnes
Des étangs verts font trembler les roseaux.

Gosiers d'oiseaux, chansons, brillantes ailes,
Berceaux soyeux dans les bosquets vermeils,
Votre Dieu tendre, aux bontés éternelles,
M'étonne autant que celui des soleils !

Il m'attendrit, davantage il m'enchante,
Ce Dieu des fleurs et des oiseaux joyeux,
Et dans les bois quand tout brille et tout chante,
Je sens tomber des larmes de mes yeux.

1868.

LES DEUX NAVIRES

Comme un ami qui veille au chevet d'un ami,
La veilleuse à côté du poète endormi
Brillait seule, éclairant sur les murs de sa chambre
Ses grands papillons bleus, sa pipe au tuyau d'ambre,
Et le blanc crucifix, le divin condamné,
Par le buis de l'année en un coin couronné.
Des livres remplissaient le vieux bureau de chêne,
Où trônaient gravement deux chiens de porcelaine.
Le joyeux abat-jour, où couraient les Chinois,
Ne luisait plus. Les chats se battaient sur les toits.
Le vent d'hiver faisait crier la girouette,
Rouler le noir nuage et pleurer la chouette.

La colonne d'airain et le fier Panthéon,
Se parlant dans la nuit, se jetaient le grand nom
De ce vainqueur fougueux que l'on a vu naguère,
Au bruit de ses canons, passer dans la lumière,
Magnifique, au galop, avec son cheval blanc
Couvert d'un reflet rouge et la crinière au vent.

II.

Un songe, un rêve étrange agitait le poète.
Par instants, dans son rêve, il remuait la tête :
Il voyait tout à coup, au sein des grandes eaux,
Sous le ciel de la nuit, passer deux grands vaisseaux.
Sur l'un, de gais oiseaux chantaient dans les cordages,
Aussi joyeux vraiment que dans les bois sauvages.
Au sein des plus doux bruits les époux s'embrassaient ;
Pleins de force et d'amour, les enfants grandissaient.
Tout buvait le bonheur, et tout soupirait : « J'aime ! »
Tous ces cœurs entonnaient un hosanna suprême.
Un tonnerre de voix s'élevait avec feu
Vers le ciel, où soudain passa le char de Dieu.
Les sons de la guitare et les sons de la lyre
Attiraient les dauphins autour de ce navire.
Il rayonnait. C'était l'épanouissement
De la vie éclatante aux pieds du Dieu vivant.

III.

Ayant à ses côtés chiens de mer et vampires,
Des cris de mort, au lieu du souffle des zéphires,
Sans aucun bruit, muet, le second des vaisseaux
Fendait, silencieux, l'immensité des eaux.
Par moments, dans les airs, étincelait dans l'ombre
Un squelette argenté sur le pavillon sombre.
Des cercueils par milliers formaient sa cargaison.
Il s'avançait ainsi vers le rouge horizon.
L'horizon enflammé s'ouvrit plein de lumière.
Porteurs éblouissants des volontés de Dieu,
Des clefs du paradis et de l'abîme en feu,
Deux anges attendaient le vaisseau funéraire :
Arrivés, sur ce point, du ciel et de l'enfer,
L'un d'eux était Michel, et l'autre Lucifer.

1863.

A JEANNE TORDEUS.

Tu l'as bien dans ton âme, et Dieu te l'a donné,
Ce feu du vieil Homère au front illuminé,
Ce feu qui fit tomber tous les lauriers d'Athènes
Au pied de la tribune où parlait Démosthènes,
Et fit trembler jadis la lyre entre les mains
Des rêveurs d'Ionie et des chanteurs romains,
Le beau feu du génie et de la gloire humaine,
Qui court de Malibran envolée à Dumaine,
Et dont le vol ainsi coup sur coup enflamma
Le grand cœur de Rachel et le cœur de Talma !

Quand dans un corps humain Dieu fait éclore une âme,
Il y fait apparaître et briller cette flamme,
S'il veut un nom de plus parmi tous ces grands noms
Gravés en lettres d'or aux murs des panthéons.

Porteur du feu sacré dans les champs de la terre,
Invisible et léger, un ange avec mystère
A soulevé jadis, doucement, le rideau
Sous lequel tu goûtais le sommeil du berceau :
Tes yeux se sont remplis d'une clarté nouvelle
Quand de ses blanches mains a tombé l'étincelle.

Te voilà près de nous, après un pas du temps,
Déjà grande, au milieu des applaudissements.
Du brillant avenir faisant tomber le voile,
Rachel du doigt jadis te montra ton étoile.
Je crois la voir, debout, et tenant un flambeau,
Te la montrer encor du seuil de son tombeau;
Je crois la voir, de loin, te parler et te dire :
« Mon esprit t'accompagne, et c'est Dieu qui t'inspire !
« Enfant, je te suivrai; courage, élève-toi !
« Parfois, sous tes lauriers, jette un regard vers moi;
« Que ton cœur batte alors, et que la gloire apporte
« Le nom de la vivante au cercueil de la morte! »

1863.

LA FÉE AUX YEUX VERTS.

Quand la douleur pesait sur sa tête immortelle,
Dont le beau profil grec eût ravi Praxitèle,
Il évoquait, hélas ! son Génie aux yeux verts,
Pour monter en chantant vers un autre univers :
Tous les noirs souvenirs, tous les nuages sombres
Devant l'absinthe en feu fuyaient comme des ombres,
Et livraient ses regards à ce monde enchanté,
Qui le laissait plus pâle après l'avoir quitté.

Ah ! son grand cœur sitôt n'eût pas cessé de battre,
Si, debout pour la lutte et levé pour combattre,
Il eût brisé la coupe où son esprit trouvait
Le plaisir de la fièvre et l'oubli qu'il rêvait !

Celui-là cependant fut vraiment un poète !

Si l'homme a disparu, si la lyre est muette,
Ses vers brûlants et fiers portés aux quatre vents
Sont toujours parmi nous et sont toujours vivants !

La Muse a dans ses flancs la jeunesse éternelle :
Quand sublime est la voix, la gloire est immortelle,
Et Ronsard, admirant l'ombre dans les forêts,
A de nos jours encor des pinceaux aussi frais
Qu'en ce temps lumineux où l'eau calme et princière
Des couchants enflammés renvoyait la lumière,
Et, dans Fontainebleau, voyait tous les matins
Rêver près de ses bords les maîtres florentins.

Musset, ce qui me plaît, et ce qui me console,
C'est de voir sur ton front ta brillante auréole,
Et c'est de voir aussi que le feu des beaux vers
Est souvent rallumé par la Fée aux yeux verts !

1868.

THÉODOROS.

I.

Après avoir été berger dans les hameaux
Et, comme Mahomet, conducteur de chameaux,
Il était devenu le Négous redoutable,
L'empereur rassemblant ses soldats à sa table
Pour leur communiquer tous ses vastes desseins.
Des monstres tournoyaient dans l'eau de ses bassins.
Pour que rien ici-bas ne pût s'approcher d'elle,
Il avait sur un roc bâti sa citadelle.
Ses chevaux piétinant, quand le jour incertain
Éclairait sa montagne au retour du matin,
Saluaient le soleil en remuant leurs chaînes.
Les oiseaux s'envolaient des palmiers et des chênes,
Si l'écho des forêts répercutait la voix
De l'envoyé céleste et du maître des rois.

II.

Farouche, allant trouver le tigre dans son antre,
De l'Afrique enflammée il occupait le centre.
Sa main rude enchaînait l'autruche et le condor,
Et dans ses noirs cheveux brillait la poudre d'or.
Il aimait les grands lacs de son Abyssinie,
Sa forêt en été par le soleil jaunie,
Son palais africain, qui montait dans les airs,
Et la fraîche oasis au milieu des déserts.
Ses flèches atteignaient l'aigle tenant sa proie.
Il semait à son gré l'épouvante ou la joie.
Ayant son luxe à lui, dédaignant les tapis,
Il voulait à ses pieds des lions accroupis,
Quand, dominant sa cour étincelante et noire,
Il lui parlait debout de triomphe et de gloire.

III.

Il avait osé dire au Czar : « Unissons-nous
Pour mettre le Soudan et le monde à genoux, »

Et rêvait, souriant, aux clartés des étoiles,
Quand la nuit recouvrait son palais de ses voiles.
Sur les rois ennemis, sur les rébellions,
Du haut de sa montagne, il lâchait ses lions.
Ce nègre convoitait l'Égypte et la Guinée.
Sa tête paraissait parfois illuminée ;
Une apparition, dit-on, le visitait.
Pour les yeux éblouis de son peuple, il était
Le César africain dont le cheval superbe,
Léger comme les vents, touchait à peine l'herbe,
Le demi-dieu marchant, précédé de flambeaux,
Quand, le soir, sur sa tour s'abattaient les corbeaux.

IV.

Dès qu'il vit l'Angleterre escalader sa roche,
Il cria fièrement : « Malheur à qui m'approche ! »
Voulant lui-même ouvrir les portes du tombeau,
Il ôta lentement l'impérial manteau ;
Il regarda le ciel, où couraient les nuages,
Son splendide horizon et ses forêts sauvages,
Et murmura, mourant sans larme et sans effroi :
« Empire abyssinien, vous tombez avec moi ! »

1868.

LA POÉSIE.

AU VIEUX POÈTE X...

Fier esprit voyageur par la Muse obsédé,
Vous l'avez écoutée, et vous avez cédé ;
Vous avez voulu boire à l'eau de ses fontaines,
Dans ses riants jardins où les maîtres d'Athènes,
Émus et précédant tous les chanteurs romains,
Ont cueilli l'idéal jadis à pleines mains.

Libre, vous avez fui loin des routes suivies,
Au bruit joyeux de l'or, par les trois quarts des vies,
Et vous avez chanté sur tous les fiers sommets
Au bas desquels on vit sans y monter jamais ;
Vous avez préféré les rayonnants ombrages,
La clairière enflammée et les gras pâturages,
Les verdâtres étangs remplis de joncs mouvants
Si poétiquement balancés par les vents,
L'horizon qui le soir luit comme un incendie,

5

La lune au feu d'argent dans le ciel arrondie,
A la fête orgueilleuse, à tel salon banal,
Et les pics escarpés que hantait Juvénal,
Aux lumineux plafonds, à la valse éhontée,
Aux sons des instruments mollement emportée.

Et l'on a ri de vous, poète, en vous nommant,
Vous des sentiers ombreux l'infatigable amant,
Vous le chantre inspiré de la mer en démence,
Vous le contemplateur de la nature immense,
Et vous avez vieilli, voyant fuir les étés,
O grand vieillard auguste aux cheveux argentés !

Aimant toujours des eaux le cristal qui miroite,
Les grands nuages d'or amoncelés le soir,
La mousse au fond des bois si consolante à voir,
Pauvre, vous végétez dans une chambre étroite,
En regardant de loin le printemps envolé
Et l'aube éblouissante où la Muse a parlé...
Consolez-vous, videz la coupe d'ambroisie :
Rien n'est si grand que l'art et que la poésie !

1869.

PROMENADE D'AUTOMNE.

L'horizon était blanc, le ciel vaste était clair.
La nature attristée avait son plus grand air,
Et les chemins durcis la propreté des marbres.
Le soleil éclairait les feuillages des arbres
De ses feux affaiblis et sans vivacité ;
Mais ce jour triste et pâle avait bien sa beauté.

La jeune veuve a mis sa robe d'amazone.
Le pied sonore et lent de son cheval résonne,
Et le fier étalon au poil luisant et noir,
En ces derniers moments qui précèdent le soir,
Conduit par cette main si finement gantée,
Descend vers la forêt par la Muse habitée
Quand les oiseaux tremblants vont quitter les buissons
Ou quand avril joyeux est rempli de chansons.

Près d'un chêne agité le cheval noir s'arrête :
Là, paraissant comprendre et retournant la tête,
Il voit la jeune veuve, en admirant les cieux,
Laisser couler des pleurs de l'azur de ses yeux.
Elle dit, regardant partir les hirondelles :
« Légers oiseaux du ciel à nos toits si fidéles,
Vous fuyez en criant vers de lointains climats,
Quand les souffles d'automne annoncent les frimas,
Mais vous nous revenez dès que la douce haleine
De l'amoureux printemps a reverdi la plaine;
Vous revenez bâtir, dès le feu des beaux jours,
Aux toits de nos châteaux les nids de vos amours. »
Elle dit, contemplant le chêne centenaire,
Debout, quoique frappé jadis par le tonnerre :
« C'est ici que, naguère, ensemble nous venions,
Au coucher du soleil, quand ses derniers rayons
Éclairaient son chien blanc blotti dans les broussailles ;
C'est ici que, naguère, au temps des fiançailles,
Nous admirions tous deux le splendide avenir,
Et pas même un berceau, rien que le souvenir ! »

Quand la marquise en deuil remonta cette allée
Qui conduit grandement à sa terre isolée,
Regardant les croix d'or au sommet des deux tours
Et la première étoile, elle pleurait toujours !

1868.

FIDÉLITÉ.

I.

C'était par un vrai jour de soleil. Violette,
Frais boutons des pommiers, boutons d'or, pâquerette,
Rosiers en fleurs, verdure et jasmin odorant
Remplissaient de parfums l'air pur et caressant.

II.

Julie avait vingt ans, œil noir, cheveux d'ébène.
La mort de ses amours avait rompu la chaîne :
Un an s'était passé depuis que son époux
L'avait vue, en mourant, pleurer à ses genoux.

III.

L'autel, la revoyant toujours joyeuse et belle,
Pour la seconde fois s'allumait devant elle.
L'œil pensif, et couché sous le soleil nouveau,
Un grand chien noir veillait à côté d'un tombeau.

1863.

NELLY.

L'odeur des buissons verts et de l'herbe fauchée,
Des sapins, des tilleuls que le vent remuait,
L'enivrait ce soir-là dans son bonheur muet.
Elle était, l'œil au ciel, nonchalamment couchée
Sur un léger divan en velours cramoisi.
On voyait auprès d'elle une toile ébauchée.

Le tableau que Nelly, rêveuse, avait choisi
Représentait Jésus, le Christ, à l'agonie,
A genoux, pâlissant sous l'olivier béni,
Offrant le cri d'angoisse et les pleurs du génie
Au Ciel, qui l'admirait dans son Gethsémani.

L'étang bleu recevait, dans le fond du parterre,
Du couchant tout en feu les longs rayons dorés;

Ce solennel adieu du flambeau de la terre
Tombait sur les grands bois brillamment éclairés.

Rêvant des palais d'or aux rayonnants pilastres,
Des Alhambras nouveaux, voyageant à plein vol
De Venise endormie au rivage espagnol,
Attendant le réveil étincelant des astres,
Nelly, le cœur de feu, l'artiste aux cheveux bruns,
Des jardins et des bois respirait les parfums.

Raphaël amoureux l'eût rendue immortelle
A la voir devant lui si touchante et si belle.
Deux pensers traversaient, Nelly, ton œil rêveur :
Immensité du ciel, immensité du cœur !

1863.

HÉLÈNE.

(1866.)

EN ÉTÉ.

Ses premiers pas joyeux, son enfance adorable,
Ses papillons cueillis sur les branches d'érable,
Ses nids d'oiseaux chanteurs au village achetés,
Remplis de duvet tendre et pleins d'œufs mouchetés,
Son tapage effrayant la mésange coquette,
Ses ballons colorés, son cerceau, sa raquette,
Les beaux jours de Noël au matinal présent
Et son pantin joufflu sont loin d'elle à présent!

Tout ici—bas bientôt nous fuit à tire-d'aile :
Sa première jeunesse est à son tour loin d'elle,
Avec les jours heureux du couvent des Oiseaux,
Où, quand le clair de lune errait sur les vitraux,

Les oraisons du soir, par cent voix récitées,
Se mêlaient au parfum des fleurs, ressuscitées
En avril frais et rose, à l'appel du printemps.
Hélène est ravissante et touche à ses vingt ans.
Elle est depuis un mois la jeune fiancée
Tressaillant de sentir sa main longtemps pressée
Sous les vieux marronniers du château paternel.
Ses regards sont remplis d'un bonheur éternel;
La couronne est choisie, et le saint jour approche;
Au-dessus des grands bois, son joyeux de la cloche,
Tu vas bientôt courir et vibrer dans les airs!

La nature est splendide, et tous les prés sont verts.
La moisson vainement n'a pas été semée :
D'éblouissants trésors la terre est parsemée.
Dès l'aube, on voit de loin, dans un tableau vermeil,
Paître les blancs troupeaux inondés de soleil,
Et l'on voit vers le ciel s'élever en fusée
L'oiseau du point du jour, qu'a mouillé la rosée.

La blanche fiancée, en ces jours radieux,
Prête, en chantant, l'oreille au bruit mélodieux
Que font les courants d'eau, la fontaine ou la source,
Où le chevreuil va boire en arrêtant sa course.
Elle songe au bonheur que rien ne peut ternir,
Et tient le front levé vers le riche avenir !

(1866.)

EN AUTOMNE.

Le bouvreuil frissonnant sur les rameaux se pose.
La terre colossale, à son tour, se repose
Après le triomphal et vaste enfantement
De l'été lumineux sous le bleu firmament.
La nature, épuisée, assombrie et sans joie,
Fait passer devant nous l'ombre de Millevoye;
Les chemins désolés sont maintenant jonchés
De feuilles, de débris, de rameaux détachés;
Des bois silencieux les parures s'envolent;
Le ciel a reperdu ses clartés, qui consolent;
Le rouge-gorge errant jette son cri plaintif
En sautillant, rêveur, dans le saule ou dans l'if;
Un voile est descendu sur les couchants superbes
Qui jetaient leur lumière au sein des grandes herbes,
Et, fuyant loin de nous, les frileux passereaux,
Pour trouver d'autres ciels, vont traverser les eaux.

Le paysage en deuil, triste et crépusculaire,
A pour fond l'eau d'un lac, qu'un demi-jour éclaire.
La pâlissante Hélène au long vêtement noir,
Dans les champs paternels pleins des ombres du soir,

Se dit : « Qu'est devenu mon bonheur éphémère ?
Il ne me reste pas la clarté d'être mère,
D'attendre un jeune enfant me rappelant Celui
Dont pour moi le regard un seul instant a lui !
J'étais naguère ici la tendre fiancée
A la joie ineffable et jamais éclipsée ;
Mon bonheur éclatait sur mon front triomphant ;
Ici, naguère aussi, j'étais la blonde enfant
Promenant sa levrette aux séduisantes poses
Sous les grands marronniers et sous les lauriers-roses
Faiblement agités par le souffle du vent ;
Ici, je souriais, au sortir du couvent,
Quand s'épanouissait mon âme heureuse et neuve ;
Et je suis maintenant l'isolée et la veuve
Qui pleure en ces chemins au tomber de la nuit
Et tient le front baissé vers son bonheur détruit ! »

1870.

OSCAR.

L'écrivain d'autrefois, à la première page,
Jetant sur un fauteuil sa canne et son manteau,
Parlant à ses lecteurs du seuil de son ouvrage,
Préludait gravement par un coup de chapeau.

La préface, en un mot, était la grande affaire
Qu'il fallait méditer et soigner avant tout;
Lamartine et Byron se plaisaient à la faire,
Victor Hugo toujours la fait briller partout.

En chantant sur le ton d'Homère ou de Boccace,
Apostrophant Condé, la Reine ou Luxembourg,
Nos aïeux solennels appelaient dédicace
Ce premier coup de feu, de cloche ou de tambour.

Par ce temps d'étalage et de photographie,
Un début plus piquant a remplacé l'ancien :
On présente un portrait, rempli de poésie,
D'une Manon Lescaut, ou quelquefois le sien.

Tourterelles des rois, chantant dans leur volière,
Voici, messieurs, voici les reines de l'amour :
Cheveux au vent, voici Diane et La Vallière,
Montespan, l'œil en feu, près de la Pompadour !

Me conformant, lecteur, à ce nouvel usage,
Je vais de mon héros vous offrir le portrait,
Vous dépeindre ses yeux, son nez et son visage.
Mais approchez, tenez, le voici trait pour trait.

L'audace et la bonté brillaient sur sa figure.
Ses cheveux étaient bruns, et son poignet de fer,
Je dirai seulement, pour qu'on se les figure,
Que ses deux grands yeux noirs étaient d'un noir d'enfer.

De ses brûlants regards je vous ai peint la flamme.
Me voici tout à coup doucement amené —
Devant vous, cher lecteur, et devant vous, madame,
Pour finir le portrait, — à vous parler du nez.

Ce nez royal, sans trop s'élargir à sa base,
Entre deux yeux brillants n'était pas écrasé.
Son âme aux pieds de Dieu brillait comme un beau vase,
Comme un jardin joyeux par le ciel arrosé!

Une bonté sans fond pour tous les misérables
Rayonnait dans cette âme ouverte au Dieu vivant;
A tous ces pèlerins les pieds nus dans les sables,
A tout ce grand troupeau terrible et menaçant,

Quand l'hiver renaissait et blanchissait la terre,
Sa voix, ce cri d'amour, parlait avec bonheur;
A tous les malheureux tournés vers le Calvaire
Il ouvrait largement sa bourse avec son cœur!

Il cherchait l'ouvrier qui souffre, l'ouvrière
Dont le travail ardent fait incliner le cou.
Le Sauveur l'entourait souvent de sa lumière,
Et Dieu lui pardonnait, car il aimait beaucoup.

Son simple vêtement n'avait pas une tache.
Il regardait tout luxe à travers son dédain.
Il ne portait ni gants, ni brillants, ni moustache.
Mon Oscar n'était pas, lecteur, un muscadin.

Fils de mil huit cent quinze, il était romantique,
Admirant le Corsaire et le chant byronien,
Préférant Notre–Dame et son portail gothique
Et ses deux tours de pierre au portique ionien.

Il estimait que Dieu, le plus grand des poètes,
Quand il avait donné sa trompe à l'éléphant
Ou jeté les soleils au fond des nuits muettes,
S'était montré jadis romantique éclatant.

Ne tenant pas du tout à vous peindre une ville,
Je ne mentirai pas ici pour vous ravir :
Mon héros n'avait pas vu le jour à Séville,
Sur les bords enchantés du Guadalquivir.

Fils d'un heureux pays de bonheur et de gloire,
Près d'un joli village où l'on vivait gaîment,
Dans un château ridé, sur les bords de la Loire,
Ce jeune homme avait vu le jour tout simplement.

Sa mère, à vingt-huit ans, le soir d'un jour d'orage,
Avait quitté la terre auprès de son berceau.
Son père, vieux baron d'humeur un peu sauvage,
S'était deux ans plus tard couché dans le tombeau.

Possesseur, à vingt ans, d'une fortune immense,
Oscar abandonna son fleuve et son vallon ;
Admirant Childe-Harold, loin du soleil de France,
Il parcourut le monde en lisant lord Byron,

En s'inclinant, rêveur, à la voix des prophètes,
A la voix de Moïse, à la voix du Sauveur,
A la voix de saint Paul, au milieu des tempêtes
Que souleva soudain ce grand cri du Seigneur :

« Tu seras chaste et pur. Le soir, sous les platanes,
« Époux, tu conduiras ta femme et tes enfants.
« Tu n'iras pas jeter aux pieds des courtisanes
« Les transports de ton âme et les feux du printemps.

« Élevant jusqu'à toi ton esclave et ta femme,
« Tu combleras d'amour l'entière humanité.
« Tu déracineras tout orgueil de ton âme ;
« Tu mettras ta grandeur dans ton humilité. »

Adorant ses chalets, où chacun peut descendre
Pour trouver la fraîcheur et l'hospitalité,
Il visita la Suisse, et fut heureux d'entendre
Les chants de la patrie et de la liberté.

Il salua, pensif, la rêveuse Allemagne,
Relut Faust en marchant le soir aux bords du Rhin,
Sur ce vieux sol germain qu'ébranla Charlemagne
En le touchant jadis de son pied souverain.

Comme on pleure, à genoux, au tombeau d'une amie
Dont la voix du passé vient nous crier le nom,
Il pleura plus d'un soir sur la Grèce endormie,
Assis sur une pierre où fut le Parthénon.

Sous le ciel ravissant que tout poète adore,
Lamartine à la main, le voici souriant
Aux derniers feux du jour mourant dans le Bosphore,
Ce linceul enflammé du soleil d'Orient.

Les vallons du Carmel, les champs de Samarie,
Le Calvaire éclatant, où mourut le Sauveur,
Tous ces chemins émus sous les pas de Marie,
Avaient fait rayonner et fait bondir son cœur.

Du sombre mendiant assis au pied d'un chêne
Il aimait les haillons plus qu'un manteau de roi.
Les Chinois bigarrés, leurs tours de porcelaine
Lui convenaient assez, je ne sais trop pourquoi.

Debout, silencieux, sur un léger navire,
Passant près d'Ischia, le voici sur les mers.
Sous le dôme étoilé le vent des nuits soupire,
Le parfum des amours se répand dans les airs.

De myrte et de laurier tenant en main des branches,
Il voit, de son vaisseau, dans un ciel lumineux,
A l'horizon lointain monter les ombres blanches
Des chanteurs adorés de ce pays des dieux.

Il voit, dans la clarté, Tibulle avec Lesbie
Sortir du sein des mers et s'élever aussi.
Dans nos salons, parfums de la chaude Arabie,
Ah! non, vous n'avez pas la douceur de ceux-ci !

Mais Oscar n'entend plus tout à coup dans l'espace
Résonner près de lui les chants du souvenir;
La blanche vision disparaît et s'efface,
Et soudain retentit la voix de l'avenir.

Soudain la Liberté, majestueuse et forte,
Son drapeau dans la main, plane au-dessus des mers;
Le vol de l'ouragan du réveil la transporte
Et la fait apparaître au milieu des éclairs.

Oscar affectionnait surtout les hirondelles.
Il avait en horreur les chats et l'épervier.
Il était entouré par deux amis fidèles,
L'un jeune et l'autre vieux, Jacque et son lévrier.

Du valet et du chien le plus vieux était l'homme.
Les ans avaient fait choir et blanchir ses cheveux.
Le chien, de loin déjà, semblait saluer Rome.
Son amour pour son maître éclatait dans ses yeux.

Oscar, se souvenant des champs de la Judée,
Où le Sauveur marchait, son bâton à la main,
Avait réalisé la courageuse idée
De suivre pas à pas son glorieux chemin.

Le soleil l'avait vu s'élancer vers la cime
De ces pics solennels d'où le ciel est plus beau,
Et contempler des flots la majesté sublime
Près du cap africain, sur le pont du vaisseau.

Il avait traversé les déserts de l'Afrique,
Sous un ciel embrasé, sur le dos des chameaux.
Il avait vu pleurer l'esclave en Amérique
Et gémir dans ses fers la Pologne en lambeaux.

Il ne contemplait pas, jour par jour, sur la terre,
Tous les rois galopant au seuil des temps nouveaux ;
Quand éclataient soudain les grand coups de tonnerre,
Il parlait politique et prenait les journaux.

Il méprisait l'orgueil du parvenu vulgaire,
Se drapant dans son luxe et dans sa vanité,
Créant des hôpitaux sans avoir pour lumière
Les flambeaux de l'amour et de la charité.

Mais je m'en aperçois, lecteur, je viens d'omettre,
Courant de droite à gauche, un point essentiel ;
Autant vaudrait vraiment ne pas songer à mettre
Le soleil dans les airs en décrivant le ciel.

C'est étonnant, c'est vrai, mais c'est ainsi, madame ;
Mon héros amoureux n'avait jamais aimé ;
Aucun œil noir ou bleu n'avait ému cette âme,
Ce grand cœur poétique et toujours enflammé.

Des fleurs dans les cheveux, sémillante et jalouse,
Poignard à la ceinture et fierté sur le front,
Il avait vu pourtant la brûlante Andalouse,
Sous le ciel étoilé, penchée à son balcon.

Il n'avait eu partout que liaisons banales,
Ici, là, liaisons de passage et d'un jour.
Il attendait encor les blancheurs virginales
De l'aube où doit monter le soleil de l'amour.

Il n'avait pas trouvé, faisant le tour du monde,
Abandonnant sa vie à tout vent sous les cieux,
Deux jolis yeux remplis de la bonté profonde
Et de ce grand amour qui brillait dans ses yeux.

A quarante ans, pensant à sa jeunesse morte,
Il sonna brusquement au seuil de son castel.
L'amour, qu'il désirait, l'attendait à sa porte,
Dans un petit château, près du toit paternel.

1862.

PRÈS DE DIEU.

Dieu, laissant choir enfin le voile qui le couvre,
S'assied sur les hauteurs de l'immortalité;
Le clairon retentit, et l'éternité s'ouvre
Avec un bruit sublime et partout répété.

Contemplez ces clartés et ces tableaux dantesques!
Les soleils, en traçant un sillage éclatant,
S'envolent comme autant de ballons gigantesques
Vers le point lumineux où leur Dieu les attend.

Voyez, majestueux, s'élever tous ces mondes
Couverts de leurs tombeaux et chargés de vivants,
Et voyez-les mêler à la rumeur des ondes
Le bruit de leurs grands bois tourmentés par les vents.

Habitants de Saturne, habitants de la terre,
Jetez à vos berceaux un éternel adieu!
Où régnaient tant de bruits, tout devient solitaire.
Vous voilà réunis sous l'étendard de Dieu!

1863.

FÉNELLA.

I.

Elle était riche et belle, et ses yeux, d'un bleu tendre,
Au lever du soleil, le soir, à tout moment,
Inspirés, contemplaient l'horizon ardemment.
Chacun les admirait, mais sans pouvoir comprendre
D'où partaient les éclairs, d'où leur venait ce feu,
D'où venaient les clartés qu'y jetait la pensée.

Ainsi tous ces grands cœurs qui s'abîmaient en Dieu,
Tous ces cœurs vers lesquels sa main s'est abaissée
Pour y laisser tomber l'ardeur de son amour,
Planant dans les rayons de l'idéal des saintes,
Volant vers les bûchers sans faiblesse et sans craintes,

Dans la fraîcheur des nuits ou sous les feux du jour,
En eux avaient aussi des parfums et des flammes.

En extase, à genoux, et les cheveux flottants,
A travers le passé, voyez toutes ces femmes
Écoutant parler Dieu dans le souffle des vents,
Dans le bruit du tonnerre ou le soupir des ondes ;
Voyez-les le cherchant dans la splendeur des mondes,
Et, lui tendant les bras, se lever et chanter,
Comme si quelque chose allait les emporter !

II.

Ma Fénella, la blonde, avait aussi, comme elles,
Un dévorant amour qui partout la suivait.
La rosée éclairée au sein des fleurs nouvelles,
Les chevreuils endormis au seuil de la forêt,
Les rosiers parfumés chargés de roses blanches,
Primevère et jasmin fleurissant à la fois,
Les mille oiseaux chanteurs gazouillant dans les branches,
L'ineffable chanson du printemps dans les bois,
L'aube au monde éveillé rapportant la lumière,
Et l'alouette au ciel s'envolant la première,
Tous ces riants tableaux, qui fort peu la touchaient,

Ces beautés, n'étaient pas ce que ses yeux cherchaient.
C'était, à dix-sept ans, un caractère étrange.
Un voile de lumière environnait cet ange.
Les chemins qu'elle aimait paraissaient lumineux.

Son père avait serré la main à ses aïeux,
A ce grand rendez-vous où nous conduit la tombe,
Où l'aigle va s'abattre et tomber la colombe,
Où tout va se briser, Dieu superbe, à ta voix :
Les couronnes d'azur des blondes Corinthiennes,
Les croix étincelant sur le front des chrétiennes,
Et les chars d'or traînés par les coursiers des rois !
Tout s'avance et tout fuit vers ce but invisible,
Poussé par ta puissance et par ce vent terrible
Qui chasse avec fureur la jeunesse et l'amour,
Toute gloire à son heure, et tout siècle à son tour !

III.

Quand, sous les hauts plafonds du vieux salon gothique,
Son père, en cheveux blancs, l'embrassait autrefois,
Et que, ne pouvant plus, loin du manoir antique,
Poursuivre, au son du cor, le chevreuil aux abois,
Il s'asseyait tremblant dans son fauteuil de chêne,

Et la prenait ainsi, le soir, sur ses genoux,
Prêt à quitter le monde, il voyait avec peine
La rêverie errer dans ses regards si doux.

Ah! c'est que plus l'on sent que le grand jour s'avance,
Qu'il va falloir quitter tous les biens de son cœur,
Plus on aime à trouver sur le front de l'enfance
Le feu brillant de l'âme et l'éclair du bonheur;
Ah! c'est que nous aimons à voir ces petits anges
Nous sourire un instant au moment des adieux,
Et, quand leurs pieds encor n'ont pas touché nos fanges,
A voir la joie en fleur illuminer leurs yeux!
C'est pour nous la clarté divine de l'aurore;
C'est, auprès du vieillard paisible, un gai lutin;
C'est le plus doux parfum du lis qui vient d'éclore,
La candeur virginale et la voix du matin;
C'est comme un bruit léger, comme un vol de colombes
Voltigeant, dans l'azur, au-dessus de nos tombes,
Quand nous allons franchir le seuil des jours nouveaux.

IV.

En la voyant passer le soir dans les hameaux,
Les villageois disaient : « Qu'a donc notre comtesse? »

Tous les petits marquis, musqués et précieux,
N'avaient jamais fait luire un éclair dans ses yeux.
Sa mère, dont l'amour pleurait sur sa jeunesse,
Après avoir chanté la chanson des berceaux,
La suivait du regard, de loin, avec tristesse,
Quand elle allait s'asseoir, pensive, au bord des eaux,
Sans écouter l'écho répondre à la glaneuse,
Inattentive au bruit du vent dans les roseaux.
Pâle et belle à ravir, distraite et vaporeuse,
Du passé rayonnant c'était une amoureuse.
Elle avait ardemment tout lu, tout dévoré.
Tout siècle se levait auprès d'elle, éclairé
Du feu de son esprit, que captivaient l'histoire,
Les élans du poète et les cris de la gloire.

Son front se relevait, son cœur battait devant
Ce tableau tout rempli de lumière et vivant
Des héros d'autrefois remontant vers la terre,
Se recouvrant encor de leur manteau de guerre,
De tout le mouvement des siècles écroulés,
Des tombeaux à sa voix tout à coup rappelés,
De tous les jours brillants, de tous les paysages
Vivement colorés dans le lointain des âges.
Elle assistait ainsi, quelque livre à la main,
A l'éclatant réveil de l'univers romain,
Et voyait, après l'heure où vint le Fils de l'homme,

Tous les Césars passer sous le soleil de Rome,
Tous les noirs bataillons arriver, effrayants,
Après avoir porté la gloire aux quatre vents,
Et tous les vieux Romains, couverts d'une auréole,
En saluant les dieux, monter au Capitole.

V.

Tout ce qui disparut, et tout ce qui croula,
Renaissait tout à coup aux yeux de Fénella :
Les cités du passé, par le temps abattues,
Se remplissaient alors de peuples et de rois,
Du bruit des chars de guerre et de la grande voix
Des mers qui les baignaient, par l'ouragan battues ;
Sur leurs blancs piédestaux remontaient les statues,
Les sphinx s'accroupissaient sur le seuil des palais,
Autour des dieux d'airain couraient des feux follets,
Le vent sifflait encor dans les tours colossales,
Les flambeaux éclatants s'allumaient dans les salles,
Et sur les trépieds d'or luisant dans le festin
Vous descendiez encor, blancs rayons du matin.

6.

VI.

Elle adorait la Grèce et ses combats épiques,
Alcibiade assis au seuil du Panthéon,
Une flotte au Pirée, ou les jeux olympiques,
Ou les cœurs suspendus aux lèvres de Platon.
Elle admirait les dieux souriants de la Fable,
Recevant du printemps la lumière ineffable,
Les sylvains endormis dans le creux des vallons,
La jeunesse d'Athène acclamant Miltiade,
Diane chasseresse assise au pied des monts,
Homère à l'avenir chantant son Iliade.

VII.

Le brillant moyen âge, avec ses étendards
Et ses castels noircis, attirait ses regards :
Le front toujours brûlant, toujours contemplative,
Elle écoutait de loin la romance plaintive,
Galopait dans le val sur de blancs palefrois,
S'élançait tout à coup au milieu des tournois ;

Avec les châtelains, avec les châtelaines,
Traversait le bois sombre ou franchissait les plaines;
Sous le ciel bleu des nuits courait à son balcon,
Contemplait un beau page ou lâchait un faucon.

VIII.

C'est ainsi que, toujours ravissante et légère,
Elle avait parcouru le passé de la terre,
Avait fui le présent, le monde et l'avenir,
Pour vivre à la clarté de tout grand souvenir.

Par un beau soir de juin où se fermait la rose,
Où l'air était rempli de parfums et de chants,
Où le vent se jouait dans la fleur demi-close,
Fénella s'endormit et mourut à vingt ans.

Auprès du monument où la vierge repose,
La violette croît et brille avec amour,
Et le brun rossignol vient reposer son aile.
Le vent frais de la nuit va gémir autour d'elle.
Le soleil en ces lieux fait tomber plus de jour,
Et l'on dit, en causant le soir dans la vallée,

Que l'on a vu souvent, sous la voûte étoilée,
Un lumineux nuage autour du mausolée.

IX.

Le vent froid de ce siècle et son bruit de métal
Sont venus te briser sur ton lit virginal.
Repose, ô Fénella, dors dans ton blanc suaire !
Comme s'en vont vers Dieu la voix de la prière,
Le chant de l'espérance et le feu de la foi,
Que le cri de mon cœur vole aujourd'hui vers toi ;
Que mon âme envolée, allant trouver ton âme,
Unisse avec ivresse une flamme à ta flamme !
Viens, nous irons planer dans le passé détruit,
Sous la sérénité du ciel bleu de la nuit ;
Nous irons contempler Babylone et Palmyre,
Lacédémone austère et les Grecs d'autrefois,
Les étangs colorés où Diane se mire,
Écoutant un beau cerf qui brame au fond des bois ;
Loin du flot prosaïque et loin des cités neuves,
Viens, nous irons causer sur le bord des grands fleuves
Et nous y redonner, aux premiers feux du jour,
Dans un monde idéal un rendez-vous d'amour !

1863.

L'ASTROLOGUE CHRYSOLORAS.

(SEIZIÈME SIÈCLE.)

I.

Le monde était rempli d'un élan magnifique :
En ces temps-là, Colomb avait pris l'Amérique,
Le Tasse apparaissait lumineux, et Vasco
Du vieux cap africain avait troublé l'écho,
Livrant au vent des mers ses chansons triomphales.

II.

Chrysoloras vivait seul dans un château fort
Où l'on avait rompu des lances féodales
A l'appel effrayant du clairon de la Mort.

Le pas retentissant des guerriers sur les dalles
Semblait parfois, dans l'ombre, y résonner la nuit,
Quand un vent froid voltige au milieu des feuillages,
Quand la forêt frissonne, et quand dans l'air nul bruit
Ne se mêle à la voix du clocher des villages.

III.

Deux grands lions de pierre, accroupis sur le seuil,
Avaient vu du château partir plus d'un cercueil.
Ce vieux castel ridé, ce manoir vénérable
Sortait majestueux de la fraîcheur des eaux;
Non loin, le marronnier, le tilleul et l'érable
Devant les quatre tours inclinaient leurs rameaux;
Un bois riant formait le fond du paysage.

Entouré de verdure et couronné d'ombrage,
A l'admirer de loin, le château paraissait
Bâti dans la forêt qui près de lui croissait.
Le soleil du couchant, l'éclairant dans sa gloire,
Trompait le voyageur, et souvent faisait croire
Que, l'orme et le tilleul s'allumant à la fois,
Un foyer d'incendie éclatait dans ce bois,

Où les ramiers, joyeux et fatigués des plaines,
S'abattaient bruyamment sur le sommet des chênes.

IV.

Méditant sur le sort des peuples et des rois,
C'est là qu'il suivait seul le cours brûlant des astres :
Il lisait l'avenir dans le ciel constellé.
La nuit lui souriait de son char étoilé.
Tous les écroulements, tous les lointains désastres,
Surgissaient à sa vue, aux champs de ses amours,
Dès qu'il levait la tête au sommet de ses tours.

V.

S'il marchait, au printemps, parmi les fleurs de l'herbe,
Parmi les nids d'oiseaux, parmi les buissons verts,
On voyait s'incliner son front chauve et superbe,
Ardent contemplateur des lointains univers.
La nature à ses yeux était d'autant plus douce,
Qu'il s'y reposait mieux d'un travail dévorant ;
Son cœur aimait les bois, la verdure et la mousse,

Le chant de la fauvette et la voix du torrent.
Il suivait deux bouvreuils se fuyant sur les branches,
Puis il interrogeait le nuage et l'éclair ;
Avec un doux sourire, il cueillait des pervenches,
Avant de contempler le brûlant Jupiter.

VI.

Son cabinet d'étude était vraiment bizarre :
La cigogne empaillée, auprès d'un tableau rare,
Y trônait, cou tendu, gravement dans un coin ;
Les bustes des Césars apparaissaient plus loin ;
Mahomet regardait l'enfant de Samarie ;
Apollon et Vénus y coudoyaient Marie.
Tout empire, tout culte était représenté
Dans la beauté divine et l'immobilité
Des marbres blancs, du bronze et des tableaux. Les mages,
Après avoir suivi l'étoile du berger,
Ici près d'un berceau déposaient leurs hommages,
Et là chantait Virgile au pied d'un oranger.
Sur un feuillet d'Homère ou de l'Apocalypse,
On trouvait le calcul du retour d'une éclipse.
Char brillant d'Alexandre ou quadrige romain,
L'homme de l'avenir tenait tout sous la main.

VII.

Il t'admirait de loin, au milieu de tes langes,
Fier poète inspiré du 'Cid Campéador ;
Il te voyait, Molière, entouré de louanges,
Quand son grand manteau noir, semé d'étoiles d'or,
Se couvrait, à minuit, des clartés sidérales.
A cette heure où, privé des blancheurs matinales
Ou du joyeux rayon par avril apporté,
Le bois vert sommeillait, par la lune argenté,
A cette heure où les nids dormaient dans les arbustes
« Tous ces chars que tu vois dans des lointains vermeils
Disparaîtront un jour », lui criaient les soleils.
« Tout s'écroule ici-bas », lui murmuraient ses bustes.
Lui parlant à voix basse, et dans le demi-jour
D'une lampe éclairant les empereurs de Rome,
Le serpent infernal auprès du premier homme,
Vénus du sein des mers nous apportant l'amour,
Laissant au vent du soir flotter ses tresses blondes,
Voyant sa douce étoile éclore au sein des mondes,
Mais n'apercevant pas tout son temple détruit,
Sanglotant à Cythère et tombant dans la nuit.

7

VIII.

Comme un noir ouragan fait frissonner les seigles,
Comme dans les hauteurs sombres des firmaments,
La foudre au vol de feu vient agiter les aigles,
Tout un bruit solennel l'agitait par moments.
Il écoutait de loin l'océan populaire
Gronder avec fureur au jour de sa colère ;
Il voyait, souriant, la main des empereurs
Relever des drapeaux dans des clartés lointaines,
Chasser tous les tyrans, briser toutes les chaînes,
Et sauver l'Italie et la Pologne en pleurs [1] !

1863.

[1]. L'auteur espérait, à la date de ces vers, que la France accomplirait le double et glorieux programme de *chasser*, de ces deux côtés, *la baïonnette étrangère*, selon l'énergique expression du R. P. Lacordaire.

L'HIVER.

Tout avait disparu : chansons, parfums, lumière,
Colombe, au point du jour, soupirant la première,
Gais chasseurs, frais gazons, verdure où se cachaient
Tous les berceaux joyeux que les gamins cherchaient,
Coupant la fleur s'ouvrant sous le baiser des brises,
Effrayant les pinsons et les fauvettes grises ;
Car l'enfant blond et rose est autant cruauté
Que le vieillard tremblant est amour et bonté :
Plus le regard faiblit, plus on sent qu'on succombe,
Plus on entend le bruit du réveil de la tombe,
Avec émotion plus on cherche à revoir,
Au sein des grands tableaux de l'aurore et du soir,
Ce monde éblouissant qu'on aime et qu'on respecte,
Les nids d'oiseaux, les fleurs, les papillons, l'insecte,
— On sait que l'hirondelle et la fleur sont à Dieu, —

En jetant à la terre un éternel adieu.
L'automne avait revu les tremblants rouges-gorges.
Les marteaux résonnaient dans la clarté des forges.
Dans l'atelier bruyant le travail redoublait.
L'hiver régnait. Le vent fougueux du nord soufflait.
Les mendiants pensifs erraient dans les ténèbres.
Les grands oiseaux de nuit jetaient des cris funèbres.
Des glaçons scintillants pendaient au bord des toits.
Les bouvreuils frissonnaient et mouraient dans les bois.
Le vent faisait trembler le toit de la chaumière,
Et les salons dorés s'ouvraient, pleins de lumière.

1862.

RÊVE CLASSIQUE ET ROMANTIQUE[1].

I.

Lecteur, je vois d'ici votre léger sourire :
Hélas ! il rêvait donc toujours, allez-vous dire.
Oui, monsieur, oui, madame, il rêvait très souvent.
Il fit plus d'une fois un poème en rêvant.

[1] L'auteur ne voudrait pas que cette boutade fantaisiste pût recevoir une interprétation opposée à sa grandissante admiration, au fur et à mesure qu'il vieillit, pour l'illustre auteur de *l'Art poétique,* ce médecin sagace de toutes les choses de l'esprit, au fin coup d'œil duquel n'a échappé aucune maladie littéraire :

> Le faux est toujours fade, ennuyeux, languissant ;
> La nature est plus vraie, et d'abord on le sent.
>
> . . . .
>
> Je saute vingt feuillets pour en trouver la fin,
> Et je me sauve à peine au travers du jardin.
>
> . . . .
>
> Il est certains auteurs dont les sombres pensées
> Sont d'un nuage obscur toujours embarrassées ;
> Le jour de la raison ne le saurait percer :
> Avant donc que d'écrire apprenez à penser.
>
> Etc., etc.

Je l'ai souvent pensé, le sommeil et le rêve,
C'est tout à coup l'esprit plus subtil qui s'élève,
Voyageant à plein vol dans un ciel rose et bleu,
Chantant sa liberté sous la coupole en feu !

II.

Il avait à sa droite une forêt profonde,
Un bois contemporain des premiers jours du monde.
Un grand soleil étrange illuminait les cieux.
Il avait à sa gauche un jardin spacieux.
Voici ce qui devint lumineux dans son rêve :
La forêt vigoureuse était pleine de sève,
Les palmiers et le cèdre y frémissaient d'amour,
Un oiseau bleu splendide y chantait nuit et jour ;
De grands papillons verts, légers et magnifiques,
S'étalaient largement sur les fleurs des tropiques.
Ces tableaux agités et tout ce mouvement
Présentaient au poète un désordre éclatant.
Un lion dont le vent tourmentait la crinière
Levait la tête au fond du bois plein de lumière.
Le regard enflammé, couvert d'un manteau noir,
Byron parcourait seul le bois. C'était le soir.
La nuit naissait. Soudain le grand soleil étrange ·

S'éteignit dans les airs au souffle d'un archange.

Le jardin rayonnait avec ses églantiers,
Ses bassins, ses jets d'eau, ses chemins réguliers,
Ses arbres alignés, prenant des airs de fête,
Comme autant de soldats marchant musique en tête,
Ses dieux de marbre blanc sous les feuillages verts.
Un gai soleil bien rond se levait dans les airs.
Bien peigné, bien brossé, satirique et morose,
Boileau faisait deux vers et cueillait une rose.

1862.

CORPS ET AMES.

Trois cents morts se trouvaient couchés en ligne droite,
A côté d'un courant dont l'eau chante et miroite,
Et tous, les yeux fermés sous le clair firmament,
Gisaient dans ce terrible et morne alignement.

A côté d'eux croissaient les cyprès et les mauves.
L'hyène à l'œil sinistre et les grands vautours fauves,
Avec des cris de joie, allaient tomber sur eux
Et vivre de la mort sous la clarté des cieux.

Or deux vieillards pensifs, debout sur deux montagnes,
Contemplaient, ce soir-là, les bois et les campagnes.

L'un d'eux disait, voyant de loin les trois cents morts :
« Tout finit ici-bas, quand périssent les corps. »
L'autre vieillard voyait, ainsi qu'autant de flammes,
Dans le ciel éclatant voler les trois cents âmes.

1862.

TRILOGIE.

I.

TEMPS PRIMITIFS.

Des cerfs bramant au faîte éclatant des montées
Les voix, par mille échos, étaient au loin portées.
L'épanouissement des riches floraisons
Charmait les pélicans debout sur les gazons.
Tout possédait alors la splendeur souveraine.
On entendait courir la girafe et le renne.
Les airs retentissaient du beuglement des bœufs
Levant leur tête énorme, en des vallons herbeux,
Pour regarder le ciel, où fuyaient les nuées.
Oh! combien de beautés depuis diminuées!
Le mastodonte errait pensif au bord des mers,
Et plus haut qu'aujourd'hui montaient les flots amers;

Les grands arbres touffus, la flore originelle
Que l'aigle noir des monts effleurait de son aile,
Les palmiers ondoyants, les cèdres, les sapins,
En un vert plus brillant alors puissamment peints,
Paraissaient dans la nuit s'approcher des étoiles.
Quel poète en ses chants, quel peintre sur ses toiles
Rendraient le coloris et l'aspect saisissant
De ces premiers tableaux de l'univers naissant !
Ni l'arbre desséché, ni les roses moisies,
Ni l'altération de nos fleurs cramoisies,
Ni les oiseaux raidis tombés dans le chemin
N'opposaient un deuil sombre à l'éclat surhumain
De tout ce déploîment de gloire universelle,
Où la vie à grands flots dans le passé ruisselle.
Le lis s'ouvrait joyeux dans toute sa blancheur.
Les forêts, qui naissaient dans toute leur fraîcheur,
Se remplissaient déjà d'ailes étincelantes.
Les courants bleus des eaux plus pures et moins lentes,
Où venaient s'abreuver le tigre et le condor,
Charriaient, lumineux, tant de paillettes d'or,
Que ce miroitement éblouit les paupières.
L'antilope aux doux yeux se couchait près des pierres,
Et l'ombre que faisaient ces grands blocs de granit
Empêchait le soleil de tourmenter son nid.
En ce temps virginal, nulle odeur délétère
Ne luttait contre vous, ô parfums de la terre !

Des diamants alors, des métaux précieux,
Plus vif était l'éclat sous la clarté des cieux.
Quand, détachant ses yeux du vol de la frégate,
Ève aperçut soudain la turquoise et l'agate,
Elle admira, muette, avec étonnement,
Cette richesse unie à ce rayonnement.
Sans craindre l'ouragan fougueux qui se déchaîne,
L'oiseau couleur de feu se perchait sur le chêne,
Et, comme on ignorait le mal et le remord,
Enchaînée à ses pieds, Dieu retenait la Mort.

II.

DEPUIS.

Vous avez disparu, divines perspectives,
Prodigieux palmiers des forêts primitives,
Volcans brillant la nuit comme autant de flambeaux.
La terre est devenue un pays de tombeaux.
Elle a vu son printemps de gloire et de jeunesse;
Mais nul espoir, hélas! que jamais il renaisse!
Parmi nous, aujourd'hui, la mort frappe à grands coups
Cygne et paon azuré, vous lui tendez vos cous,

Et vous, beaux chérubins, enfants aux lèvres roses,
Vous nous quittez aussi comme s'en vont les roses !
Nous voyons tout à coup se vider les berceaux,
Dépérir sous nos yeux les frêles arbrisseaux,
Ou, quand sa main émue à peine était pressée,
Mourir en soupirant la blanche fiancée.
Les séparations sonnent à tout moment.
De nos cercueils humains le sombre entassement
Remplit tes vastes flancs, ô terre hospitalière !
Que l'on soit Bossuet, Pascal ou La Vallière,
Le génie éclatant ou l'ange aux blonds cheveux,
Nul ne peut rester là quand la Mort dit : « Je veux ! »

Loin de tout le bonheur qui souriait naguère,
Nous avons entendu rouler les chars de guerre.
L'histoire est un musée au sinistre plafond :
La faucheuse effrayante apparaît seule au fond ;
Sur les murs de la sombre et triste galerie,
Voici des fous dansant, afin que le roi rie,
Et qu'il oublie ainsi, toujours s'étourdissant,
Les cris de l'agonie ou les taches de sang ;
Voyez tous ces tableaux, ces grandes hécatombes,
Où sonnent des clairons sur des milliers de tombes,
Ces temps d'affreux carnage avec leurs noirs donjons,
Où l'on mêle aux soupirs du vent parmi les joncs,
Aux sons de la guitare, aux fiers accents des bardes,

La voix des obusiers ou le bruit des bombardes ;
Contemplez ces galops furibonds de chevaux,
Ces chocs tumultueux de conquérants rivaux,
Ce farouche Attila, ce roi de Macédoine
Rayonnant sur son trône, où brillait la sardoine,
Et ces hideux portraits des vieux Césars romains
Ayant des palais d'or et du sang sur les mains !

III.

APRÈS LA MORT.

En nous illuminant de vos clartés subites,
Astres qui tournoyez là-bas dans vos orbites,
Jupiter, Uranus, Saturne au triple anneau,
Comme on sait ici-bas où s'en va l'étourneau,
Où s'en va la cigogne, où s'en va l'hirondelle,
On sait dans vos hauteurs où s'en va, d'un coup d'aile,
L'âme humaine enlevée à ce vieux globe en pleurs,
Où les déchirements de ces grandes douleurs
Venant à tout moment frapper à notre porte,
Si l'on considérait ce que la mort apporte,
Ne seraient vraiment rien devant notre œil jeté
Vers les séjours certains de l'immortalité !

Colossal Jupiter, vaste et brillant Saturne,
Attendri bien souvent sous votre éclat nocturne,
Je songe à ces splendeurs des lointaines Sions,
Où va flotter l'esprit comme un nid d'alcyons
Que berce avec amour, sur l'océan sauvage,
Le doux balancement des flots près du rivage.
O terre illuminée ou lugubre en tournant,
Pour notre âme, à la mort, quel réveil étonnant
Que son joyeux réveil, après tous nos désastres,
Au milieu du cortège éblouissant des astres !
Rien ne trouble la paix ni la sérénité
De l'esprit pur entrant dans son éternité :
Il voit tourner au loin son ancien petit globe
Dans les feux du couchant ou les vapeurs de l'aube ;
Il lui jette, en son vol, un dernier cri d'adieu.
Plus il sent, en montant, qu'il s'approche de Dieu,
Plus il entend le mot de tous les grands mystères :
Il sait alors pourquoi des soleils solitaires
Font, dans l'obscurité, se traîner autour d'eux
Des globes sans lumière et des astres hideux.
Quand du grand soleil bleu, tel qu'un saphir immense,
Il aperçoit soudain la clarté qui commence,
Voyant dans cet azur la céleste Sion,
Il jette un cri d'amour et d'admiration !

1868.

AU JARDIN D'ACCLIMATATION.

Le mois triste avait fui, pluvieux jusque-là.
Dès l'aube, un rassurant soleil étincela.
Ce fut du riche été le premier beau dimanche.

La bonne en blanc bonnet, Alice en robe blanche,
Sa mère, ayant au front les fleurs du renouveau,
Son père, retirant un panama nouveau
Pour s'essuyer le front sous la brûlante haleine
Dont la réjouissante atmosphère était pleine,
Marchaient, l'un à côté de l'autre, en ce jardin
Où le paon lumineux se couche auprès du daim,
Où l'autruche au long cou parmi nous s'acclimate,
En trottant régulière ainsi qu'un automate,
Attelée au léger tilbury que d'un trait
Son vol sauvage et libre au loin emporterait.

La fraîcheur des étangs leur montait au visage,
Dans cet éblouissant et joyeux paysage.
Ils regardaient près d'eux passer les éléphants
Promenant leur tristesse et des grappes d'enfants,
Au lieu de balancer, sous des branches fleuries,
Les nababs indiens couverts de pierreries.
De légers bengalis, véritables bijoux,
Regardaient, curieux, les malins sapajous,
Les aras, dont la tête est pareille à des casques,
Ou les flamants rêveurs aux becs en nez de masques.
Et, sans prêter l'oreille à la chanson des nids,
Les cygnes noirs ou blancs, par troupes réunis,
Faisaient songer, sur l'eau paisiblement unie,
A la marche au soleil, dans la mer d'Ionie,
Des gracieux vaisseaux par l'art grec embellis.

Alice, se penchant vers la rose ou le lis,
Souriante, en trouvait les couleurs admirables.
Les fauvettes, fuyant à travers les érables,
S'arrêtaient pour mieux voir passer comme un ami
Cet enfant rose et blanc de deux ans et demi ;
Le chamois, à son tour, la suivait de sa roche ;
Les faisans d'or levaient la tête à son approche.
Ses petits pieds, courant sur les graviers nouveaux,
Réveillaient l'ibis rouge au milieu des rameaux.

Dieu mit entre la grâce éparse sur la terre
L'immense liaison intime d'un mystère;
Et qui n'a pas senti l'invisible réseau
Liant les nids à l'arbre et l'enfant à l'oiseau?
Dans le vaste univers, colossale harmonie,
Il voit seul les anneaux de la chaîne infinie
Unissant au rosier le papillon vermeil,
L'âme au divin amour et la terre au soleil!

Enfants, jardin, clartés, sveltes palmiers d'Asie
Faisaient au fond des cœurs tomber la poésie;
Et le père, attendri sous les ombrages verts,
Entendit gazouiller les premiers de ces vers.
Sur le bord de l'étang, au pied de la tourelle,
Il prit sur ses genoux sa blanche tourterelle;
Mais, pendant qu'il couvrait d'un regard son enfant,
Un nuage passa sur son front triomphant :
Il pensait à la Mort emportant sur ses ailes
Les deux sœurs, qui seraient deux grandes demoiselles,
Et venant de sa main, lentement, par degrés,
Éteindre devant lui leurs regards adorés;
Il songeait, soucieux, à tout ce que tu changes
Autour de nous, départ précipité des anges,
A ces jours-de bonheur, au sombre lendemain,
Où Julia, prenant Angèle par la main,
Lui faisait admirer le paon qui fait la roue,

Et ses pleurs retenus descendaient sur sa joue.

Oh! que se passe-t-il au delà du cercueil,
Dieu puissant, qui donnez ou la joie ou le deuil?
Et, puisqu'en vous le cœur meurtri de l'homme espère,
Montrez, dans votre ciel, ses enfants à leur père,
Plus beaux, plus radieux qu'ils n'étaient parmi nous!
Vous le verrez tomber dans l'ombre à vos genoux,
Et leur tendre les bras, et chanter que vous êtes
Libre de nous troubler au milieu de nos fêtes!
Tous nos rêves dorés, tous nos projets sont vains
Devant l'éternité, Maître des plans divins!

Alice, en s'échappant s'étant mise en colère,
Ramassait des cailloux sur le bord de l'eau claire,
Car on la voit passer, avec rapidité,
Du bruit de la tempête à la sérénité.
Il faut la supposer un peu comédienne :
Quand la fleur que l'on tient doit devenir la sienne,
Elle prend à ravir les airs les plus charmants,
Et les gentils papas, les petites mamans,
Multipliés devant les bisons ou les chèvres,
Tombent, dans le jardin, coup sur coup de ses lèvres.
Le Roi dit : « Nous voulons »; mais elle dit : « Je veux »,
Si le vent des Césars passe en ses longs cheveux,
Transformant, au milieu des flèches de lumière,

En pouvoir absolu son aimable prière.
Sans constater encor la fraîcheur de son teint,
De la femme à venir elle a déjà l'instinct.
Elle semble parfois surprise que l'on rie
De la voir se tourner avec coquetterie
Pour admirer l'effet magnifique des nœuds
Formés par sa modiste à ses grands rubans bleus.
Le souvenir en elle, inconscient, se grave.
On la voit devenir soudain muette et grave,
Et, changeant de figure en vrai caméléon,
Croiser alors ses bras comme un Napoléon,
En paraissant sonder, petite âme immortelle,
Le magique horizon étendu devant elle.

L'aboîment des grands chiens du chenil écarté
Par un écho fidèle était répercuté.
La fleurissante nuit arrivait solennelle.
Le cygne avait glissé son cou blanc sous son aile,
Et tout dans la nature, au départ du soleil,
Entrait dans le palais étoilé du sommeil.

On dîna lentement, à quatre, sous les branches.
Les fraises de rubis semaient les robes blanches
Du gai rassemblement de tous les petits rois,
Qui riaient de les voir s'échapper de leurs doigts.
Un beau paon, veillant seul sur la tente de toile,

Regardait fièrement dans le ciel une étoile.
Les bébés, s'embrassant, se dirent au revoir.

On regagna Paris, plein des clartés du soir.
La musique, les voix, dans les concerts mêlées,
Remplissaient de leurs bruits les prochaines allées.
Le père était monté près du cocher bavard.
Quand on eut traversé le premier boulevard,
Dans l'air moins chaud des nuits sentant passer la brise,
Il remarqua le trot lent de la jument grise,
Et, regardant l'enfant dormir avec amour,
Il pria le cocher de hâter le retour;
Mais on lui répondit que ce cheval, naguère,
Avait trop tôt vieilli dans la dernière guerre.
A ce noir souvenir, qu'il ne prévoyait pas,
Il dit à son voisin de ralentir le pas,
Et, la tête inclinée alors dans la pénombre,
Il n'entendit plus rien des paroles sans nombre
Ni de tous les discours du vieil automédon.

De Notre-Dame au loin résonnait le bourdon.
Les deux tours de granit, les coupoles dorées,
Par la clarté du ciel vaguement éclairées,
Reformaient dans la nuit leur saisissant tableau,
Et la Cité dormait paisible au bord de l'eau.

Paris, juin 1877.

THERMIDOR.

L'été, dans tout l'éclat de sa magnificence,
De son grand soleil d'or étalait la puissance,
Et l'homme qui levait la tête vers les cieux
Songeait à l'aigle altier en refermant les yeux.

Des vieillards consolés, penchés sur leurs béquilles,
Contemplaient, souriants, marguerite ou jonquilles;
Puis, suivant les cours d'eau parmi les églantiers,
Du village entrevu reprenaient les sentiers.
Les aveugles charmés écoutaient les bruits d'ailes,
Guidés par leurs bâtons et par leurs chiens fidèles,
Et sentaient pénétrer en eux plus vivement
Le charme inexprimé de ce bourdonnement.

Le soleil colorait le fin duvet des pêches.

Les jardiniers plantaient dans la terre leurs bêches
Pour trouver sous la feuille un peu d'ombre à deux pas,
En s'essuyant le front du revers de leurs bras.
Des branches d'un poirier ils détachaient leur gourde,
Dans la chaleur du jour assoupissante et lourde.
Les oiseaux descendaient des arbres deux à deux ;
Ils venaient voltiger sans frayeur autour d'eux ;
Car ces vieux serviteurs ont l'amour solitaire
Des nids qu'ils ont trouvés en remuant la terre,
Et tous les gais chanteurs, qu'ils n'effarouchent pas,
Leur font une musique au milieu des lilas.

Par le chemin couvert d'ombrages d'une allée
Que la branche assombrit à la branche mêlée,
Conduit à la Daumon, un équipage exquis
Sortait du frais château couronné d'un marquis.
Debout à la portière, un laquais plein de morgue
Avait voulu chasser du seuil un joueur d'orgue :
La marquise, aussitôt, d'un geste gracieux
Protégeant l'art obscur cheminant sous les cieux,
Au rêve inattendu s'était abandonnée,
Au retour des vieux airs de sa quinzième année.
Son doux regard, rempli d'un charme souverain,
Perçait l'azur céleste à l'horizon lointain.
Ses blonds enfants riaient dans leurs toilettes roses ;
Les chevaux blancs portaient aux oreilles des roses,

Et des bleus postillons, qu'on admirait encor,
Sautaient sur les képis les garnitures d'or.
Au milieu des parfums que transportaient les brises,
Sous leurs manteaux chiffrés, les six levrettes grises
Sautillaient à côté des quatre blancs chevaux.
Ces trotteurs élégants n'avaient point de rivaux
Pour la délicatesse extrême de leurs formes.
D'autres enfants, assis sous l'ombrage des ormes,
Le teint jauni, pieds nus, ouvraient leurs plus grands yeux
Au passage animé de l'équipage heureux.

Des blés mûrs aux carrés de longueurs inégales
Sortait le cri sonore et perçant des cigales.
Le jaune illuminé de ces riches moissons,
D'où l'alouette au ciel emportait ses chansons,
Alternait brillamment avec des nappes vertes,
Où des milliers de fleurs, par la chaleur ouvertes,
T'arrêtaient tout à coup, dans ton vol incertain,
Papillon né d'un souffle embaumé du matin.
La demoiselle active aux deux ailes de gaze
Mêlait insecte et fleur, émeraude et topaze,
Fixée au dahlia sous elle émerveillé,
Mais repartait bientôt, corps frêle ensoleillé,
Pour revoler encor plus fraîchement à l'ombre
Parmi tes joncs luisants, mare écartée et sombre,
Dont les arbres penchés de trois côtés vers l'eau

Opposaient au soleil leur verdoyant rideau.

La ferme, d'où sortait, en fredonnant, le pâtre,
Non loin de cette mare apparaissait grisâtre.
Un bois rempli d'oiseaux joyeux l'avoisinait,
Corrigeant la couleur sombre qui dominait
Sur les vieux murs croulants de cette métairie.
Des clôtures de bois entouraient la prairie :
De chevaux pommelés sans harnais et sans mors
On voyait se baisser les têtes sur ses bords ;
Mais la douceur du vent, qui flattait leur crinière,
Ramenait quelquefois leurs regards en arrière.
De ces fiers animaux tous les peintres fameux
Eussent rendu la flamme errante dans leurs yeux,
Car ils avaient alors, profond sujet d'étude,
De penseurs inclinés la paisible attitude.

Qu'il médite à la voix du rossignol fiévreux,
Chanteur nocturne au fond du bois mystérieux,
Ténor ému goûtant l'affinité secrète
Qui le fait tressaillir quand le soleil s'arrête ;
Mais quand d'autres soleils, dans l'ombre accumulés,
Sont, pour le remplacer, aussitôt rassemblés ;
Qu'il aperçoive un aigle entraîné vers les nues
Frappant du bec au seuil des choses inconnues,
Et laissant au-dessus des terrestres vallons

8

Se balancer le vol impuissant des ballons;
Qu'il rencontre, étonné, les yeux rêveurs des bêtes;
Que le bois enchanteur le convie à ses fêtes;
Que la fauvette alors, légère dugazon,
Le fasse, à son appel, s'asseoir sur le gazon;
Que, sous le clair saphir d'un beau ciel, il revoie
Sur la terre, en été, l'universelle joie,
Ou regarde attendri d'étincelantes fleurs
Sentir confusément qu'il est un Maître ailleurs,
Emporté vers le Dieu qui l'attire et le dompte,
L'homme en pensée au ciel éblouissant remonte!

C'est là que le doux vent des plus belles amours,
Soufflant autour de lui, le ramène toujours:
Les fiers trésors de l'art, les nuits d'or, la nature,
La Muse, au soir tombant, sa lyre à la ceinture,
Marchant dans les chemins rougis par le soleil,
Les oiseaux bleus rentrant dans le buisson vermeil,
La rose où le matin fait tomber une larme
Ont toujours ici-bas ce pouvoir et ce charme
De reformer la chaîne, admirée à genoux,
Qui part du ciel ouvert et qui descend vers nous!

1878.

·

LES DEUX PARADIS.

Éblouissante et rose, aux yeux du premier homme,
Parmi les rameaux verts, étincelait la pomme
Qu'Ève, innocente encore, aux longs cheveux flottants,
Allait cueillir au seuil immaculé du temps.

L'Euphrate harmonieux renversait dans ses ondes
Les grands arbres debout au berceau des deux mondes ;
Mais, au retour de l'heure émouvante du soir,
Tous les astres ravis brillaient dans ce miroir,
Et, dans l'immensité sans durée et sans bornes
Qu'au loin le bélier d'or frappait de ses deux cornes,
On voyait, au-dessus du terrestre horizon,
Traîner au fond du ciel le feu de sa toison.
Voyageur gigantesque, avec ses quatre lunes,
En comblant à lui seul d'effrayantes lacunes,

Quand Jupiter, la nuit, passait au méridien,
Adam joyeux sentait toujours auprès du sien
Battre le cœur ému de la première femme.
Dans l'ombre, à côté d'eux, veillait le monstre infâme :
Autour du tronc noueux d'un vieux chêne enroulé,
Il brûlait d'un regard le beau couple isolé.

De voir aussi, d'entendre et de vivre étonnées,
Les bêtes, les paons bleus aux têtes couronnées,
Le cerf, qui dépassait en grandeur nos chevaux,
Des loups qui depuis lors n'ont pas eu de rivaux,
La lionne, à côté du lion marchant seule,
Les tigres d'or, ouvrant, mais sans mordre, la gueule,
Portant leurs doux regards attendris dans les airs,
T'y cherchaient vaguement, Maître de l'univers !
Et, dans l'ombre des nuits, par la lune éclairée,
Le couple heureux pleurait sous la voûte sacrée !

Ineffables beautés du monde épanoui,
Soleils qui fleurissiez devant l'homme ébloui,
Larmes de plein bonheur qui tombiez sur la terre,
Où dormait apaisé l'océan solitaire,
Vous étiez l'éphémère et doux commencement
De ce premier poème au sombre dénoûment !

Partageant ce bonheur incomparable d'Ève

De croire à la durée éternelle du rêve,
Devant le bleu rideau du sombre lendemain,
Adam, penché, le front appuyé sur la main,
Savourait longuement, dans sa joie infinie,
Des premiers rossignols la première harmonie.
Couchés sur le tapis moelleux des gazons verts,
Les lions attentifs tenaient les yeux ouverts.
Quand le joyeux matin, après ces longues veilles,
Sur la terre, à son tour, déroulait ses merveilles,
Ce n'étaient que lumière et qu'amoureux soupirs,
Marches des éléphants à côté des tapirs,
Zèbres rayés croisant au galop l'hémione,
Blonds chevreuils rencontrant sans trembler la lionne,
Rassemblements, au pied d'un cèdre sans pareil,
De chevaux blancs couverts de rayons de soleil,
Chansons d'amour ou vol paisible des mésanges,
Sous la ramure ombreuse où pendaient les oranges,
Loriot jaune et noir effleurant les roseaux,
Ou dragons verts passant en troupes sur les eaux.

Mais le serpent parla comme un frais ruisseau coule,
Comme au front des palmiers la colombe roucoule,
Comme un oiseau prélude en son gazouillement,
Et tout devint alors sombre subitement.
Des continents battus par les vagues énormes
Montaient vers le ciel noir tous les monstres difformes ;

La foudre, coup sur coup, répandait la terreur ;
Le tigre affreux hurlait dans l'ombre avec fureur ;
Des forêts, par la trombe effrayante ébranlées,
Les vieux cèdres couchés remplissaient les vallées ;
Les chevaux affolés couraient vers l'horizon,
Mur de feu de l'immense et lugubre prison ;
Le fier lion, que rien n'effarouche ou ne dompte,
S'accrochait, d'un seul bond, au cou du mastodonte ;
Les yeux des animaux, en tisons transformés,
Brillaient dans l'épaisseur des buissons parfumés...
Mais des bois profanés les pénétrants aromes,
Partant du sol en fleurs pour monter vers les dômes,
Mouraient dans les odeurs criminelles du sang,
Le tigre étant le maître, et le vautour puissant.

Atteint du tremblement d'une terreur subite,
Adam, vieilli, — les yeux enfoncés dans l'orbite,
Des splendeurs de son rêve originel tombé,
Les cheveux blancs, sortant du paradis courbé,
Suivi de chiens hurlants acharnés sur sa trace, —
Entrevit l'avenir sinistre de sa race :
Caïn assouvissant sa rage sur Abel ;
Le colossal monceau des pierres de Babel ;
Les familles cherchant des hauteurs pour refuge,
Au bruit grondant des flots terribles du déluge ;
Les peuples orgueilleux bâtissant tour à tour

Le temple, le palais, le portique, la tour ;
Les hommes, par milliers, couchés dans la bataille ;
Tous les siècles passant comme des feux de paille ;
Des chèvres, le silence, un vieux cèdre isolé,
Où des villes montaient vers le ciel étoilé ;
La mère, dans un coin sombre, devenant folle,
A côté du cercueil de l'enfant qu'on lui vole ;
Les sanglots de la terre en deuil, et tout le bruit
De Babylone en fête au milieu de la nuit !

L'hiver avait chassé tous les oiseaux des branches.
Le loup cruel errait dans les campagnes blanches.
Les fleurs et les chansons de l'éternel printemps
Avaient fui pour toujours dans le gouffre du temps.
L'affreuse vision des milliards d'années
Que la Mort emportait dans ses mains décharnées
Sur l'aïeul affaissé pesait si lourdement,
Qu'il s'écria : « Pitié ! » sous un tel châtiment !

Et c'est alors que Dieu, dans sa beauté profonde,
Se pencha de nouveau sur le berceau du monde ;
Qu'il fit apercevoir aux vieillards condamnés,
Plus beaux que les jardins qu'il leur avait donnés,
Les éternels jardins de la gloire infinie,
Où la mère à la fille est pour toujours unie.
Là, dans l'éternité flamboyante de Dieu,

Disparaît des tombeaux le déchirant adieu,
Et Rachel, au milieu des anges consolée,
Parcourt en souriant la céleste vallée.
O lumineux jardins des amours triomphants,
Vous rassemblez ainsi tous ces milliers d'enfants,
Chérubins envolés aux doux yeux de gazelles,
Dont nous croyons parfois entendre au loin les ailes !

Seuls encor sur la terre, où les vents déchaînés
Couvraient partout le sol d'arbres déracinés,
Au milieu du désordre affreux de la nature,
Marchant, dès le matin sinistre, à l'aventure,
Les deux vieillards, les yeux dévorés par les pleurs,
Contemplaient fixement tout ce beau ciel en fleurs,
Et, plein de son regard, qui leur disait : Espère !
Ils sanglotaient d'amour à la voix de leur Père !

1878.

RESURRECTIO

POÈME D'AVRIL.

Tout semble devenir aimable et fraternel.
Comme un train ralenti sortant d'un noir tunnel,
La terre, qui tournait hier appesantie,
De l'hiver accablant glorieuse est sortie;
De nouveau rajeunie et belle, la voici,
Sous l'astre éblouissant, éblouissante aussi.

Dans l'épaisseur des bois, dans le fond des vallées,
Les feuilles non encor par le soleil brûlées
Font briller le tableau virginal et charmant
Des tons les plus légers dans leur rassemblement.

La Mort affreuse, ouvrant ses deux ailes funèbres,
Avait couvert le globe errant dans les ténèbres.
En jetant vers le ciel sombre son cri d'effroi,

La forêt dévastée avait tremblé de froid.
Après six mois entiers remplis de son attente,
La voici de nouveau reverdie et chantante :
Le soleil reparu lui donne à son retour,
Du fond des cieux brûlants, son long baiser d'amour ;
Ses voltigeants oiseaux, qui sont charmés de vivre,
Nous font subitement refermer notre livre ;
L'eau fuyante à ses pieds a des soupirs joyeux ;
Le merle en satin noir ouvre en sifflant les yeux ;
Fauvettes et pinsons, rossignols ou linottes,
Dès le matin suave, ont leurs plus fraîches notes.

Le pauvre, qui tremblait au souffle boréal,
Se réchauffe au soleil vivant de Floréal,
Dont le brillant rayon, aux vitres des chaumières,
Lui semble détaché des célestes lumières.
Ses enfants, qui pleuraient dans un coin grelottants,
Courent à la clarté divine du printemps,
Dans la prairie en fleurs, richement arrosée
Par les filtres vermeils d'où descend la rosée,
Et lèvent, à genoux, sur le bord des chemins,
Vers le ciel entr'ouvert leurs deux petites mains.

Au delà de la grille aux fines armoiries
D'une allée ondoyante au milieu des prairies,
Autour des gais châteaux aux pigeonniers repeints,

Les ramiers roucoulant volent dans les sapins,
Et les blancs papillons vont reparaître en foules.
Sur les tendres gazons, mêlés avec des poules,
Les faisans du Japon ou les paons fraternels
N'ont pas encor repris ces grands airs solennels
Qu'ils ont quand le soleil, plus radieux, déploie
Les ors et les saphirs de leurs plumes de soie.
Le saule échevelé, qui touche les roseaux,
Trempe encor son feuillage éploré dans les eaux ;
Parfois, tombant du ciel, la lumineuse ondée
Glisse en perles de feu sur la branche inondée.
Dans l'écurie heureuse on met la selle aux flancs
Des poneys familiers ou des étalons blancs ;
La jolie amazone à la joue enflammée
Retrouve avec bonheur sa route accoutumée ;
L'amour suit des sentiers le flottant corridor.
Des canards bleus et verts, avec des reflets d'or,
Sur le miroir profond d'un bel étang sans vase
Dessinent, en nageant, des triangles sans base,
Ou, profanant la paix de ce tableau détruit,
Reprennent tout à coup leur volée avec bruit.
L'hirondelle azurée, en arrivant par troupes,
Neigeux magnolia, vole effleurer tes coupes,
Et fait mourir sur toi son vol intermittent,
Chapelle ensoleillée au vitrail éclatant.
La mousseline au loin du transparent nuage

Qui va pendre en lambeaux aux griffes de l'orage,
Noir dragon monstrueux illuminant les airs,
Et dont la gueule ouverte est un gouffre d'éclairs;
De la glycine aux murs les grappes violettes,
Les cerisiers couverts des plus riches toilettes,
Les mille bruits légers, les chants d'oiseaux, les fleurs
Semblent vouloir nous faire oublier nos douleurs;
Dans les bois repeuplés, dans la plaine ravie,
Refleurit la jeunesse éternelle et la vie;
Échappé de l'hiver, Avril est aussi beau
Que notre âme immortelle au sortir du tombeau.

Il tient ce bleu bouquet de la saison nouvelle
Que la bonté du Dieu des roses renouvelle;
Du buis vert de l'année il suspend les rameaux
Aux luisants crucifix de cuivre des hameaux,
Et sa main voyageuse, en passant, les attache
A ceux dont la blancheur de l'ivoire est sans tache;
Il offre au ciel ouvert, ineffables présents,
Ces parfums réunis des âmes de douze ans
Qui montent lentement vers la nue en spirales,
A travers le plafond doré des cathédrales
Ou la voûte abaissée et plus simple à la fois
D'une église éclairée au seuil riant d'un bois,
Dont les musiciens mêlent leurs doubles croches
Au matinal appel répercuté des cloches,

Et dont le peuplier, par son balancement,
Semble éventer de loin le pieux monument.

D'anciens amis, assis sur de vieux bancs gothiques,
Des poëtes nouveaux ou des chanteurs antiques
Relisent tour à tour les poëmes divins
En vidant les flacons des plus généreux vins.
Ils ont au-dessous d'eux, primeur qui les enchante,
Sur un beau pommier rose, un rossignol qui chante :
L'oiseau, dans tout le feu de ses jeunes amours,
De la table et du banc se rapproche toujours,
Attiré par l'éclat, près des lecteurs sévères,
Du rubis scintillant dans le cristal des verres.
Il sait qu'il est toujours sous l'ombrage écouté,
Dans son aérienne et frêle majesté,
Et sa tête aux doux yeux, auprès de sa couvée,
Vers le ciel étoilé chaque soir est levée !

Paris, que l'on n'a pas encore abandonné
En ce beau mois d'avril que Dieu nous a donné,
Ouvrant à l'air si pur ses milliers de croisées,
Est ravissant à voir dans ses Champs-Élysées,
Dans les jardins ombreux de ce frais Luxembourg
Où les gamins bruyants vont jouer du tambour,
En taquinant parfois les petites coquettes
Dont le volant léger passe entre deux raquettes.

Les milliers de fleurs d'or, les touffes de jasmin
S'offrent à la hauteur facile de leur main;
Et là, comme au jardin joyeux des Tuileries,
Sous le plafond à jour des branches refleuries,
Les berceaux et les nids sont tendrement couverts
Par le doux tremblement de tous les rameaux verts.

Devant le palais vide aux murailles noircies,
— Où l'on entend le bruit des rabots et des scies,
Où le maçon, qui monte en chantant vers les toits,
Du vieux sol limousin a gardé le patois, —
Les blonds enfants, tenant des bouquets éphémères,
Demandent curieux, en s'approchant des mères,
Si quelque affreux démon, au cheval noir fumant,
S'arrêtant dans les cours du sombre monument,
N'en a pas commandé tout à coup l'incendie...
Sur les rameaux voisins, la linotte étourdie
Est livrée tout entière aux parfums des lilas,
Et la mère à l'enfant rêveur ne répond pas :
Inclinée, assombrie, elle contient en elle
Les pleurs que fait couler une honte éternelle,
Et ne veut du passé montrer à ses enfants
Que drapeaux déployés dans les jours triomphants!

Près du Louvre, où fleurit encor l'oisellerie,
Des cages du Japon, avec coquetterie,

Charment ces mille oiseaux dont les riches couleurs
Ont la diversité chatoyante des fleurs :
Le doux roucoulement des pigeons domestiques,
Le babil printanier, sous l'auvent des boutiques,
Des légers bengalis mêlés aux blancs moineaux,
Le premier chant d'amour des chanteurs nationaux
— Brillants chardonnerets, pinsons, fauvettes grises,
A l'appel d'un bouvreuil, dans un trébuchet prises —
Nous font jouir encor du mélange étonnant
Des voix du nouveau monde et du vieux continent.

O Grèce, que trois mers éblouissantes baignent,
Que des monts radieux d'une auréole ceignent,
A Cythère, à Paphos, dans tout cet archipel
Où la sirène aux dieux jetait son doux appel,
Dans le creux des vallons de l'Hymette et du Pinde,
— Comme au fond redouté des vieux temples de l'Inde,
Comme en Égypte, aux bords féconds du Nil sacré,
Où l'ibis éclatant croise un faisan doré,
Comme aux grands jours de Rome ou de Lacédémone,
Quand allaient refleurir la rose et l'anémone, —
Avec un cri de joie, on a toujours fêté
Le réveil enchanteur d'Avril ressuscité !

Pour moi, qu'aucun rayon de soleil ne console,
Si l'étang bleu rayonne et si le zéphyr vole,

A toute heure, en tout lieu, je suis toujours suivi,
O couple radieux que la mort m'a ravi,
Par l'effrayante idée, accablante entre toutes,
— Près des pommiers en fleurs plantés aux bords des routes,
A l'ombre des tilleuls ou du joyeux plafond
Qu'en se réunissant les marronniers nous font, —
Que je ne verrai plus mes deux petites filles,
Qui marchaient près de nous ensemble si gentilles,
Cueillir les boutons d'or à nos pieds répandus,
En remplissant mon cœur de mes baisers rendus !

Mais leur voix entendue à tout ce deuil m'enlève,
Et j'atteins du regard les profondeurs du rêve :
Dans l'autre vie alors je vois distinctement
Angèle et Julia, dans un sentier charmant,
Caresser de la main des chevreuils aux pieds lestes
Et dans leurs tabliers porter des fleurs célestes.

En ce monde où l'esprit, des tours de sa prison,
Se fait une ouverture immense à l'horizon,
Sous ta main étendüe, ô Roi du ciel, qu'importe
Que l'hiver ou la mort surgisse à notre porte ?
Aux deux extrémités, je vois tes deux soleils,
Dieu de tous les printemps et de tous les réveils !

1878.

A L'OMBRE.

Pour les jours de poussière et de chaleur torride,
Où nul souffle de l'air éblouissant ne ride
Les étangs colorés où brille, au fond de l'eau,
Le fût montant du chêne et celui du bouleau,
Le peintre étincelant d'un millier de chefs-d'œuvres[1],
Et dont l'Envie, au front couronné de couleuvres,
Aurait voulu ternir la gloire aux rayons d'or,
Plus grand, plus étonnant, plus merveilleux encor,
S'est fait bâtir, au cœur d'une forêt profonde,
Loin de Paris, volcan qui sommeille ou qui gronde,
Un luxueux chalet où jamais le soleil
Ne vient tomber brûlant sur le rosier vermeil.

1. Licence introduite dans la poésie française par M. de
Lamartine

Environné partout d'un rempart de verdure,
Il y savoure à l'ombre, autant que l'été dure,
Et sans être troublé par le cerf aux abois,
Les charmes d'une vie adorable sous bois.
Un étang aussi clair que l'acier d'une armure
Reçoit un jour discret à travers la ramure.
Le gai rassemblement de dahlias en fleurs,
Des aras flamboyants aux tranchantes couleurs,
Les jets d'eau s'élançant en liquides fusées,
Les plantes par la main de sa femme arrosées,
Un cèdre du Liban formant un parasol,
Des paons frappant du bec le fin gravier du sol,
Le bel espalier vert où jaunissent les poires,
Des chiens d'un blanc de neige avec des taches noires,
Le bois rouge et lustré du séduisant chalet,
Les lapins gris broutant le tendre serpolet,
Les bleuâtres ramiers dans les feuillages sombres,
Dans un jeu de lumière atténuée et d'ombres,
Font de ce pied-à-terre un ravissant séjour
Où le merle enchanté descend au petit jour.

Le frais chalet du maître est rempli de merveilles
Que l'art universel enfanta dans ses veilles :
De bronzes florentins, de radieux émaux
Où sont représentés des combats d'animaux,
De rideaux lamés d'or, de vrais cuirs de Cordoue

De tapis rapportés d'une pagode indoue,
De fulgurants tableaux de peintres acclamés,
De cristaux scintillants, de vitraux enflammés,
De boucliers d'argent, de vases, de trophées,
De boudoirs qu'on croirait décorés par des fées,
De spacieux fauteuils des rois du temps passé,
Et de plats rayonnants en cuivre repoussé.

L'artiste, en coutil blanc, en grand chapeau de paille,
Tue au vol l'épervier voyageur, qu'on empaille,
Mais laisse en paix le merle, et n'a jamais tiré
Sur le rameau qui porte un loriot doré.
Il aime à découper la poularde du Maine,
Quand juillet tout en fleurs vers son chalet ramène
Les amis d'autrefois, témoins des jours anciens,
Et tous leurs blonds enfants, jouant avec les siens.
La table en son jardin est brillamment dressée.
Une lanterne immense est dans l'air balancée,
Avec son gai vitrail plein de mandarins bleus,
De faisans, d'échassiers, de dragons fabuleux.
On se rappelle alors les déboires, les luttes,
Les grands espoirs conçus, les triomphes, les chutes,
Le mirage où notre œil si crédule est trompé,
Le vieux quartier latin où le Clicquot frappé,
En des repas joyeux beaucoup moins confortables,
Pétillait rarement sur le marbre des tables,

Où plus d'un, se penchant, a jadis crayonné
Quelque tableau fameux depuis lors couronné.

Le dîner terminé, viennent les promenades.
Au bas des marronniers, champêtres colonnades
Menant de la forêt profonde vers le seuil,
Quand s'endort en bourgeois paisible le bouvreuil,
Les rossignols légers, dont les femelles pondent,
Inspirés par la nuit sereine, se répondent.
Un chérubin du ciel, par un vitrail ouvert,
Les a fait, au printemps, descendre en ce bois vert,
Où leurs nids, balancés parmi des vapeurs blanches,
Semblent couverts de gaze au départ de trois branches.
Tout se tait dans ce calme incomparable, hormis
Ces chanteurs éveillés près d'autres endormis.
Mais, pour jouir ailleurs de ces belles soirées,
En plein ciel, sous le feu des étoiles dorées,
On marche lentement, en groupes quelquefois,
Vers la plaine étendue au sortir du vieux bois,
Et dans laquelle on voit dormir la moisson mûre,
Où le vent frais des nuits glisse à peine un murmure.

Le grand peintre immortel, aux cheveux blanchissants,
Est un sauveur connu des bûcherons passants :
Le mendiant qui n'est secouru par personne
Au grillage entr'ouvert jamais en vain ne sonne ;

L'Art, qui nous fait monter à l'immortalité,
Nous fait de ses hauteurs descendre avec bonté
Vers tous les malheureux en larmes sur la terre,
Vers la veuve à genoux au foyer solitaire,
Vers les blonds orphelins marchant sans feu ni lieu,
Car l'artiste est toujours un envoyé de Dieu!

Bruxelles, 1878.

SÉRAPHINE.

Comtesse de Fréjus, d'Hyère et d'autres lieux,
Elle a dix-neuf printemps, un front d'ange, des yeux
Où la clarté d'une âme apparaît tout entière.
Riche, orpheline et belle, elle est de race altière,
Mais n'a pas conservé cependant la fierté
Du cortège encadré des aïeux. Sa bonté
Pour le vieillard qui souffre est une eau de Jouvence,
Sur le bleu littoral de la mer de Provence,
Et le pauvre est toujours longuement visité
Par sa continuelle et tendre charité.

L'Évangile, où la croix sur ivoire est sculptée,
Est toujours, dans sa chambre, ouvert à sa portée :

Le support magnifique où le livre est posé
Au regard qu'il attire est de suite imposé.
Magistral et superbe, un grand aigle de cuivre,
Couronnant ce trépied, plane au-dessus du livre,
Où, captivant les yeux comme un bouquet de fleurs,
L'aquarelle a semé ses plus riches couleurs.

Son père avait jadis de vastes écuries,
Vingt chevaux piaffant aux oreilles fleuries,
Des calèches d'azur, de légers chars-à-bancs,
D'élégants postillons coiffés de cheveux blancs,
Des cerfs dont se baissaient vers le gazon les cornes,
Dans le grand cercle ombreux d'un horizon sans bornes
Des couples de faisans sur les hauts peupliers,
De fiévreux chiens danois dont les riches colliers,
D'un bel acier poli recouvert d'armoiries,
Reluisaient au soleil au milieu des prairies.

Ses ancêtres, debout sur de blancs palefrois,
L'épée en main au bruit des cloches des beffrois,

Tout couverts de drap d'or, conquéraient[1] des provinces.
Ils marchaient dans la gloire à l'égal de leurs princes.
Le peuple, émerveillé des panaches flottants,
Contemplait ces guerriers fameux d'un autre temps,
Précédés et suivis par le bruit des trompettes.

Vieil écho de leurs bois paisibles, tu répètes
Les sons joyeux du cor comme aux siècles passés,
Et les nids sont toujours près de toi balancés;
Mais sous la main du temps, aux cruelles atteintes,
Hélas! combien de voix tendres se sont éteintes
Depuis les gais rayons dorés du premier jour
Où ta forêt couvrit un rendez-vous d'amour!

Elle a le pied mignon, l'œil bleu, la taille fine,
Le parler d'une reine, et pour nom Séraphine,

---

1. C'est à tort, d'après MM. Bescherelle frères, que les lexicographes et les grammairiens prétendent que ce verbe n'est pas usité à l'imparfait de l'indicatif, et qu'ils omettent ce temps. Bossuet a dit : *Les étrangers qui la conquéraient* (*l'Égypte*).

Comtesse de Fréjus, d'Hyère et d'autres lieux
Des plus ensoleillés et des plus radieux.

Son aïeule orgueilleuse, une mouche à la joue,
Qui fait dans son beau cadre en souriant la roue,
Élégamment coiffée avec le plus grand art,
Et dont le fin portrait est signé Fragonard,
Dans sa robe aux fleurs d'or étalée avec faste,
Offre, en la regardant, le violent contraste
De l'amour de soi-même et de la charité,
De la hauteur superbe et de l'humilité.

Les hauts plafonds aux lourds sommiers de ses ancêtres
Les foyers dans lesquels les chênes et les hêtres
Flambent, durant l'hiver, en bûches de géants,
Des dressoirs, des buffets comme des monuments,
Un salon colossal, de riches boiseries,
Des milliers d'oiseaux peints sur les tapisseries,
Des vitraux de couleurs, interceptant le jour,
Lui font sur terre un vaste et somptueux séjour,
Avant que Dieu lui donne, à cette heure où tout change,
La clef d'or du palais illuminé d'un ange.

*
* *

Elle avait dix-sept ans quand son vieux père, un soir,
Murmura le dernier et suprême au revoir,
Et dix-huit quand sa mère, au regard de colombe,
Referma ses deux yeux terrestres dans la tombe.
Tout a bientôt, dès lors, changé dans le château :
Des jardiniers tenant la bêche ou le râteau,
Des laquais galonnés, des valets d'écuries,
Des gardes traversant les bois ou les prairies,
Des grooms, des cuisiniers et des veilleurs de nuit
Le nombre, en quelques jours, fut de moitié réduit.
Plus jamais les grands lustres d'or ne s'allumèrent [1].
Les volets des trois quarts du château se fermèrent,
Et doivent, paraît-il, refuser pour toujours
L'entrée à la clarté joyeuse des beaux jours.

*
* *

Séraphine, à la voix du Maître qui l'appelle,
Avait soudain marché seule vers la chapelle,

---

1. L'auteur n'a pas commis sytématiquement ce vers, dans
lequel il croit trouver la preuve de ce fait qu'une véritable
harmonie peut quelquefois résulter de l'oubli de la règle
ainsi formulée :

Surtout que dans vos vers le sens, coupant les mots,
Suspende l'hémistiche, en marque le repos.

En avait fait le soir allumer les flambeaux,
Et là, dans la prière, à côté des tombeaux
De tous ses grands aïeux, de toutes ses aïeules,
Qui jamais autrefois ne priaient ainsi seules,
Sur sa chaise élégante et svelte en velours bleu,
Avait donné sa vie immaculée à Dieu.
Dans la clarté du temple et le silence austère
Que fait le ciel autour des choses de la terre,
Elle a compris, Seigneur, qu'il faut bien, ici-bas,
Que l'on prenne, en ton nom, les pauvres dans ses bras,
Quand on peut remuer des flots d'or à la pelle,
Et quand ta grande voix auprès d'eux nous appelle.

*
* *

Des vingt chevaux du comte un cheval est resté
Dans le château désert par cet ange habité ;
Attelé sans richesse à la voiture unique,
Ce poney familier, à la blanche tunique,
Qui semble aussi de loin entendre les sanglots,
Durant l'hiver sinistre agite ses grelots.
Quand sa maîtresse en pleurs entre dans la chaumière,
Les deux pieds sur le seuil, remuant sa crinière,
Il semble nous prouver que, sur terre, à nos maux
Compatit quelquefois l'âme des animaux.

*
* *

Ainsi donc plus de bals, plus de bruit, plus de chasses,
Plus de beaux chiens danois qui flairaient les bécasses ;
Mais, blotti dans un coin, un petit épagneul
Qui s'éveille en sursaut et va caresser seul
Les deux pieds de l'aveugle ou du paralytique
Gravissant les degrés du vieux perron gothique.

*
* *

Au bout de ce cortège éclatant des aïeux
Dont les brillants portraits éblouissent les yeux,
Peinte au pied des autels où ton beau front se penche,
Où ta prière ardente ouvre l'aile et s'épanche,
Où ton cœur a conçu le dessein généreux
D'être ici-bas toujours l'ange des malheureux,
O toi qui marcheras vers le tombeau sans crainte,
Tu seras la plus grande, et tu seras la sainte,
Car dans le sanctuaire en fleurs, comme en tout lieu,
Un long trait de lumière unit ton âme à Dieu !

1878.

LÉONORA.

Fleur de l'éblouissant Midi, née à Toulouse,
Elle a le fin regard perçant d'une Andalouse.
Cet œil noir en son charme est pareil à l'aimant,
Au velours en douceur, en flamme au diamant.
Le front, qu'une auréole adorable environne,
Semble, en se relevant, attendre une couronne.
Ses cheveux ondulés, dont l'ensemble est si beau,
Ont le brillant reflet des plumes du corbeau.
Rien n'est pareil à toi, fraîcheur immaculée
De sa joue, où la rose à la neige est mêlée !

*
* *

Elle est dans tout l'éclat joyeux de ses vingt ans.
Elle eût semblé jadis le gracieux Printemps

Aux Grecs émerveillés de la voir sur la terre.
Debout, en marbre blanc, dans un temple, à Cythère,
Elle eût, de ses regards vers le sol inclinés,
Vu les prêtres rêveurs à ses pieds prosternés,
Et sa main eût senti, dans l'ombre hospitalière,
Le frôlement sacré des couronnes de lierre.

*
* *

Beauté plus fine, au lieu du torse exubérant
Que fait étinceler Rubens au premier rang,
En demeurant toujours très coquette et très sage,
Elle a ces gonflements plus légers du corsage
Dont les Athéniens faisaient le plus grand cas,
Et qu'ont si bien rendus les sculpteurs délicats
Qui mesuraient le marbre au compas du génie,
Sous les rayons dorés du ciel bleu d'Ionie.

*
* *

Elle avait dix-sept ans quand, orpheline en deuil,
Du foyer paternel elle a quitté le seuil.
Dans Paris flamboyant sans fortune arrivée,
Au travail de ses mains par le destin rivée,
Elle a saisi, debout durant le jour entier,
Qu'il est des sots nombreux, mais pas de sot métier.

Charmant oiseau du ciel, sorti de la volière,
Elle est de tout Paris la plus belle écaillère.
Tout poète a senti pénétrer dans son cœur
Les traits inconscients de son regard vainqueur,
Rempli du feu secret des amours inconnues.
Son pied mignon est fait pour effleurer les nues,
Et, foulant les tapis rayonnants de l'éther,
Sa bottine élégante eût charmě Jupiter.
Junon se fût dressée, implacable et jalouse,
Devant ce pied chinois et cet œil d'Andalouse ;
Et si Troie avait dû rendre Léonora,
Le feu grec dont l'ardeur jadis la dévora,
Éclairant la campagne et le carnage horrible,
Vers le ciel de la nuit fût monté plus terrible.

*
* *

En plein air, en plein vent, — sous le grand ciel de Dieu,
D'où sa mère entendit son déchirant adieu
Et vit ses petits bras tendus de loin vers elle, —
Reprenant chaque jour son travail avec zèle,
Elle offre aux gais passants ses fins bouquets de fleurs,
Essuyant quelquefois en cachette des pleurs,
Et, de ses blanches mains de duchesse ou de reine,
Ouvre pour ses clients les huîtres de Marenne,

Ou rassemble en un sac l'escargot préparé,
Des vieux gourmets de Rome autrefois adoré,
Au temps où Lucullus — pour engraisser la bête,
Vers laquelle, attentif, il inclinait la tête —
Avait, dans une chambre au somptueux décor,
Fait construire à grands frais sa cage au treillis d'or.

Trois ans de dur travail, sans repos et sans trêve,
Sont venus brillamment réaliser son rêve ;
Alerte, indépendante, et sans amour vénal,
Elle a su conserver son beau front virginal.
Son étalage ombreux, où les roses fleurissent,
Que la mousse à son tour et les citrons garnissent,
Où le bourdon chassé vient toujours bourdonner,
Est le plus merveilleux qu'on puisse imaginer.
Quand l'horloge a sonné, de sa voix argentine,
L'heure, au bruit si joyeux, de lacer la bottine,
De quitter les sabots du jour, Léonora
S'envole, en souriant, légère, à l'Opéra :
Pendue au côté gauche, une riche aumonière,
Cadeau de son travail, montre qu'elle en est fière,
Et sa robe, à sa gorge, a voilé chastement
Ce que verra plus tard quelque futur amant.

Vers elle, en un clin d'œil, cent jumelles braquées
Font rougir de dépit les femmes remarquées
Les soirs où l'écaillère, absente, a bien voulu
Du banquier grisonnant, du peintre chevelu
Détacher les regards de sa beauté céleste,
Et, gardant la primeur, abandonner le reste.

*
* *

Le grand Paris debout, le maître de céans,
Doit disparaître un jour dans les noirs océans
Que le temps fait mugir autour des Babylones.
Mais quand le vent des nuits, aux dernières colonnes,
Fera trembler le lierre épars sur ces débris,
Et quand on entendra, dans l'ombre, les seuls cris
De la grenouille errant au bord des eaux taries,
Les reines, aux linceuls couverts de pierreries,
Dormiront à jamais leur ténébreux sommeil,
Après avoir passé sous l'éternel soleil :
Leur nom, qui vous laissa dans le passé muettes,
Bouches de l'avenir, lèvres des vrais poètes,
Aura fui dans l'abîme aux effrayants contours ;
Le tien, Léonora, le tien vivra toujours !

1878.

PALMYRE.

Magnifique au milieu du désert d'Arabie,
Elle éblouissait Rome au temps de Zénobie [1].

Le poëte, perçant la noire opacité
Que le temps amoncelle autour de la cité,
Aux doux sons prolongés de sa lyre émouvante,
Là revoit colorée et nous la rend vivante.
La Reine — au faîte ombreux de son palais vermeil —
Seule assistait debout au lever du soleil.

[1]. *Palmyre* ou *Tadmor* (ville des palmiers) atteignit son
plus haut degré de richesse et de splendeur sous son impératrice et reine *Zénobie*. On vit prendre place à sa cour brillante
Longin, l'auteur du traité du *Sublime*, Paul de Samolate et
Trinogène. L'empereur Aurélien se mit en campagne contre
elle. Vaincue et conduite à Rome, elle figura au triomphe impérial, enchaînée de chaînes d'or. Aurélien lui donna, à Tibur,
une élégante villa près de son palais.

(Documents historiques.)

Ce palais, couronné de verdure et de roses,
Rayonnait à travers des colonnades roses,
Et l'art avait mêlé, pour le plaisir des yeux,
Les oiseaux et les fleurs sur les vitraux joyeux.

La toiture en terrasse, où mûrissaient les dattes,
Et le palais lui-même étaient de fraîches dates.
Zénobie, en passant dans un bleu corridor,
Montait à ce jardin par un escalier d'or
Où sa royale main, à la rampe attachée,
Sortant des plis soyeux qui la tenaient cachée,
Faisait étinceler dans l'ombre du tableau
Un diamant énorme et de la plus belle eau.

Portant dans son regard tout l'orgueil de sa race,
La reine allait ainsi rêver sur la terrasse,
Dès le matin splendide, après un doux sommeil,
Et dans la nuit, après le coucher du soleil.
Caressant de la main le cou de son autruche,
Visitant d'un coup d'œil sa volière ou sa ruche,
Ses palmiers mollement balancés dans les airs,
Elle semblait de là dominer l'univers :
Et son œil noir fixait[1], au-dessus de Palmyre,

---

1 MM. Bescherelle, allant plus loin que nous, veulent
même que l'on puisse employer *fixer*, pour *regarder*, dans
les circonstances les plus ordinaires de la vie des plus simples

Le superbe Orion, que le poète admire,
Ou l'océan de feu de cet astre du jour
Que l'aigle syrien contemplait à son tour.

La Reine — au jour tombant promenée en litière —
Aimait à dévoiler devant la ville entière
Sa coiffure élégante en filigrane d'or,
Sa main divine où l'œil étonné du condor
S'attache aux mille feux du diamant splendide,
Son beau front couronné, sans nuage et sans ride,
Et son brûlant regard, dont l'éclat surhumain
Fait pâlir les anneaux superbes de sa main.

Les fûts de quatre cents colonnes corinthiennes,
Qui montaient, Parthénon, bien plus haut que les tiennes,
Clôturant la chaussée aux pavés éclatants,
Sur deux rangs opposés semblaient braver le temps.

---

mortels. Écoutons-les en leur savant *Dictionnaire de tous
les verbes français* : « Cependant si l'on dit *fixer le soleil,*
» pour le regarder fixement, et il nous paraît difficile de s'ex-
» primer autrement, nous ne voyons pas bien pourquoi on ne
» dirait pas aussi, dans le même sens, *fixer quelqu'un.* Malgré
» l'unanimité qui règne parmi les grammairiens pour com-
» battre cette expression, ils auront bien de la peine à ban-
» nir de la langue une locution qui est aujourd'hui tout à
» fait passée en usage, et que l'on trouve même chez de bons
» écrivains. »

Comme par un grand coup de formidable épée,
La ville orientale en deux était coupée,
Et cette voie, allant de l'un à l'autre bout,
Où des lions d'airain se regardaient debout,
Semblait des deux côtés se perdre dans la nue.
A chaque extrémité de la riche avenue
Se dressait vers le ciel un dernier monument :
L'arc de triomphe ici s'élevait fièrement,
Et là, dès le matin, dans le brouillard humide,
Surgissait vaguement la sombre pyramide
Où les rois dans les bras de la Mort emportés
Laissaient dormir en paix leurs glaives redoutés
Le colossal tombeau, la vénérable crypte,
Debout entre Palmyre inclinée et l'Égypte,
Y sondait l'horizon du désert sablonneux
Et dans le jour naissant remontait lumineux.

Les chameliers, marchant tous vers ce bloc immense,
Dressant la tente à l'heure où la nuit d'or commence,
Écoutaient à genoux, sur les sables déserts,
Tes musiques du soir, qui montaient dans les airs,
O ville syrienne entre toutes choisie
Pour abriter la sainte et grande Poésie !

Les chevaux d'Arabie au panache ondoyant,
Les chars qui soulevaient la poussière en fuyant,

Des nègres dirigeant de grands troupeaux d'autruches,
Des jardins où jasaient à l'ombre les perruches,
Les trésors étalés chez tous les bijoutiers,
Des cavaliers sortis des plus brillants quartiers,
De célèbres beautés dont les tuniques blanches
Dessinaient à ravir la poitrine et les hanches,
Animaient la cité magique et lui donnaient
Tous les vivants tableaux qui partout rayonnaient.

L'Euphrate éblouissant conduisait à Palmyre
L'or pur ou les tissus moelleux de Cachemire,
L'ambre de la Baltique et le vin descendu
Des monts arméniens, où l'arche avait perdu
Tout espoir d'échapper à la mort entrevue,
Quand l'arc-en-ciel joyeux vint détacher sa vue
Des flots qui bondissaient sous le vol du ramier
Que la terre élevée avait vu le premier,
Et dont le bec tenait fermement dans les nues
Le rameau d'olivier des plages inconnues.

Et tu dors, ô cité, de l'éternel sommeil!
Et Rome a ricané dans ton palais vermeil!
Et Zénobie altière, à Tibur ignorée,
A teint ses cheveux blancs dans sa prison dorée!
Et des cultes nouveaux ont remplacé ta foi!
Et Volney, méditant, a pleuré devant toi!

Puisqu'il faut qu'ici-bas tout s'efface et tout meure,
A mon tour devant toi je m'incline et je pleure,
Ce qui fut beau sur terre a toujours le pouvoir
De réveiller la lyre en larmes, d'émouvoir
Les poëtes marchant autour des cités mortes,
Dont leur pensée en deuil va relever les portes,
Et qu'ils nous font revoir, avec autorité,
Dans leur beauté superbe et dans leur majesté.

1879.

LES DEUILS

TERRE ET CIEL.

V. Sursum corda.
R. Habemus ad Dominum.

Mes deux enfants vers Dieu tout à coup remontées,
Par la mort de la terre en deux mois emportées,
— L'une, en juin rayonnant, morte un lumineux soir,
L'autre, un blanc matin d'août, ne voulant pas surseoir,
Disparue à son tour, tremblante clématite,
La plus grande envolée avant la plus petite, —
O célestes clartés de mes jours les plus beaux,
Je m'incline à genoux devant vos deux tombeaux !

Sans blasphème à la bouche en ma maison déserte,
D'où le gai rayon d'or de tout bonheur déserte,
Levant au ciel les yeux sous notre double croix,
Je le vois s'entr'ouvrir, je m'élève, et je crois.

Couple qui nous charmiez ici dans la pénombre,
Des anges radieux vous augmentez le nombre;
Mais vous avez pour nous vécu bien peu de temps!
Angèle, au bleu regard, tu n'avais pas sept ans
Quand, suivie en ton vol d'un sillon de lumière,
Tu revis Julia, qui monta la première,
En quittant l'un des toits du colossal Paris,
Vers ce jardin céleste où vos joyeux esprits,
Volant parmi les fleurs, de nous parlant ensemble,
Bénissent en chantant le Dieu qui les rassemble.

Eh bien, dans mon malheur, comme eux je te bénis,
Dieu des touchants berceaux, des gais enfants, des nids
Dans le bois sombre et frais gazouillant sous la feuille,
De la rose en été qui fleurit ou s'effeuille,
Dieu de la dernière heure et de l'éternité,
Des flamboyants soleils et de l'immensité!
Vous seul ne doutez pas dans tout ce que vous faites.
Si vous changez sur terre en jours tristes nos fêtes,
C'est qu'il faut quelquefois que l'on vous prie en vain
Et qu'il en soit ainsi dans votre plan divin.

Il est à tout moment des pleurs que je dérobe
Quand le petit soulier, ou la petite robe,
Ou le livre illustré que leur main a touché,
M'apparaît tout à coup dans quelque coin caché.

Je me rappelle alors leur charmante attitude,
Combien chacune aimait le travail et l'étude ;
Comment, en se prenant l'une à l'autre la main,
De l'école adorée on faisait le chemin ;
Combien l'une était vive, enjouée et rieuse,
Combien Angèle était chétive et sérieuse,
Et combien Julia, touchante en sa douceur,
Veillant toujours sur elle, était tout pour sa sœur !

Mais mon front se relève au bruit d'un chant candide
Que j'entends résonner au fond du ciel splendide :
Chœur aux cent mille voix qui, se multipliant,
Traversent dans les airs les mondes fourmillant ;
Chœur des blonds enfants morts au matin de la vie,
Que tout oiseau céleste écoute avec envie ;
Chœur dans lequel j'entends se mêler vos deux voix,
Anges qu'en un bonheur éblouissant je vois :
Julia, que douze ans n'avaient pas couronnée,
Angèle, évanouie en ta septième année !
Et ce chant, qui me fait plier les deux genoux,
Me dit qu'on nous regarde et que l'on pense à nous ;
Que l'enfant adoré détaché de sa mère
Lui sourit au-dessus de sa vie éphémère,
Et que nos deux cercueils, sous les sombres arceaux,
Ont été, Dieu du ciel, deux rayonnants berceaux !

Notre vue imparfaite en ce monde est bornée;
Mais quand je vois des nuits la voûte illuminée,
Sachant que des soleils par groupes réunis
Le nombre est à compter dans les cieux infinis,
Que, toujours aussi beaux que ceux qui les précèdent,
Tous ces rassemblements de feux d'or se succèdent,
Je me confie à toi, dans mon humilité,
Dieu qui tiens dans la main cette urne à ton côté
D'où la création immense, universelle,
Sans jamais s'arrêter, tombant à flots, ruisselle,
Faisant sortir de l'ombre un nouvel univers
Ou fleurir une rose au sein des rameaux verts!

Seigneur, autour de moi que tout s'écroule et meure,
Je resterai debout fidèle en ma demeure,
Sans vous abandonner, murs où mes deux enfants
Ont souffert sous le pied des Germains triomphants,
Franchissant par milliers colline ou monticule,
Allumant leurs canons dans le noir crépuscule,
Et marchant sur Paris (ô souvenir amer!)
Comme un débordement sinistre de la mer.
Cet affreux siège, effroi des mères désolées,
Du champ des morts partout a rempli les allées;
Et combien d'êtres chers, vers le tombeau penchés,
Ont été par la Mort dès ce moment touchés!
O fleurs de mes beaux jours que Dieu m'avait prêtées,

Vous n'avez pas été dans le gouffre jetées;
Mais si la Mort active a pour vous deux dit non
Quand pleuvait la mitraille ou tonnait le canon,
Quand des poignards sanglants on aiguisait les lames,
Quand de Paris en feu tourbillonnaient les flammes,
Quand l'enfer, déchaîné dans toute son horreur,
Aux cinq longs mois du siège ajouta la Terreur;
Mais si la Faim jadis, limitant vos années,
N'a pas fermé vos yeux de ses mains décharnées,
Vous deviez, après tant de souffrance et de maux,
Choir, en bien peu de temps, de vos tremblants rameaux.

Ma maison, que le deuil a pour toujours couverte,
Au vent froid du malheur est à son tour ouverte
La Mort y fait tinter son lugubre beffroi.
Mais j'y suis demeuré sans éprouver d'effroi,
Car, sachant le vrai nom des linceuls et des langes,
J'entends autour de moi le bruit du vol des anges,
Et ta voix, Julia, que j'écoute à genoux,
Me dire en s'approchant : « C'est Angèle ! c'est nous ! »

Paris, 2 novembre 1873.

A LA FONTAINE DU CHATEAU D'EAU.

Te voilà devant nous maintenant achevée,
Te voilà sous le ciel comme on t'avait rêvée !
Ébauchée au moment où la guerre éclata,
Où ce rapide orage à l'horizon monta,
De sa clarté sinistre illuminant les nues,
Tu restas, au milieu de tes cinq avenues,
Avant qu'on eût payé les derniers millions,
Informe, inachevée, avec tes huit lions,
Et, partageant aussi la commune souffrance,
Portant à ta façon le grand deuil de la France !

Emportant le butin dans ses chars entassé,
Excitant l'avenir à venger le passé,
La jalouse Allemagne est à présent partie ;
La poésie altière a chanté sa sortie,

Et, France, abandonnant du pied ton libre sol,
Vers de prochains sommets tu vas prendre ton vol !
Là, remplissant le globe entier de ta lumière,
Parmi les nations demeurant la première,
Tu feras rayonner d'un éclat sans pareil
Ton diadème ardent brillant comme un soleil.
Des bords de l'Océan au pied des Pyrénées,
Nous reverrons alors tes tours illuminées,
Et ton nom, à genoux par l'enfance épelé,
Resplendir dans la nuit sous le ciel étoilé !

Aujourd'hui jaillissante, autrefois mutilée,
Tu seras belle aussi sous la voûte étoilée,
Et nous te couvrirons de lumière et de fleurs,
O Fontaine assombrie aux jours de nos malheurs !
Sur leurs blancs piédestaux, dans la fière attitude
Des rois du désert vaste et de la solitude,
Tes huit lions d'airain d'un coup d'œil assuré
Regardent l'avenir vaguement éclairé ;
Car Dieu, qui tient encor la clarté sous la cendre,
T'a fait monter trop haut pour te laisser descendre,
Noble pays de France aux drapeaux triomphants,
Où sont couchés l'aïeul et les petits enfants.

Angèle, Julia, mes enfants adorées,
L'été couvrait Paris de ses flammes dorées

11

Quand de Saint-Cloud en fleurs Napoléon partit,
Quand le perçant clairon du départ retentit,
Et quand deux nations sous des maîtres ployées
Ont vu la sombre Guerre aux ailes déployées
Jeter, en leur soufflant des cris audacieux,
Le bruit de sa trompette aux quatre vents des cieux.
Et des bois traversés de clartés magnifiques
Les arbres étaient pleins de chansons pacifiques ;
Et quand la lune au ciel brillante en sa rondeur
D'un rayon affaibli charmait leur profondeur,
Le rossignol ému, parmi ces clartés blanches,
Chantait à pleine voix, en tremblant sur les branches,
Et vous étiez encor debout à nos côtés,
Anges évanouis par la mort emportés,
Et sembliez, chassant tous les pensers moroses,
Deux parfums, deux rayons, deux lumières, deux roses.

Les deux sœurs que j'invoque, appuyé sur ma foi,
Tu les vis bien souvent, Fontaine, autour de toi.
Devant tes fiers lions quand chaque soir je passe,
En laissant mes regards les chercher dans l'espace,
Je songe aux pas comptés que fait le genre humain
En marchant vers la mort dans un bien court chemin,
Aux noirs événements toujours à notre porte,
Aux rêves de bonheur qu'un coup de vent emporte,
A tous ces blonds enfants qu'on soigne avec amour

Pour les voir dans ses bras s'évanouir un jour,
An temps où sans pleurer, en voyant ceux des autres,
Nous marchions dans les bois pleins d'ombre avec les nôtres,
Et je pense au milieu du rayonnant Paris
A la réunion immense des esprits,
Quand au sein des clartés des millions d'étoiles,
Sous nos yeux éblouis, tomberont tous les voiles.

Paris, janvier 1875.

LES TROIS SŒURS.

Mère de mes enfants, protectrice émouvante
Des deux mortes d'hier comme de la vivante,
Nous vieillissons ensemble à ce foyer d'amour
Qu'il faudra l'un et l'autre abandonner un jour,
Mais sans que nous sachions si c'est toi, la première,
Qui monteras soudain vers la grande lumière,
En nous laissant ici, du terrestre vallon,
Suivre dans le ciel bleu ton lumineux sillon.

Nous contemplons tous deux, du bout de la vallée,
Notre jeunesse en fleurs à son tour envolée,
Notre crédule enfance ignorant dans ses jeux
L'épais rideau cachant l'avenir orageux.
Nos communs souvenirs par milliers s'amoncellent.
De nos temples d'un jour les colonnes chancellent;

Nos autels d'autrefois, si riants et si beaux,
Sont aujourd'hui couverts du drap noir des tombeaux;
De nos printemps perdus les fleurs décolorées
Jonchent les blancs pavés sous nos voûtes sacrées.
L'avenir, vers lequel on courait si gaîment,
Nous semble un incertain ou léger monument;
Le chemin du passé, qui s'allonge en arrière,
Raccourcit devant nous, coup sur coup, la carrière
Que l'humanité doit d'un seul trait parcourir
Entre les deux moments de naître et de mourir.

Le temps marche, et, depuis la mort des deux aînées,
Sa main a de nos jours retranché trois années.
Quand je rêve, attendri, regardant les portraits
Où l'artiste inspiré nous a laissé leurs traits,
Quand le doux feu sacré sur le trépied s'allume,
Quand un alexandrin est resté dans ma plume,
— Papillon jeune encor sous les feuilles caché,
Naissant oiseau chanteur au bord du nid perché, —
Il me semble parfois, visions caressantes,
Les voir à mes côtés paraître éblouissantes,
Et, comme aux jours passés, attendre pour parler
Que nous ayons senti la Muse s'envoler :
On entendrait encor voltiger une mouche.
Julia, se penchant, met un doigt sur sa bouche,
Ou rend muette Angèle, en faisant ses grands yeux,

Remplis plus que jamais du tendre azur des cieux.
Quand disparaît bientôt la vision heureuse,
En s'évanouissant bleuâtre et vaporeuse,
Alice, ouvrant la porte avec vivacité,
Vient remplir à son tour ma chambre de clarté;
Mais elle, espiègle enfant qui court et qui s'amuse,
Marcherait sans respect sur les pieds de la Muse.

Comme un pinson captif, joyeux au petit jour,
Prélude, en gazouillant, à son vrai chant d'amour,
On l'entend babiller, en mêlant toutes choses,
Dès le charmant réveil des enfants et des roses,
Et dire, en recevant un premier rayon d'or :
« Bonjour, papa; bonjour, maman; bonjour, Médor ! »
Loin de ces gais matins que sa joie enfantine
D'un rayon de bonheur ineffable illumine,
Je lui raconterai, quand elle aura grandi
Comme une fleur ouverte au soleil de midi,
La mort de ses deux sœurs, en deux mois disparues :
Je lui dirai comment, quand passait dans les rues
Un funèbre cortège avec ses chevaux blancs
Et son cercueil couvert de fleurs et de rubans,
— Écartant, pour mieux voir, les rideaux des fenêtres,
Regardant la croix sainte et le surplis des prêtres, —
Elles causaient toujours ensemble de leur mort,
Dans leurs pressentiments des cruautés du sort,

Dont le fouet meurtrissant sans pitié nous flagelle,
« Moi, disait vivement la plus petite, Angèle,
— En laissant la plus grande, interrompant sa voix,
Comparer à son tour les deux prochains convois, —
Je serai, sans chevaux, dans mon cercueil portée ;
La pension suivra ma « comète » argentée ;
Louise et Flore auront des bouquets à la main,
Et m'accompagneront jusqu'au bout du chemin. »

Ces propos enfantins, qui nous faisaient sourire,
Nous ont bientôt frappés plus qu'on ne saurait dire :
Tout s'est réalisé comme on l'avait prédit,
Et comme l'une et l'autre, en jouant, l'avaient dit.

Maintenant que là-bas les deux tombes jumelles
Reçoivent le reflet des clartés éternelles,
Et que du ciel pour nous, tout à coup se rouvrant,
Nous avons vu venir notre troisième enfant,
A qui nous parlerons plus tard, dans nos veillées,
Des deux sœurs au delà du tombeau réveillées,
Bénissons à genoux le Magnifique Esprit
Qui sait pourquoi tout meurt et pourquoi tout fleurit.

Bruxelles, décembre 1876.

VOIX HUMAINE ET VOIX DIVINE.

Pauvre petite Angèle, aujourd'hui dans la tombe,
O ma rose effeuillée, ô ma blanche colombe,
Les voilà, rassemblés devant nous, les jouets
Avec lesquels, enfant rieuse, tu jouais,
Quand le soleil d'avril ou la flamme en décembre
Brillait aux quatre coins cardinaux de la chambre,
Où tes mains dispersaient, dans tes joyeux ébats,
Ces cavaliers de plomb armés pour les combats,
Ces fantassins tirant radieux leurs épées,
Ces tigres, ces lions, ces royales poupées.

Puisque l'ange est parti, renfermons pour toujours
Ces souvenirs mêlés des plus beaux de nos jours !
Comme un prêtre à genoux au fond des basiliques,
Prions à notre tour auprès de nos reliques,

O mère, en nous penchant sur le grand coffre noir
Où nous les déposons pour ne plus les revoir !

Mes yeux sont éblouis, si je me la rappelle,
Blonde comme un enfant Jésus dans la chapelle,
Quand nous allions gaîment partir pour Saint-Mandé
Et qu'elle avait alors, dès l'aube, demandé
Si nous lui mettrions, pour courir sous les branches,
Son grand chapeau bergère et ses bottines blanches.
Le soleil de juillet, traversant nos vitraux,
Enflammait les bouquets de roses des rideaux.
Allant de droite à gauche, et des nôtres aux siennes,
Nous fermions, au départ, vivement les persiennes.
Ange aux flottants cheveux, qu'elle était belle à voir
Ainsi dans la pénombre, en disant au revoir
A sa grande poupée altière en sa berline,
Les mains dans un manchon de martre zibeline !
Le temple gracieux et frais de son sommeil,
Sa chambre rose et bleue, où filtrait le soleil,
A son retour du bois, le soir, allait l'entendre
Prier Dieu lentement, de sa voix la plus tendre,
Avant l'heure approchant de la revoir encor,
Endormie au milieu de tous ses rêves d'or !

Tes jouets dans tes mains, pauvre petite amie,
Te voilà maintenant pour toujours endormie !

11.

Quand ta clarté divine emplissait la maison,
L'avenir nous semblait un magique horizon
Qu'une fée a touché du bout de sa baguette;
Mais ces grands bonheurs-là, la mort sombre les guette,
Son couteau dans la main, et vient, comme un voleur,
Dans le jardin joyeux déraciner la fleur.

Il faut avoir devant ce départ et ce vide
La foi toujours vivante et le cerveau solide.
L'horizon transformé change alors de couleur
Au bruit terrible en nous des longs sanglots du cœur.
Nous sommes révoltés que rien ne vous remplace,
Soleil d'or, impassible à votre même place,
En jetant, radieux, sur le monde enchanté
La même vie heureuse et la même clarté!

Nous voudrions, courbés par ces grands deuils de l'âme,
Ne voir étinceler au ciel aucune flamme,
Et voir, par le vitrail obscur de la maison,
Des milliers d'astres noirs surgir à l'horizon!
Nous voudrions, — au lieu de nous trouver encore
A ce joyeux foyer que la Muse décore
En mêlant les tableaux, les bronzes et les fleurs
Aux vitraux dont le jour enflamme les couleurs, —
O mère en deuil, errer tous deux comme des ombres
Où l'incendie aurait rassemblé ses décombres,

Et là, contents encor, marchant sans feu ni lieu,
Embrasser nos enfants sous le regard de Dieu!

Mais ce Maître inconnu, dont la voix éternelle
Dit au petit oiseau des bois d'ouvrir son aile
Et de voler sans crainte au milieu des rameaux,
Dit aux siècles naissants, ces colossals vaisseaux :
« Ma prévoyante main vous a donné des voiles
Pour aborder au port resplendissant d'étoiles;
Ma tendresse est immense, et c'est là que j'attends,
Dans la tranquillité de mon cœur, mes enfants.
Bourreau cruel! peut-être ont-ils crié, sur terre,
Devant le berceau vide et le nid solitaire;
Père aimant, dont l'amour embrasse l'univers!
S'écrieront-ils alors devant mes bras ouverts.
Ils sauront les pourquoi multipliés des choses,
Au milieu des soleils et des apothéoses,
Et verront apparaître et s'ouvrir la cité
Où luit le jour sans fin de mon éternité! »

Bruxelles, juillet 1878.

L'ANNIVERSAIRE.

L'or mouvant du soleil flamboyant de juillet
Illuminait la rose éclatante et l'œillet.
Dans Paris, où toujours plane la poésie,
On abaissait partout la verte jalousie,
Et jamais, semblait-il, on n'avait vu si peu
De nuages légers dormir dans le ciel bleu,
Dont la douceur alors brillamment satinée
Donnait un charme exquis à cette matinée.

Nous avions délaissé notre rue Amelot
Après l'heure où l'ânesse, agitant son grelot,
— Dévoûment villageois qui toujours recommence, —
Arrive en y trottant dans Babylone immense,
Et, respirant l'air frais, lève la tête en l'air
Vers les blonds chérubins penchés, sous le ciel clair,

Sur les bords refleuris des fenêtres ouvertes,
Où la cage apparaît parmi les branches vertes.

Alice, émerveillée, auprès de nous marchant,
Des oiseaux suspendus n'écoutait pas le chant,
Mais, tenant dans ses mains de quatre ans son ombrelle,
Jouissait du bonheur de se voir aussi belle.

Nous avions descendu les mêmes escaliers
Où, — funèbres départs l'un à l'autre liés, —
Ses deux petites sœurs, lugubrement perdues,
Sont, dans leurs froids cercueils, coup sur coup descendues
Pour ne plus remonter ensemble vivement
Et pour ne plus frapper à la porte en rentrant!

Depuis ces jours remplis de sombres destinées,
Avaient fui cinq printemps, cinq hivers, cinq années.
Le ciel, devant lequel nous plions les genoux,
Resplendissant encor, s'était rouvert pour nous :
Alice aux ailes d'or s'en était envolée,
Petite âme ici-bas par nos pleurs appelée!

Nous retournions encor, songeant aux jours passés,
Vers le vaste jardin ombreux des trépassés,
Et nous allions conduire, en franchissant les portes,
La gaie enfant vivante aux tombeaux des deux mortes!

Passant joyeuse auprès de Rossini dormant,
De Musset, de la Muse en deuil fiévreux amant,
Elle avait dit, montant vers la haute chapelle,
Qu'elle avait oublié dans sa chambre sa pelle
Et le seau qu'elle tient d'habitude à la main
Pour l'emplir en jouant des cailloux du chemin.
Mais, tombant à genoux dans nos sombres charmilles,
Elle eut ce cri soudain : « Pauvres petites filles ! »
Et, sérieuse alors, sans tapage, sans jeu,
Leva ses yeux mouillés de pleurs vers le ciel bleu !

Enfants qui pénétrez dans ce jardin austère,
Sous vos petites mains laissez en paix la terre,
Que le noir fossoyeur vient rouvrir trop souvent,
Par les jours de paisible zéphyr ou de vent[1],
De lumière éclatante ou de nuages sombres,
Dans le ciel obscurci glissant comme des ombres.

---

1. Même remarque qu'à la page 158. — Ce vers, où M. Théodore de Banville a passé, à son tour, au-dessus de l'hémistiche, n'est-il pas excessivement harmonieux : *Elles filaient pensivement leur laine blanche.* — Une petite anecdote, ici, à propos de règles. Le célèbre acteur Baron, faisant son cours de déclamation, venait de dire à ses élèves que le geste ne devait jamais dépasser la hauteur de la tête, quand il s'écria tout à coup, ajoutant l'exemple au précepte : « Excepté cependant, messieurs, quand il est très bien fait autrement ! »

Paris, plein de vivants, de vertus, de remords,
S'étalait vaste au pied de la cité des morts
Aux tombeaux tapissés d'immortelle ou de lierre ;
Et, rôdant seule autour de cette fourmilière,
La Mort, ce colossal et puissant tamanoir,
La flairait au passage avec son museau noir,
Attendant l'heure, ô nuit rayonnante d'étoiles,
De s'embusquer encor, dans l'ombre, sous tes voiles,
Pour entrer dans la ville et venir lâchement
Poser debout sa patte horrible sur l'enfant
Souriant, endormi dans les deux bras d'un rêve,
Mais remonté vers Dieu quand le soleil se lève !

Paris, septembre 1878.

LE SOMMEIL D'ALICE.

Après avoir couru, chanté, frappé les touches
D'un faiblissant clavier de dix-huit ou vingt francs;
Sous un verre, en riant, emprisonné des mouches,
Ou jeté des morceaux de pain aux moineaux francs,
Sans donner un regard à la statue équestre
De ce beau Louis Treize, en empereur romain,
Au centre de la place et d'un joyeux orchestre
De pinsons s'arrêtant quelquefois dans sa main;
Après un jour entier de jeux et de tapage,
Fatiguée à son tour aux approches du soir,
Laissant l'album ouvert à la première page,
Comme elle a soupiré l'habituel bonsoir,

Et comme elle a bien dit à genoux, les mains jointes,
Sa prière achevée encore à faible voix !

Voici l'heure, à présent, de marcher sur les pointes
De nos pieds, dans la chambre où nous causions tous trois :
Frêle arbrisseau des bois, chêne à la rude écorce,
Bleu sommeil de l'enfance ou sommeil des lions,
Tableau de la faiblesse aimable ou de la force,
Vous brillez ici-bas aux éternels rayons
Du grand soleil de l'art et de la poésie !
Le bondissant lion accroupi, qui s'endort
Sur le sol africain ou près des mers d'Asie,
A l'heure où nous voyons fleurir les astres d'or,
A pour rivaux devant les respects de la terre
Les frais berceaux de gaze où les anges penchés,
Invisibles pour nous dans ce divin mystère,
Éventent tous les fronts que leur bouche a touchés.

Comme elle est belle ainsi dans la riche atmosphère
Reformée au retour des rêves séduisants !
Dans un palais d'azur, qu'un souffle peut défaire,
Le bel enfant Jésus, orateur de douze ans,
Lui sourit au milieu d'ineffables musiques,
De fleurs dont la lumière éblouirait nos yeux,
De chars aériens fuyant sous des portiques,
Et du vol rayonnant des colibris soyeux.

La Belle au bois dormant, Cendrillon, sa calèche,
Sa pantoufle de vair[1] égarée à minuit,
Une fée appuyant le menton sur sa bêche,
Le prince en habits d'or qu'un frais minois séduit,
La princesse en dansant faisant la révérence,
Les manteaux de velours, les plumets des chapeaux,
Le page au corset vert, couleur de l'espérance,
Cendrillon qui reprend soudain ses oripeaux,
Tout ce monde enchanteur reluit, passe et repasse

---

1. Vair. — « C'est parce qu'on n'a pas compris ce mot,
maintenant peu usité, qu'on a imprimé dans plusieurs édi-
tions du conte de *Cendrillon,* souliers de verre (ce qui est
absurde) au lieu de souliers de vair... » Littré. — Ce
vieux terme héraldique a ses antécédents jusque dans la
Chanson de Roland. Joinville et Froissart lui ont donné droit
d'asile. « Ils (les seigneurs) sont fourrés de *vairs* et de gris, »
écrit Froissart. Sainte-Foix dit, dans ses *Essais sur Paris :*
« Le roi distribuait deux fois par an des manteaux rouges
fourrés d'hermine et de *menu vair* aux chevaliers qu'il retenait près de sa personne. » Enfin, de nos jours, le grand
Balzac lui imprime le plus haut sceau : « Certaines fourrures rares comme le *vair,* qui, sans aucun doute, était la
zibeline impériale, ne pouvaient être portées que par les
rois. » — Remarquons, par surcroît, l'ingéniosité et la pré-
cision du vieux conte. Le *vair* était la peau d'un très petit
écureuil. Ce n'est pas seulement pour sa couleur admirable-
ment blanche et nuagée de gris d'azur que le *vair* est choisi
pour ces chaussures de féerie, mais encore pour caractériser
l'exiguïté du pied de l'héroïne. Ce sont des observateurs et
des peintres que nos vieux conteurs.

Devant toi, blonde enfant demeurée ici-bas ;
Mais sur ta chaise haute, immobile à ta place,
Où ta mère a tiré ce soir tes petits bas,
Tu reviendras demain te remuer encore,
Quand tes sœurs parmi nous ne viendront plus jamais
Nous remontrer la vie humaine à son aurore,
Et nous verser l'amour, le bonheur et la paix !

Enfants toujours joyeux parmi nos pleurs sans nombre,
Vos transparents sommeils sont le prolongement
De vos jours disparus sans tristesse et sans ombre ;
Mais plus tard, quand viendront l'affreux déchirement
Et le vol des douleurs, ces grands oiseaux de proie,
Quand l'ombre apparaîtra près du rayonnement,
Mêlant toujours ainsi la souffrance à la joie,
L'arrivée au départ, la naissance à la mort,
Le bienfaisant sommeil vous semblera le port
Dont la mer de nos jours de tempête est suivie,
Et, loin des gais rayons du matin adoré,
Vous verrez au milieu des douleurs de la vie
Qu'il est doux de dormir après avoir pleuré !

Silence ! taisons-nous ! Tiens regarde, elle bouge,
Et, sans se réveiller, porte à son front la main :
Ah ! c'est que Maître Loup et le Chaperon rouge

— Elle en va reparler en s'éveillant demain —
Sont venus traverser tout à coup la férie,
Renverser le palais d'azur en y passant,
Produisant cet effet — il faut bien qu'on en rie —
Que fait un encrier sombre en se renversant.
Il noircit sans pitié la page immaculée
Où voltigeait déjà l'alexandrin doré,
Et sur laquelle allaient tomber, dans la mêlée,
La picturale image et le mot coloré.

Mais les loups dévorants à la gueule entr'ouverte,
L'encrier qu'un démon malin vient renverser,
N'empêcheront jamais, table ou forêt déserte,
Le poète et l'enfant blond de recommencer
A rêver tous les deux, l'un en pleine lumière,
Éveillé, souriant, lorsque la Muse est là,
Et le blond chérubin refermant sa paupière
Pour remonter demain dans les chars de gala
Promenés lentement par la chèvre docile !
Mais il dort à présent son radieux sommeil,
Et croit, en voltigeant, dépendre la faucille
De la lune éclairée au coucher du soleil.

1878.

A LA MÉMOIRE

DE

M. ADOLPHE DECHAMPS.

> « La première chose que je t'enseigne, c'est que tu mettes ton cœur à aimer Dieu, car, sans cela, nul ne peut être sauvé.
>
> « Aie le cœur doux et compatissant aux pauvres, aux malheureux, aux affligés, et les conforte et aide selon que tu pourras.
>
> . . . .
>
> « La manière dont vous devez aimer Dieu est de l'aimer sans mesure... Ayez le cœur débonnaire envers les gens que vous entendrez qui sont affligés de cœur ou de corps, et les secourez volontiers... Aimez les pauvres et les secourez. »
>
> (Paroles de Louis IX, mourant, à son fils Philippe et à sa fille Isabelle.)

Il ne lui restait plus que peu de temps à vivre
De sa terrestre vie arrivée à sa fin ;
Sa belle âme, envolée à son tour, allait suivre
Du prochain ciel ouvert l'éblouissant chemin.

Au milieu des rayons rutilants des étoiles,
Au son des cloches d'or de l'immortalité,
D'un seul coup devant elle allaient tomber les voiles
Sous lesquels apparaît vaguement sa clarté.

Ses arbres, n'allant plus lui donner leur ombrage,
Inclinaient tristement leurs verdoyants rameaux;
On entendait passer au milieu du feuillage   ˋ
Le bruit léger du vent ou du vol des oiseaux,

Tant la nature était paisible sur la terre,
Tant s'étendait le calme autour de sa maison,
Et tant rien n'éveillait votre écho solitaire,
Bois rêveur immobile au bord de l'horizon.

Pour le prochain départ d'une âme aussi limpide,
D'un aussi vaste esprit, d'un aussi tendre cœur,
Il semblait que la terre et le ciel, que Dieu guide,
Voulussent réunir l'ineffable douceur

Que font régner la cime ombreuse des vieux chênes,
Les jardins, les bosquets, les eaux, les buissons verts,
Ou qui descend vers nous de vos hauteurs sereines,
Bleu firmament peuplé d'un millier d'univers.

Ah! oui, ce dernier jour de sa lente agonie
Fut un jour de juillet à nul autre pareil,
Où tout se confondit dans la même harmonie,
Les cœurs, l'horizon clair, les fleurs et le soleil!

Dans ton blanc corridor, demeure hospitalière
Où sont morts les aïeux, où sont nés les enfants,
Un bouvreuil, paraissant triste dans sa volière,
Avec son cri plaintif marquait les pas du temps.

Quand parmi les vivants sonna sa dernière heure,
La nuit enveloppait ce globe où nous passons,
Et du dôme étoilé tombaient sur sa demeure
Des mille étoiles d'or les caressants rayons.

Ce juste incomparable étant la bonté même,
Les pauvres qu'il aimait d'un si touchant amour,
Marchant silencieux au son du glas suprême,
Sont venus, en pleurant, le revoir à leur tour :

C'étaient de blonds enfants, de malheureuses femmes
Du château généreux connaissant le chemin,
Et que sa charité ranimait de ses flammes,
Ou des vieillards courbés, leur bâton à la main.

Certainement, celui dont le lit mortuaire,
Quand l'âme est délivrée, est ainsi visité,
Loin de ce faible point que nous nommons la terre,
Entre du premier vol dans l'immense clarté.

Dieu, qui voit ces flots d'or éternels se répandre,
A voulu que le pain qu'on divise en son nom
Fût noté dans le ciel, d'où sa main fait descendre
Sur tous nos repentirs l'universel pardon.

On semble apercevoir, à l'horizon qui gronde,
La guerre échevelée au char sombre et fuyant ;
Mais il demande à Dieu d'éloigner de ce monde
Des peuples soulevés le grand choc effrayant.

Angèle, Julia, fleurs sitôt refermées,
Vous demandez aussi des jours calmes pour nous,
Vous qui naguère au bruit du canon des armées
Disiez votre prière et tombiez à genoux !

Si vous eussiez vécu, vos deux têtes charmantes,
Comme de blancs oiseaux poursuivis dans les bois,
Eussent toujours gardé des traces saisissantes
De votre effarement enfantin d'autrefois.

Devant vos deux tombeaux, dans notre deuil suprême,
Comme il sut apaiser jadis notre douleur !
Et comme il fut heureux quand un nouveau baptême.
Rapporta la lumière au fond de notre cœur !

C'en est donc fait pour nous de sa voix éloquente,
Du charme qu'il semait dans ses moindres discours,
Des attendrissements de sa nature aimante !
Mais, que dis-je, il nous aime et nous parle toujours.

Il dit, du ciel sublime, à son éminent frère :
« Merci d'être venu consoler mes enfants,
D'avoir, la croix en main, fait porter à leur mère
Ses regards au delà de la mort et du temps ! »

Morts chéris, père, enfants, oncles, mère adorée.
Je vous vois réunis, souriants et joyeux,
Au fond du bleu séjour dont la lueur dorée
Est là-haut maintenant lumière pour vos yeux !

Lui qui toujours a vu cette lueur divine
Percer du paradis les voiles transparents,
Montrant du doigt ce monde heureux qui nous domine,
La faisait entrevoir au chevet des mourants.

En regardant de loin la terre où son nom brille
Du pacifique éclat par la mort augmenté,
Il parle avec amour à toute sa famille
De ces trois grands flambeaux, la foi, la charité

Et l'espérance. Avec ces trois grandes lumières,
Il a senti la mort arriver sans effroi,
Après l'avoir toujours nommée en ses prières,
Et bien servi son Dieu, sa Patrie et son Roi!

Paris, septembre 1875.

LAMARTINE.

« Il est mort! » a redit la foule où l'on s'amuse!
« Il est toujours vivant! » a répondu la Muse,
Superbe et grandissante auprès de ce tombeau
Où la gloire a porté son immortel flambeau!

Ne sont-ils pas vivants ces chants que son génie
A pleinement remplis de souffle et d'harmonie?
Laurence et Jocelyn, n'aurez-vous pas toujours
Un charme attendrissant aux plus lointains des jours?
O Lac, ô Crucifix, la douleur de vos stances
Des siècles qui naîtront franchira les distances!
Pleurs où la poésie à l'amour s'allia,
Larmes que fit couler la mort de Julia,
Ah! vous attendrirez les cœurs tremblants des mères
Tant qu'ils redouteront des bonheurs éphémères

Et l'éclat fugitif des bouquets triomphants
Que la mort fait tomber des mains de nos enfants!

Lamartine, ton nom est toute ma jeunesse :
Soit que le vent fraîchisse ou que la fleur renaisse,
Je me souviens des jours d'automne et de printemps
Où tout mon cœur vivait de tes vers éclatants!

Quand des bois agités les feuilles envolées,
En courant à mes pieds, tapissaient les vallées,
Je t'écoutais chanter au-dessus des tombeaux
Tes chants les plus émus, peut-être les plus beaux!
Quand tout reverdissait, quand rayonnait la rose,
Recevant dans son sein la perle qui l'arrose,
J'admirais d'autres vers où le riche avenir
Remplaçait sous tes yeux le triste souvenir :
Variable ici-bas, notre pensée humaine,
S'en allant tour à tour où le destin la mène,
Se complaît au milieu des sanglots et des pleurs,
Ou près des lacs d'azur et des jasmins en fleurs.
Ces deux chants de notre âme, aux notes infinies,
Sont au fond les deux voix de tous les grands génies,
Et quand ce double cri fut fortement jeté,
Assurée et certaine est l'immortalité!

Aujourd'hui sur ta Muse en descend la couronne,

O toi qu'une lumière ineffable environne,
Et dont le nom divin, euphonique et touchant
Pour l'oreille enchantée a la douceur du chant
De ta Graziella sur la mer de Sorrente,
Sous votre frêle esquif jadis si transparente,
Quand la brise emportait l'odeur des orangers
Et que tu respirais ces parfums étrangers !
La voix napolitaine accompagnait ta lyre ;
C'étaient les jours de gloire et d'amoureux délire :
Les airs étaient remplis des souffles du printemps,
Le siècle harmonieux avait alors vingt ans,
La légion qui tombe et que la mort décime
Du lointain idéal allait gagner la cime,
Et toi, toujours fidèle à ce que tu disais,
Tu marchais en avant, et tu la conduisais !

Paris, 2 mars 1869.

DONA MERCÉDÈS.

L'avenir était long devant toi, jeune reine ;
Mais la Mort, la tragique et noire souveraine,
S'est dressée implacable en ton royal chemin :
Ton sceptre gracieux est tombé de ta main.

Après avoir été, dans une même année,
Sur le trône et l'autel doublement couronnée,
Tu descends aujourd'hui l'escalier des tombeaux,
A la sombre clarté des funèbres flambeaux,
Et tu vas reposer sous la voûte sacrée,
A dix-huit ans déjà pour le cercueil parée !
Le vaste Escurial a rouvert devant toi
Les solennels caveaux où descendra le roi
Pour aller, vers le ciel reportant sa pensée,
Te revoir en esprit, charmante fiancée,

Et te parler longtemps, dans cette obscurité,
Lui vivant ici-bas, toi dans l'éternité !

Tel est, ô Mercédès, le grand sommeil austère
Des rois, des mendiants, des maîtres de la terre,
Des anges disparus à leurs premiers printemps,
De ces fleurs comme toi qui n'avaient pas vingt ans !

Mais des tombeaux muets, pareils aux chrysalides,
Les âmes, ces milliers de papillons splendides,
Partent vers les hauteurs de ce bleu pavillon
Où brille à leur passage un éternel sillon.
La tienne, ô jeune reine, est à son tour entrée
Dans un séjour de gloire immense et sans durée,
Où tes jardins royaux, tout peuplés de lilas,
Font place à des soleils fleurissant sous tes pas.
Jamais devant tes yeux ne durait une larme ;
Tu charmais ce pays coloré qui nous charme.
De Cordoue à Séville, on a partout chanté
Les élans de ton cœur et de ta charité !

Enfant, dans ces caveaux sombres des rois d'Espagne
Où la Muse inclinée, en pleurant, t'accompagne,
En rayonnant aussi d'espérance et de foi,
Ton rameau d'olivier à la main, lève-toi,
Si le vol effrayant du vautour de la guerre

Revient dans l'avenir épouvanter la terre
Et planer sur les monts dont le sommet tremblant
A vu passer jadis Charlemagne et Roland!

Paris, juillet 1878.

LE POÈTE ET LA MUSE.

I.

LE POÈTE

Puisqu'une âme adorée à la mienne est ravie,
Puisque ses yeux m'ont dit le suprême au revoir,
O toi qui m'apparus si souvent dans ma vie,
Viens t'asseoir près de moi, Muse au long manteau noir.

Pour que je la domine et que je la surmonte.
Descends, ta lyre en main, au fond de ma douleur;
Viens me montrer du doigt le ciel où tout remonte.
Et vois tomber encor des larmes de mon cœur.

Tu me pris dans tes bras le jour sombre où ma mère
Ferma ses yeux éteints à la voix de la mort;

Tu me parlas si bien du ciel et de la terre,
Que je veux t'embrasser et t'écouter encor !

Que ton chant immortel, accompagnant ta lyre,
M'apprenne à voir la mort sans pâlir ici-bas ;
Fais monter mon esprit vers le Dieu qui t'inspire,
Et que je tombe, ô Muse, en pleurant, dans tes bras !

II.

LA MUSE.

A ce cri douloureux de ton cœur qui m'appelle,
Je reviens aujourd'hui m'asseoir auprès de toi,
Verser l'eau du Seigneur sur ta douleur nouvelle
Et t'entourer encor des clartés de la foi.

La vie est un éclair, une fumée, un rêve ;
Je vais pour toi, poète, ouvrir l'éternité.
Que ton front pâlissant à ma voix se relève,
Au bruit d'un chant de gloire et d'immortalité.

Vois ces jardins du ciel aux fleurs épanouies,
Ces flammes, ces esprits échappés du tombeau ;

Entends cette musique aux douceurs inouïes,
Vois ces flots de lumière inonder ce tableau !

C'est la Jérusalem éclatante et céleste,
C'est la cité divine où, depuis six mille ans,
La mort, en traversant la terre, où rien ne reste,
Fait monter les esprits et le cœur des mourants.

Détournons nos regards de la tombe muette,
Chantons, puisque le ciel s'ouvre au-dessus de nous ;
Accablé, tu pleurais sur la morte, ô poète,
Contemplons maintenant la vivante, à genoux !

Octobre 1864.

LA LYRE CÉLESTE.

Le poète et l'ami que je regrette et pleure,
Vers lequel me conduit le vol léger de l'heure,
S'est à trente ans couché dans la nuit du cercueil :
Sa barque pavoisée a rencontré l'écueil
Où ses tendres amours non immortalisées
Se sont en mille éclats étincelants brisées.

Comme il aimait à voir couler au fond du bois
Le cristal de la source argentée où tu bois,
Dès l'heure où le soleil, éblouissant de gloire,
En un palais doré change ta forêt noire,
Dont tu sais retrouver le plus frais corridor,
Merle au bel œil rêveur orné d'un cercle d'or !
Loin de la ville immense et du bruit de la rue,
Nous l'avons bien souvent ensemble parcourue,

Cette forêt splendide aux mille enchantements,
Où les petites fleurs, saphirs ou diamants,
Et les œufs dont l'enfant ravageur fait des chaînes,
Ont des berceaux de mousse abrités par les chênes !
Nous tenions à la main nos poètes chéris,
Des volumes charmants emportés de Paris,
Où la rime est toujours esclave et souveraine,
Bijoux que possédait Bachelin-Deflorenne,
Et qui faisaient lutter, étalés sur le seuil,
Le bleu de la mésange et le feu du bouvreuil.

Épris jusqu'à sa mort de rythme et d'harmonie,
Il avait ce regard clairvoyant du génie
Atteignant, dans sa force et dans sa fixité,
De tout rêve idéal la bleue extrémité.
Ce merveilleux artiste et délicat poète
— Attendri par l'aspect de la nature en fête,
Écoutant les chansons tomber des rameaux verts,
Les résonnants claviers, la musique, les vers
Récités sur le bord des étangs, où les cygnes,
En voguant deux à deux, traçaient sur l'eau des lignes —
Enchaînait ici-bas son ravissant esprit,
Pensait, parlait, rêvait, mais n'a jamais écrit.
Il eût écrit pourtant des choses surhumaines,
Lui qu'un rayon de lune ou qu'un vol de phalènes,
Que le ciel étoilé chaque soir, sans vieillir,

13

Ont fait à mes côtés si souvent tressaillir ;
Lui que j'ai vu parfois s'arrêter en extase
Devant un dieu de marbre ou les contours d'un vase,
Et, livré tout entier à l'amour des couleurs,
Vivre en les contemplant au milieu de ses fleurs !

Nénuphars étendus sur des eaux transparentes,
Panaches des glaïeuls, velours des amarantes,
Charme exquis de la rose ou des camélias,
Mélange harmonieux de riches dahlias
Dans un rassemblement que son coup d'œil arrange,
Orangers d'un vert sombre où Dieu suspend l'orange,
Fleur du Japon, qui semble un rameau de corail,
Remplissaient une serre immense, au gai vitrail,
Où ce rêveur sublime et ce grand coloriste
S'est livré souriant à tous ses goûts d'artiste,
Allant de la blancheur éclatante des lis
Aux boutons aussi bleus que les bleus bengalis.

Accablé sous le poids pesant de la matière,
Impatient d'avoir la poésie entière,
Il éprouvait, voyant les roses dépérir,
Ce désir, de la foule incompris, de mourir,
De laisser, en fuyant, l'enveloppe à la fange,
D'entendre résonner les heures sans mélange

Et d'écouter les bruits lentement solennels
Du grand balancier d'or des cadrans éternels.

Lui mort et moi vivant, comme autrefois je l'aime,
Penché plus que jamais sur le divin problème
Que pose à notre cœur le départ d'un ami
Ou le berceau désert d'un bel ange endormi.
La vie est une sombre ou riante avenue
Dont un sphinx atteignant de sa tête la nue
Termine, en déployant ses ailes, le chemin,
Pour barrer le passage à tout regard humain.
Mais, au doux souvenir de nos jeunes années,
Par un gai soleil d'or au loin illuminées,
Si, le front dans la main, je clos les yeux pour voir
De l'œil puissant de l'âme, ouvert, quand tout est noir,
Aux doux appels des morts sans lever la paupière,
Je vois se transformer le colosse de pierre,
Et ce sphinx accroupi vers lequel nous fuyons
Est, de la terre au ciel, inondé de rayons.

Franchissant la barrière immense d'un coup d'aile,
Je t'entrevois alors, ô mon ami fidèle,
Sous les rameaux d'un cèdre éternel souriant,
A l'heure où, remplissant ton céleste Orient,
Remplaçant devant toi tout l'azur qu'ils soulèvent,
Des milliers de soleils au même instant se lèvent;

Et j'aperçois plus loin, m'éveillant pour chanter,
Le doigt levé de Dieu, leur disant de monter !
Je te vois entouré de merveilleuses plantes,
De buissons lumineux aux fleurs étincelantes,
Où ne vient se poser aucun noir papillon,
Clochettes dont chacune est un doux carillon
Qu'éveille un colibri les touchant de ses ailes.
Tu contemples, ravi, ces fleurs surnaturelles,
Et viens prêter l'oreille à tous nos chants humains ;
Mais ta lyre n'est plus muette entre tes mains !

Paris, mai 1877.

LA FILLE.

Douze ans la couronnaient. Elle était frêle et blonde,
Elle semblait marcher en effleurant le monde.
Sous la nuit étoilée, attirant son regard,
Tout son cœur murmurait la chanson du départ.

On eût dit, à la voir, que d'invisibles ailes
La soulevaient. Soupirs et voix des tourterelles,
Chansons de la fauvette heureuse au fond des bois
N'étaient rien à côté des douceurs de sa voix.

C'était un vrai plaisir d'admirer, le dimanche,
Cette rêveuse enfant silencieuse et blanche.
Les oiseaux lui chantaient : « Reste au milieu de nous; »
Le frais jasmin criait à la rose : « Ouvrez-vous,
Recevez la rosée, et brillez pour lui plaire! »

Distraite à tout moment, vaporeuse et légère,
On la voyait ainsi passer, dans la clarté,
Sous le joyeux soleil de son douzième été.

Un ange apparaissant au chevet de sa couche
Déposa son baiser céleste sur sa bouche,
Fit tomber de sa main des *ne-m'oubliez-pas*;
L'endormit doucement et la prit dans ses bras.

Paris, 1860.

A LA MÈRE.

Vous la pleurez encore, ô mère consternée !
Après dix ans passés vous êtes étonnée
Que la mort ait sitôt fait tomber de vos bras
Cette rêveuse enfant dont vous suiviez les pas,
Quand elle allait cueillir ses bouquets éphémères,
Avec tout cet amour qui luit dans l'œil des mères.
Oh ! oui, tout ce passé si riant et si beau
Est un accablement à côté d'un tombeau !
Pour moi, je ne suis point étonné de ces choses,
Car j'ai bien souvent vu les plus brillantes roses
Tomber, dans les chemins, au noir souffle des vents,
Ou rouler, tout à coup, avec l'eau des torrents.
Mais je sais — ces pensers toujours me raffermissent —

Que nos esprits joyeux dans le ciel refleurissent,
Et que la Mort, qui vient nous prendre nos enfants,
Mettant la main sur nous, dira : «Je vous les rends !»

Paris, 1871.

PATRIA

VELLÉDA

EXCITÉE PAR L'INDIFFÉRENCE D'EUDORE

(FRAGMENT)

Peut-être fasciné par l'œil de tes Romaines,
Rempli de souvenirs au milieu de nos plaines,
Et cachant le mépris d'un sourire moqueur,
Ne veux-tu me donner qu'un débris de ton cœur?

Je sortis, il est vrai, des flancs d'une barbare;
Mais quand l'écho redit les sons de ma guitare,
Je vois se rassembler les esprits des forêts
Pour venir, en tremblant, m'écouter de plus près.
Le jour de ma naissance, une étoile nouvelle
S'alluma dans les cieux et devint la plus belle;
Le matin, le zéphyr, échappé dans les airs,
Soupira, plus suave, au milieu des bois verts;

13*

L'horizon enflammé, brillant et magnifique,
D'un cercle éblouissant entoura l'Armorique.
Depuis lors, un Génie a marché près de moi,
Il veilla sur mon cœur pour me donner à toi;
Ses conseils, aussi purs que l'onde où boit le cygne,
De ton nom et du mien ont su me rendre digne.
Je te le dis encor, sois fier de cet aveu :
L'amour, bouquet de fleurs tombé des mains de Dieu,
Concert des passereaux dispersés dans les saules,
N'avait jamais ému la prêtresse des Gaules
Avant le jour si doux, marqué par le destin,
Où tu vins me soumettre à son pouvoir divin.

Aujourd'hui, suppliante, à genoux je t'implore...
Je t'aime, tu le sais. Que dis-je? oh! je t'adore!
Au seul bruit de ta voix je me sens tressaillir;
Un seul de tes baisers me ferait défaillir.
Oh! calme les frissons qui passent dans mes veines,
Et je ceindrai ton front de lierre et de verveines;
Réponds à mes accents, mets ta main sur mon cœur :
Il battra de plaisir, d'amour et de bonheur!

Tu pourras vivre en paix au fond d'une cabane,
Ou dominer les rois comme un aigle qui plane;
L'avenir m'appartient, je t'ai parlé : choisis!
Si tu veux en vainqueur rentrer dans ton pays,

Tu feras retentir les échos de la terre,
Comme le bruit du vent, de l'onde et du tonnerre,
Et les peuples verront, sous un joug flétrissant,
Passer comme un soleil ton char éblouissant !
Ils verront tout à coup, sombres, muets et blêmes,
Scintiller les joyaux de nos deux diadèmes,
Et, sur le trône d'or où déjà je m'assieds,
Velléda dans tes bras, et le monde à tes pieds.

1854.

GLOIRE ET PATRIOTISME.

I.

Athènes, veuve en pleurs assise au bord des flots,
Relève son front pâle et contient ses sanglots,
En songeant qu'à ses pieds le soleil illumine,
D'un côté, Marathon, de l'autre, Salamine.
Grèce, pays sacré du chantre d'Ilion,
Berceau d'Alcibiade et linceul de Byron,
Oh! que de souvenirs où ta gloire est empreinte
Veillent sur les débris de ta grandeur éteinte!

L'Italie, aux éclairs de son regard altier,
A vu plus d'une fois frémir le monde entier.
Le char de son triomphe, où son glaive étincelle,
Sur le vieux sol romain fait rayonner près d'elle

La lyre, le pinceau, la tiare, la croix
Et des sceptres brisés pris dans la main des rois.
Princes de l'Océan, les fils de l'Angleterre,
Du feu de leur génie ont ébloui la terre.
L'Espagne, noble et fière, évoque avec orgueil
Les siècles endormis dans la nuit du cercueil,
Et porte auprès de vous le flambeau de l'histoire,
Guerriers morts en vainqueurs dans les bras de la gloire,
Héros ensevelis par l'immortalité,
Martyrs de la patrie et de la liberté !

II.

Ne soyons point jaloux de ces beautés célèbres,
Brillantes comme un phare au milieu des ténèbres.
Belgique, souviens-toi qu'on a vu sous ton ciel
Plus d'un Alcibiade et plus d'un Raphaël ;
Souviens-toi qu'en ces jours où luisait l'auréole
Dont l'orgueil de César couvrit le Capitole,
Toi, loin de t'incliner sous les pieds du vainqueur,
Tu fis planer ton vol plus haut que la terreur !
Par le nombre accablée, en ta grandeur vassale,
Tu gagnas des lauriers au vainqueur de Pharsale ;
Et celui qui tenait l'univers dans la main

Te fit monter en reine au Panthéon romain!
Mère longtemps esclave et longtemps asservie,
L'ombre de tes héros, traversant la Nervie,
Vient contempler le soir, aux clartés du couchant,
Un sol où la valeur n'a point de monument.
Mais que pourrait donner l'airain d'une colonne
Aux trois cents immortels, fils de Lacédémone?
Quand on meurt en soldat devant des ennemis,
On laisse un monument au cœur de son pays.

III.

Belgique, maintenant heureuse et fortunée,
Lorsque l'hiver ternit les beautés de l'année,
Que novembre paraît sans parfums et sans fleurs,
Couvre tes yeux si doux du voile des douleurs :
A genoux, dans le deuil, tendre et pieuse mère,
Écoute avec respect la cloche funéraire;
Près de la croix du Christ, pense à tous ces enfants
Enlevés par la mort et sortis de tes flancs.
Héros des bataillons d'une sainte alliance,
Les uns se sont assis au trône de Byzance,
Et, vrais adorateurs du Dieu de Bethléem,
Ont combattu pour lui devant Jérusalem.

D'autres, environnés de clartés immortelles,
Ont sur l'arbre des arts pris les fleurs les plus belles.
Partout, dans un passé sublime et glorieux,
S'imprime un sceau de gloire au front de nos aïeux.
Gand, la vieille héroïne, eut les premiers sourires
De celui dont l'épée ébranla des empires.
Ici peignait Rubens ; là naquit le vengeur
Dont le nom étincelle où mourut le Sauveur !

IV.

Mais bien plus près de nous, pour chasser l'esclavage,
La gloire aux champs du Belge a marqué son passage.
Alors notre patrie, avec ses bras meurtris,
Pressa contre son cœur le cœur de tous ses fils ;
Et soudain, voix du ciel joyeuse et triomphante,
Au milieu des éclairs, sonna mil huit cent trente :
Heure où la Tyrannie au regard effronté
Vit sur un sol brûlant surgir la Liberté !
Ses lèvres frémissaient : « Mes amis, nous dit-elle,
Je suis toujours debout dès qu'un peuple m'appelle.
Sans craindre et sans pâlir, j'ai traversé les temps
Pour chasser devant moi le troupeau des tyrans.
Souvent, sur les débris de leurs palais en flammes,

Ces royaux criminels tremblaient comme des femmes,
Et voulaient se soustraire au feu de mes regards,
Quand tous les opprimés agitaient leurs poignards.
Aujourd'hui que résonne un chant patriotique,
Enfants, je viens à vous pour sauver la Belgique! »
En nous voyant pleurer, en nous parlant ainsi,
O sainte Liberté, tes yeux pleuraient aussi!
Sublime, agenouillée auprès d'un faisceau d'armes,
Tu suivis le doux vol de ta prière en larmes.
Au milieu de l'orage et du bruit des canons,
Le Ciel nous accorda le trésor de ses dons;
Ta voix fut exaucée : une reine, une mère [1]
Portée à son tombeau par l'amour populaire,
Fleur céleste endormie avant les feux du soir,
Sur un trône adoré, parmi nous vint s'asseoir,
Et vint nous rappeler, dans une ère nouvelle,
Le regard de Thérèse et celui d'Isabelle.
Sainte et reine à la fois, doux soleil de l'amour,
Tu brilles maintenant dans un nouveau séjour.
Plus tard, si nous devons affronter le tonnerre,
Oh! oui, tu béniras notre étendard de guerre!
Au tyran qui voudrait nous imposer des lois,
Vainqueur, eût-il passé sur la fierté des rois,

---

1. S. M. Louise-Marie-Thérèse-Charlotte-Isabelle d'Orléans, née à Palerme le 3 avril 1812, décédée à Ostende le 11 octobre 1850.

Chantant la *Brabançonne* aux lueurs de la foudre,
Nous saurions lui jeter tout son orgueil en poudre ;
Car ton dernier soupir fut un sublime adieu,
Et ton pouvoir au ciel, c'est le pouvoir de Dieu !

2 novembre 1853.

LA MAGICIENNE.

Le dix-septième siècle éblouissant commence.
Médicis est splendide, et son orgueil immense.

Vous avez disparu comme tout disparaît,
Gais rendez-vous de chasse au fond de la forêt,
Siècle de gaîté franche et de folle équipée,
Moment des fiers assauts et des grands coups d'épée,
Où se dressaient tous deux Henri Quatre et Crillon
Pour écraser la Ligue et la rébellion !

Marie à conserver tout le pouvoir s'obstine ;
Le Louvre est à genoux devant la Florentine.
Louis Treize, occupé de chevreuils ou d'oiseaux,

Rêve au fond des jardins avec ses damoiseaux.

Son faible esprit s'applique à toujours rester neutre,

A porter brillamment le grand chapeau de feutre,

Le collet de guipure avec le bleu pourpoint;

Mais au royal pouvoir le Roi ne songe point.

Levant coquettement sa légère arquebuse,

Il s'acharne à tuer le faisan ou la buse,

Et ce mélancolique et beau roi de seize ans,

Ayant peu de sequins, a peu de courtisans :

On le voit souvent seul et passer des journées

Sur des mulets d'Espagne ou sur des haquenées.

En vain la jeune reine, encor bien jeune aussi,

Dans cette obscurité montre plus de souci;

Le prince irrésolu, qui chancelle et qui doute,

Fuit dans le parc joyeux Médicis, qu'il redoute;

A son grand singe agile il va jeter des noix

Ou porter de la graine à ses faisans chinois.

De ses longs cheveux noirs on voit flotter les boucles;

Sur ses doigts effilés luisent des escarboucles.

O roi, l'on concevrait qu'étant vieux et courbé,

Que dans un piége étant plus d'une fois tombé,

Que connaissant la vie et connaissant le monde,

Vous aimassiez ainsi, dans le bois qu'on émonde,

A Meudon aujourd'hui, naguère à Saint-Germain,

A détacher les yeux du carnaval humain;

Mais l'on ne conçoit pas que, fils de Henri Quatre,
Quand votre cœur brûlant à son nom devrait battre,
Vous écoutiez, rêveur, le vent dans les roseaux,
Ou donniez la becquée à des milliers d'oiseaux !

II.

Cora, la magicienne espagnole, est célèbre.
Née au sommet des monts et sur les bords de l'Èbre,
Elle a le feu du ciel dans son regard perçant,
Sombre, effrayant parfois, parfois éblouissant.
Enfant, elle a couru sur la roche escarpée.
Son âme audacieuse est fortement trempée.
Sa main allait jadis dénicher le condor
Au valeureux pays du Cid Campéador,
Et dans la plaine immense où jaunissaient les seigles
Faisait tomber mourants l'épervier ou les aigles.

Elle habite, en un coin isolé de Paris,
Un ravissant palais hanté par les esprits.
L'enfant blond et vermeil en tremblant s'en écarte.
Là, montrant une étoile ou tenant une carte,
Cora fait rayonner ou pâlir des amants.
Le parc irrégulier, plein de frémissements,
Rempli d'un beau désordre et d'arbres séculaires,

Est exempt de massifs carrés ou circulaires.
On entend, paraît-il, passer des bruits confus,
Le soir, dans les taillis verdoyants et touffus,
Et l'on voit quelquefois, sous la noirceur des branches,
Dans l'ombre des chemins glisser des formes blanches.
Parfois la pie en deuil au-dessus des ormeaux
Jette un cri déchirant sur les flottants rameaux.
Dans le fond du vieux parc brille une mare étrange
Dont le miroir d'argent se dessine en losange.
Quand le monde est couvert des feux d'or de la nuit,
Tout le ciel renversé vivement y reluit,
Et, chantant à leur tour sous les brises qui passent,
Dans les joncs éclairés les grenouilles coassent.

III.

Au seuil du blanc palais, dans les arbres caché,
Le grand sphinx égyptien, superbement couché,
Joint dans ses fiers contours l'élégance à la force.
Ce rêveur, à côté de la colonne torse,
Non distrait par le bruit du vent dans les gazons,
Regarde fixement les lointains horizons.
Le silence éternel est scellé sur sa bouche.
Il contemple, accroupi, le soleil, qui se couche,
Et ne détourne pas la tête et ne voit pas

Le beau roi Louis Treize arrivant à grands pas.

Avant que la nuit tombe et que l'étoile file,
Paris dans le lointain vaguement se profile,
Avec ses mille toits et ses tours de granit,
Où la corneille vole et va poser son nid.
Ici, dans l'herbe fraîche où reluisaient les merles,
Est couchée une biche au bleu collier de perles,
Et le flamant songeur au plumage enflammé
Rouvre, pour y rentrer, le buisson parfumé.
La magicienne est là, sous le blanc péristyle
Merveilleux à la fois de richesse et de style.
Descendu de cheval, venant de Saint-Germain,
Le Roi, respectueux, l'a baisée à la main.
Sibylle aux yeux plongés dans l'avenir sans voiles,
Prenant son noir manteau tout parsemé d'étoiles,
Elle dit à Louis, pâle et silencieux :
« Roi, la lune argentée a paru dans les cieux ;
Son fin rayon descend et blanchit chaque feuille.
C'est l'heure où tous les soirs mon esprit se recueille ;
Où je vais respirer, après le jour brûlant,
La fraîcheur de la nuit sous le rameau tremblant ;
Où mes fleurs ont des bruits divins dans leurs corolles ;
Où les esprits des morts me soufflent des paroles ;
Où j'entends des conseils échappés des tombeaux ;
Où je vois l'avenir tout peuplé de flambeaux ! »

Cora, majestueuse et traînant sa simarre,
Ayant conduit le Roi jusqu'au bord de la mare,
Après avoir longtemps et gravement parlé,
Levant soudain le front vers le ciel étoilé,
Ose ajouter, splendide en ce coin solitaire :
« O fils de Henri Quatre, un roi doit sur la terre,
Toujours ferme et debout, superbe et radieux,
Briller et rayonner comme une étoile aux cieux ! »

IV.

Un chaud soleil se joue au milieu des ramures.
L'air, aujourd'hui limpide, est rempli de murmures.
Dans les riants sentiers de Meudon et d'Auteuil,
Où vole éblouissant le ravissant bouvreuil,
Plus d'un couple amoureux se regarde et se croise.
Médicis, détrônée, est au château d'Amboise :
Paris, débarrassé de ses vils courtisans,
Entend les mille cris de tous les artisans,
De son peuple en gaîté devant la jeune reine,
Du Luxembourg joyeux sortant en souveraine,
Et précédant, monté sur son blanc palefroi,
Louis Treize, écoutant crier : Vive le Roi !

1869.

14

LA GUERRE.

AOUT 1870.

A mes pieds — lumineuse et claire —
Coulait la Marne au flot riant.
L'astre lointain qui nous éclaire,
Sorti du splendide orient,
Dans la richesse occidentale
Que sa clarté mourante étale,
Touchait les bords de l'horizon.
Le troupeau qu'un pâtre accompagne
Traînait au loin, dans la campagne,
Des rayons d'or sur sa toison.

Cette adorable solitude,
Ces arbres verts, ces bois épais,

Tout respirait la plénitude
Du vrai bonheur et de la paix.
La bleue et rapide hirondelle
Au flot joyeux trempait son aile;
Les chants d'oiseaux se répondaient
En résonnant sous la feuillée,
Et vers la Marne ensoleillée
Les bœufs songeurs redescendaient.

Mais je franchissais les distances
Qui me séparaient d'autres champs;
Mais s'évanouissaient mes stances
Sur vos beautés, soleils couchants !
Adieu la campagne fleurie!
Des charges de cavalerie
Volaient alors sous mes regards;
Des preux couchés dans la vallée
Sur l'épouvantable mêlée
Jetaient, mourants, des yeux hagards!

Gaule héroïque et Germanie
S'ouvraient de noirs gouffres béants,
Et partout râlait l'agonie
Dans cette lutte de géants.
De leur piédestal populaire,
Suivant la France en sa colère,

Hoche et Kléber la contemplaient;
Tenant la main sur leur épée,
Ils t'évoquaient, vieille épopée
Que ces combats leur rappelaient!

On entendait le cri des veuves
Qui pleuraient, les cheveux épars;
Le sang coulait avec les fleuves
Ou serpentait sur les remparts.
Le soir venu, l'oiseau de proie
Des airs s'abattait avec joie
Sur les chevaux et sur les preux;
La lune éclairait l'hécatombe :
Son froid rayon, qui sur nous tombe,
Avait je ne sais quoi d'affreux.

Des héros remuaient encore
Sous le bec sanglant des vautours.
Dans le ciel noir que Dieu décore,
A l'horizon, brûlaient des tours.
Le vent soufflait sur l'incendie :
La flamme emportée et grandie
Couvrait de sinistres clartés
Les enfants, les vieillards, les femmes;
Les chevaux couraient vers ces flammes,
Puis reculaient épouvantés.

Voilà le grand tableau néfaste,
Les cadavres amoncelés,
Qui remplaçaient — sous le ciel vaste —
Mes paisibles champs étoilés :
Millier de blanches marguerites,
Bergers voyant, de leurs guérites,
Le soir tomber, le jour finir,
Prochain éclat du ciel nocturne,
Riche Orion, lointain Saturne,
Rien ne pouvait m'y retenir.

Mon âme ailleurs était lancée
Par le vent de feu qui passait.
La fleur tendrement nuancée,
Les bois, les eaux, tout s'éclipsait !
La cloche ébranlant les murailles,
Sonnant le glas des funérailles,
Se mêlait au bruit des clairons ;
Les héros tombaient par centaines,
Et les coursiers sans capitaines
Sautaient au-dessus des canons !

Fuyant les batailles livrées,
Les champs où les tambours battaient,
Vers Dieu — brusquement délivrées —

Des milliers d'âmes remontaient.
Quel épouvantable carnage!
Ici le cadavre surnage
Dans la Moselle aux flots sanglants
Là des blessés aux regards sombres,
Se relevant comme des ombres,
Sont écrasés par des uhlans!

En Ionie, aux temps épiques
Par trois mille ans déjà couverts,
S'élancent, des jeux olympiques,
Sur des envahisseurs pervers,
Traînant avec eux des esclaves,
Léonidas et trois cents braves.
Méritant comme eux des autels,
Pâle et tombant dans sa bataille,
Douay, criblé par la mitraille,
Atteint ces trois cents immortels!

En dépit de la gloire humaine
Conquise au milieu des combats,
Souhaitons que le Ciel nous mène
Vers d'autres destins ici-bas;
Qu'un chant de paix et de justice
Sur le globe entier retentisse,

Qu'il en fasse à jamais le tour.
Et puissions-nous tous vivre encore
Quand surgira la grande aurore
De la concorde et de l'amour !

LA LIBERTÉ.

La Liberté, cet aigle au vol rapide et large,
    Au grand voyage audacieux,
Quand un peuple est vaincu par l'obus qu'on décharge,
    Fuit notre globe et monte aux cieux.

Puis, pendant que sa voix au séjour du tonnerre,
    Loin des cités, va retentir,
On croit la retrouver dans les champs de la terre,
    Où l'on voudrait l'anéantir !

Alors le tyran blême, entouré de sa meute,
    De ses flatteurs, de ses valets,
Craignant, dans sa terreur, le réveil d'une émeute,
    Franchit les monts et les forêts.

Au cuir de leur ceinture étincelle une lame ;
 Chargés de poudre et de fusils,
Ils cherchent vainement l'aigle au coup d'œil de flamme,
 Dont la grandeur les a saisis.

Ils voudraient, ces guerriers aux doigts couverts de bagues,
 Grandir par un stupide effort,
Tenir la Liberté sous le fer de leurs dagues
 Ou lui lancer le plomb de mort !

Soudain l'oiseau du ciel leur jette un cri sublime,
 Puis, d'un seul bond, prince et valets,
Assaillis tout à coup par les frissons du crime,
 Vont s'étourdir dans leurs palais.

Quand du séjour royal les portes sont bien closes,
 On boit, on chante, on réunit
Les vapeurs de l'orgie au doux parfum des roses ;
 Et les oiseaux au bord du nid,

Réveillés en sursaut par la musique immense,
 Dans la volière au treillis d'or,
Sont effrayés du bruit qui toujours recommence,
 Quand tout se tait et quand tout dort.

Des femmes dont le cœur est usé par le vice
        Pressent les mains de leurs amants,
Heureuses de cacher la ride accusatrice
        Sous la splendeur des diamants.

Après ces temps d'horreur, que l'Éternel mesure,
        Le peuple se réveille enfin :
Tel un lion fougueux, en voyant sa blessure,
        Bondit de colère et de faim.

Du César pâlissant on voit trembler la suite,
        Sur un cratère incandescent ;
Aux clameurs des faubourgs le tyran prend la fuite,
        Et soudain l'aigle redescend.

    1854.

UN MARIAGE EN 1886.

A Paris, quartier du Marais, dans un salon orné de plusieurs portraits de famille. — C'est le soir, et c'est l'hiver.— Un grand feu
brille dans l'âtre. — Madame Burner et sa fille sont assises devant
un guéridon, où une lampe est allumée, et sur laquelle sont épars
des livres et quelques journaux du jour.

MADAME BURNER.

Quinze ans ont sous mes yeux disparu comme un rêve,
Que le temps est rapide ! et que la vie est brève !
Quels changements partout ! — Les empereurs d'alors
Sont tombés dans la nuit redoutable et sont morts.
Chez nous, avant les jours venus de nos revanches,
L'arbre de la famille a vu choir bien des branches :
D'un frère, de deux sœurs, du père, des aïeux,
En quelques pas du temps, la mort a clos les yeux.—
Le Ciel n'a pas trompé ma fidèle espérance :
Debout au premier rang a reparu la France !

Soyez béni, mon Dieu, qui jadis nous frappiez !
L'orgueilleuse Allemagne est vaincue à nos pieds.
L'Alsace et la Lorraine, en d'autres jours perdues,
Tressaillent du bonheur de nous être rendues.
Ton prochain mariage, en arrivant si bien,
Remplit mon cœur de joie et met le comble au mien.
Devant le double éclat de cette double fête,
La Française et la mère a relevé la tête.
Ma fille, aujourd'hui grande au sortir du couvent,
Peut sur les jours anciens m'interroger souvent,
Puisque la France entière en armes s'est levée,
Et que la vieille injure est à présent lavée !

LOUISE.

Oui, mère, parle-moi de tout ce temps passé,
Du siège de Paris en hiver commencé,
Du grand froid qu'il faisait quand l'armée est sortie
Avec ce fier élan dont monsieur Claretie
Parle en ce livre vert, jamais abandonné,
Que j'aperçois là-bas et que tu m'as donné.
Dis-moi ces noms, que j'aime avec idolâtrie,
De tous ceux qui mouraient pour sauver la patrie,
Quand les clairons sonnaient dans la plaine ou le val,
Et montre-moi Regnault tombant à Buzenval !
Parle-moi des guerriers affreux de la Commune,
Chevauchant dans Paris le soir, au clair de lune

De l'archevêque atteint par le plomb des bandits,
Lui dont l'âme a monté vers le bleu paradis.

MADAME BURNER.

Hélas! quand commença l'épouvantable guerre,
Louise, un an plus tôt, j'avais perdu ton père,
Et j'avais vu tomber son doux regard mourant
Sur la mère éplorée et sur la blonde enfant
Que le Ciel nous avait en nos beaux jours donnée,
Et qui, touchant à peine à sa cinquième année,
Ne sachant rien encor des terrestres douleurs,
Me regardait muette et pleurait de mes pleurs.
Ton père avait trente ans quand nous nous mariâmes,
Unissant notre avoir en unissant nos âmes;
Il était dans la vie avancé plus que moi,
Qui suis seule ici-bas demeurée avec toi.
Puis je me suis soudain vers toi précipitée,
Et je t'ai dans mes bras à Paris emportée,
Quand j'ai vu tout à coup commencer de Strasbourg
Le rouge embrasement par un premier faubourg.
Mais quels autres périls, chère enfant adorée,
Ici nous attendaient à peine à notre entrée !
Sedan capitula, Napoléon fut pris,
Le flot envahisseur monta jusqu'à Paris.
La grande ville alors, magnifique et sereine,
Se leva devant lui comme fait une reine,

15

Et, de ses longs remparts défendant les accès,
Saisit sa fière épée et le drapeau français.

LOUISE.

C'est alors? — n'est-ce pas — que bientôt commencèrent
Des souffrances sans nom, que d'autres dépassèrent
Quand on fut exposé, du jour au lendemain,
A mourir par milliers ou de froid ou de faim.
J'ai lu qu'on faisait queue, à partir de trois heures,
Le matin, dans la neige, auprès de ses demeures,
Pour reporter ensuite à l'enfant qui dormait
Le morceau de pain noir que sa faim attendait;
Que l'on voyait rôder autour des halles vides
Des mères en lambeaux, aux visages livides,
Et que Paris, privé de son beau gaz doré,
Se trouvait dans son deuil tristement éclairé.

MADAME BURNER.

De cet hiver terrible et sinistre du siège,
Le vivant souvenir à tout moment m'assiège.
Je te vois m'enlacer avec tes bras tremblants,
Lorsque tombait la neige épaisse en flocons blancs,
Et que les lourds canons, tonnant dans la nuit sombre,
Se penchaient sur Paris, qu'ils atteignaient dans l'ombre.
Un soir de ce long siège, avant l'affreux moment
De la famine immense et du bombardement,

Une aurore éclatant, de plus en plus brillante,
Illumina le ciel de sa clarté sanglante.
Nous étions enfermés dans la vaste prison
Que le cercle de feu traçait à l'horizon.
Quand la ville, autrefois à l'univers ouverte,
Par la voûte étoilée était la nuit couverte,
En songeant, recueilli, davantage à son sort,
Séparé de la terre, on attendait la mort.
Mais chacun supporta noblement la souffrance.
Les ballons qui portaient nos lettres à la France,
Protégés, en partant, par les ombres du soir,
Lents et majestueux, montaient vers le ciel noir.
Les fossoyeurs veillaient au milieu des ténèbres ;
Un seul cheval traînait les voitures funèbres.
Combien je te soignais en ces jours effrayants,
Où l'on voyait passer tant de cercueils d'enfants !
Et, quand un doux sommeil abaissait ta paupière,
Combien à ton aspect s'enflammait ma prière !
Tremblant pour l'avenir que mon amour rêvait,
Je veillais dans les pleurs, assise à ton chevet,
Effrayée en pensant à ces milliers de bombes
Qui jetaient les enfants des berceaux dans les tombes.

LOUISE.

O mère, laisse-moi t'embrasser seulement
Pour ta tendresse extrême et pour ton dévoûment !

Ce baiser parlera bien mieux que mes paroles.

MADAME BURNER.

De quel éclat divin, de quelles auréoles
Vous vous couvrez, enfants, quand vous savez ainsi
Nous ouvrir votre cœur en nous disant merci ! —
Le siège, en finissant, ne tarit point mes larmes,
Louise, et ne fut pas la fin de mes alarmes :
La Commune en délire, aux drapeaux odieux,
Nous imposa bientôt ses autels et ses dieux.
Qui pourrait oublier jamais ces saturnales,
Ces sifflements d'obus, ces clameurs infernales,
Ces tours brûlant la nuit, ainsi que des flambeaux,
Tous ces canons braqués au milieu des tombeaux,
Sous l'œil du Dieu vivant, dans le haut cimetière ?
Le sang coulait à flots dans Babylone entière.
Le cœur rempli d'effroi, plus d'un se demandait
Si l'ange allait crier : « C'est ici qu'elle était ! »
Et vider, du zénith d'un ciel crépusculaire,
Ces coupes que remplit la céleste colère,
Lorsque Dieu veut abattre et veut anéantir
Les orgueilleux palais de Sidon et de Tyr.

LOUISE.

Ah ! que n'étais-je grande, au lieu d'être petite !
Au milieu des périls de la terreur maudite,

J'aurais pris, dévouée enfant à tes côtés,
La moitié des fardeaux que toi seule as portés.
Mais reviens, tendre mère, à ces jours de carnage
Dont l'affreux souvenir en tes pensers surnage,
Ainsi qu'un noir vaisseau par l'ouragan rompu,
Et reprends ton récit lugubre interrompu.

MADAME BURNER.

J'ai surtout, ô Paris, quand commença la lutte,
Un instant redouté ta colossale chute !
Le gai soleil de maï, de ses rayons joyeux,
Dorait encor la Seine en descendant des cieux.
Sous un ciel sans nuage, et dans la ville immense,
Se fit en un clin d'œil un effrayant silence.
Ah ! je sentis alors la plus sombre terreur
Me glacer tout le sang et m'envahir le cœur !
On entendait sonner les horloges voisines ;
On montait les canons au sommet des collines ;
La rue était déserte, et les grands boulevards
Semblaient plus grands encor, sans passants et sans chars ;
Chacun fermant alors sa fenêtre et sa porte,
La ville apparaissait comme une cité morte.
Croyant ma dernière heure arrivée ici-bas,
Je pris mon petit ange, en pleurant, dans mes bras,
Et, maudissant Paris, de la Commune esclave,
J'emportai mon enfant dans le fond d'une cave.

Les noirs obus, passant durant trois jours entiers,
Frappèrent, en tombant, de plus lointains quartiers.
Un seul, en s'arrêtant au-dessus de nos têtes,
Eût convié la mort à ses plus sombres fêtes.
La nuit, dans le vacarme épouvantable errant,
Hurlaient d'effroi les chiens effarés et courant.
Puis au-dessus des toits, des tours et des coupoles
Voltigeaient, en criant, les hirondelles folles.
Troublant l'oiseau lui-même au sein de ses amours,
La gigantesque lutte ainsi dura huit jours,
Et la Seine, où l'esprit frappé voyait des lames,
De ses palais en feu réverbérait les flammes.
Quand le drapeau français reparut triomphant,
J'avais trois fois sauvé la vie à mon enfant !

(Louise, émue encore, mais sans parler cette fois, se jette
de nouveau au cou de sa mère.)

MADAME BURNER, *poursuivant.*

Détachons nos regards de la France outragée,
Dans notre joie immense et là-haut partagée.
Un plus riant destin a fleuri notre seuil.
Depuis quinze ans passés je porte un double deuil :
Le deuil de la patrie et le deuil de ton père.
Mais, puisque mon pays triomphant et prospère,
Après sa longue attente, est d'un bond remonté
Au faîte où la victoire un jour l'avait quitté ;

Puisque d'un chevalier sans peur et sans reproche
Tu vas prendre le nom en un jour qui s'approche,
Je vais abandonner les sombres vêtements,
Qui ne conviennent plus en de pareils moments.
Retrouvant à ses pieds l'univers qu'il domine,
Paris, autrefois morne, aujourd'hui s'illumine,
Et la Seine a revu se mirer dans ses eaux
Ses palais, où flottaient un millier de drapeaux.
Ton fiancé, Louise, eut part à cette gloire.

(A Léopold, qui entre.)

Le voici : je salue un fils et la victoire ;
Tous deux fidèlement vous êtes de retour :
Bénis soient ceux à qui je dois un pareil jour !

LÉOPOLD D'HAUTERIVE.

Notre patrie en deuil, autrefois ravagée,
Est aujourd'hui par nous superbement vengée ;
Mais il nous faut verser des pleurs sur le trépas
De ceux qui sont partis et ne reviennent pas.
Le monde a dû trembler quand notre armée entière,
Dans un sublime élan, a franchi la frontière.
Devant un pareil choc l'ennemi se troubla,
Puis, dans son désespoir, coup sur coup recula.
De son généreux sang chacun était prodigue.
La France impérissable avait rompu sa digue !
J'arrive avec bonheur de mon pays lorrain,

Repris, après quinze ans, aux ravisseurs du Rhin,
Et suis heureux, madame, heureux, mademoiselle,
D'être admis, dès ce soir, à vous prouver mon zèle.
Au milieu des périls dont la gloire est le prix,
Combien de fois, tournant mes regards vers Paris,
J'ai songé, loin du toit où la paix nous rassemble.
A ce foyer paisible où vous causiez ensemble,
De notre brave armée attendant le retour,
Et lisant plusieurs fois les journaux chaque jour !

MADAME BURNER.

De quels vœux nous suivions cette armée intrépide,
S'avançant dans sa marche immortelle et rapide,
Frappant un sol puni de son pas surhumain,
Et tenant à son tour l'Allemagne en sa main !

LOUISE.

Moi, je vous comparais à ces grands capitaines
Dans l'histoire aperçus sous des clartés lointaines,
Aux héros dont on rêve après avoir fermé
Le poème héroïque ou le livre enflammé.
Forte et faible à la fois, Française et fiancée,
J'avais au fond du cœur une double pensée :
Je bénissais souvent la revanche à genoux,
Et souvent je pleurais quand je songeais à vous.
Lorsqu'on m'eut, avec crainte, appris votre blessure,

Attendant la dépêche ou le mot qui rassure,
Dans l'amer désespoir retombant au réveil,
Je vous apercevais mourant dans mon sommeil.
Arrachant tout à coup à la douleur sa proie,
Ma mère, en m'embrassant dans un transport de joie,
Vint m'apprendre un matin notre complet bonheur :
Votre guérison prompte et votre croix d'honneur.

LÉOPOLD D'HAUTERIVE.

Devant mon pays libre et devant mon vieux père,
Devant vous, cette croix des jours heureux m'est chère.
Quand sur un monticule arrêtant son cheval,
Au bruit de cent clairons, le hardi général
Me fit monter vers lui de la plaine enflammée
Où le soleil couchant illuminait l'armée,
Oubliant ma blessure horrible, qui saignait,
Je n'entendis plus rien que mon cœur qui battait,
Et je crus voir planer, France aux clartés nouvelles,
Ton éclatant Génie ouvrant ses larges ailes.

MADAME BURNER.

Mes deux enfants chéris, vous êtes l'avenir
Se levant devant moi, qui suis le souvenir ;
Vous êtes la jeunesse aux riantes années
De lumière et de joie ici-bas couronnées.
Le soleil du couchant est pour vous deux lointain,

Et vous verrez s'ouvrir le grand siècle prochain.

Pour moi, lorsque j'irai trouver au ciel son père,

J'aurai laissé ma fille heureuse sur la terre,

Car votre cœur, monsieur, aussi loyal que sûr,

Est le gage apporté de son bonheur futur.

Je vous admire autant tous deux que je vous aime :

Ma Louise adorée avec sa grâce extrême,

Avec ces sentiments profonds et délicats

Connus de vous, monsieur, et dont vous faites cas,

Et vous avec le feu de ce bouillant courage

Qui des Germains vaincus vient d'affronter la rage

Dans tous ces grands combats, jusqu'à Berlin livrés,

Qui nous ont fait frémir et nous ont délivrés !

(Madame Burner se lève et se place entre M. d'Hauterive
et Louise, également debout.)

Vous êtes la Lorraine, et ma fille est l'Alsace.

Unissez donc, enfants, en unissant la race,

Ces deux sœurs qui vers nous tendaient leurs bras meurtris

Et que nous écoutions sangloter de Paris.

Couple heureux, que la haute et vieille cathédrale

Soit pour vous, dans un mois, brillamment nuptiale,

Quand j'irai retrouver le toit de mes aïeux,

La joie au fond du cœur et des pleurs dans les yeux,

Maintenant — c'était là ma fidèle espérance —

Que Metz nous est rendue et que Strasbourg est France !

1872.

PENDANT LE SIÈGE.

Le matin succédait aux astres de la nuit,
Mais sans ce gai rayon des beaux jours qui séduit,
La neige épaisse, au lieu des parures fleuries,
Couvrait les marronniers tremblants des Tuileries.
Nul joyeux patineur traçant mille dessins
Où les cygnes voguaient jadis dans les bassins.
Un redoutable hiver descendait des nuées.
Aux mères se traînant dans l'ombre exténuées
La faim terrible ouvrait des milliers de tombeaux.
Ses blonds cheveux au vent et sa blouse en lambeau
Un gamin de treize ans, pieds nus dans sa chaussure,
Tout grelottant de froid, la mort sur la figure,
Guettait, silencieux, près du palais des rois,
Les oiseaux frissonnants sans amour et sans voix.
Tout en lui révélait la misère profonde.

Il atteignit soudain avec un coup de fronde
Un de ces doux oiseaux voltigeant devant lui,
En murmurant : « Voilà de quoi vivre aujourd'hui. »
La fauvette, autrefois joyeuse et printanière,
Pendit en un clin d'œil morte à sa boutonnière.
Et je sus qu'il était orphelin depuis peu,
Sa mère étant montée où nous rappelle Dieu.
Il avait, disait-il, une sœur plus petite
Qui, sans feu, l'attendait dans la saison maudite.
Tout en l'interrogeant, je glissai dans sa main
L'obole du passant pour le bois et le pain.
Le vieux cadran des rois aux lentes sonneries
Marquait la neuvième heure alors aux Tuileries.
Je le vis sur un pont monter pour passer l'eau,
Et je lui pardonnai le meurtre de l'oiseau.

1872.

AU JARDIN DES PLANTES.

On faisait queue aussi dans les grands cimetières.
On rencontrait partout, dans l'ombre, à chaque pas,
Des hommes qui portaient lentement des civières
Ou de petits cercueils de sapin sous le bras.

Un jour sombre et glacé descendait du ciel vaste.
Sur Paris, bombardé, s'abattaient tous les maux,
Et janvier se levait, effrayant et néfaste.
Le vieux cèdre étendait tristement ses rameaux.

Les obus éclataient dans le Jardin des Plantes.
Ils venaient d'y couper un frêle enfant en deux.
La mère échevelée et des mères tremblantes
Entouraient, en pleurant, le spectacle hideux.

Son œil plein de lumière étincelant de rage,
N'ayant plus le torrent fougueux pour abreuvoir,
Un grand lion d'Afrique aux barreaux de sa cage,
Superbe et rugissant, s'était dressé pour voir.

Lui qui dans le désert traversait les tempêtes
Paraissait dire alors dans son cercle étouffant :
Ouvrez-moi, laissez-moi me jeter sur les bêtes
Qui viennent de tuer ce doux et frêle enfant !

Il eût voulu partir, pareil aux hippogriffes,
Pour s'élancer plus tôt parmi les noirs bandits,
Et pour tenir sanglants et plus tôt dans ses griffes
Les tremblants conducteurs de ces troupeaux maudits.

Des pleurs semblaient tomber de sa paupière en flamme,
Quand sa pitié royale attirait ses regards
Vers la blonde enfant morte et vers la maigre femme
Sur les tronçons penchée avec des yeux hagards.

La petite âme, au ciel, vous nomme et vous accuse,
Empereurs inhumains couronnés de lauriers !
Le grand Juge irrité vous attend, et la Muse,
Au lieu de s'incliner à son tour à vos pieds,

A l'avenir vengeur livre vos noms infâmes !
La Mort, qui dans ses bras vous serre avec amour,
Aux chiens noirs de l'enfer abandonnant vos âmes,
A votre porte aussi viendra frapper un jour.

Dans l'affreux souterrain sonnera la curée
Pour la meute effrayante et les monstres volants ;
Puis la caverne alors, vaguement éclairée,
Retentira du cri de tous les chiens hurlants.

Déchirés sans relâche et transis d'épouvante,
Vous verrez devant vous — chemin illimité,
Avenue où la terre enflammée est mouvante —
S'allonger l'implacable et sombre éternité.

1872.

A MESSIEURS LES MEMBRES

DE LA Société philotechnique.

Soyez encor, messieurs, indulgents pour la Muse
Qui parmi vous se trouve en arrivant confuse.
Commençant à jouir d'un honneur recherché,
J'en suis au fond du cœur profondément touché ;
Car la faveur reçue est d'autant plus insigne
Qu'un sévère examen m'en eût trouvé peu digne.
Le dieu dont la lumière enflamme l'horizon,
Entouré des neuf Sœurs, me donne ici raison :
Devant la question sous ses regards posée,
Sa grande voix se fût à la vôtre opposée,
Et Sapho, consultée au céleste vallon,
Vous eût contresigné le refus d'Apollon.
Je vais lui demander des rimes plus parfaites

Pour mériter un jour l'honneur que vous me faites.
Entouré, parmi vous, de maîtres accomplis,
Du péplum de Lydie arrondissant les plis,
Je vous la montrerai plus ravissante encore
Dans sa villa, qu'un luxe éblouissant décore.
Je tâcherai de mieux dépeindre les Césars
Dans les emportements lumineux de leurs chars,
Avant l'heure approchant, de lumiere embrasée,
D'aller, à ciel ouvert, s'asseoir au Colisée.
Je vous dessinerai plus amoureusement
L'atrium d'Aspasie et le jardin charmant,
En faisant, au milieu de ces splendeurs lointaines,
Souffler un vent plus doux dans les arbres d'Athènes.

Me rappelant encor ces beaux jours d'autrefois
Où mes deux blonds enfants mêlaient gaîment leurs voix,
Si vers leurs chers tombeaux la Muse me ramène,
Plus fort éclatera le cri de l'âme humaine;
Mais, devant l'agonie et le suprême adieu,
Plus haut retentira mon cri d'espoir en Dieu!

O vous tous que la Gloire acclame en ses fanfares,
Qui sur l'humanité brillez comme des phares,
Musiciens de l'âme aux chants aériens,
Poètes, — quand la mort a rompu les liens
Tenant vos fiers esprits sur ce vieux globe étrange,

Où nous participons de la brute et de l'ange, —
Vous avez vu, parmi les cieux illimités,
Qu'il n'en descend jamais de trompeuses clartés,
Que l'on n'est point sur terre ébloui par un songe,
Que le bonheur terrestre est lui seul un mensonge,
Et que, montrant du doigt l'immensité sans fond,
Les poètes sont grands et savent ce qu'ils font!

Quand je t'ai vue un jour accablée et meurtrie,
O France, ô ma si chère et seconde patrie,
J'ai chanté les vaincus en face des vainqueurs,
Dans la funèbre éclipse où grandissaient les cœurs.
Le mien, pour les Français, fidèle en sa prière,
Fut dans l'ombre avec eux comme dans la lumière,
Qui, déjà des vieux monts redorant les sommets,
Peut pâlir un instant, mais ne s'éteint jamais!
A présent que ma voix est chez vous entendue,
Grâce à la main, messieurs, que vous m'avez tendue,
Je me trouve attaché, par ce nouveau lien,
A votre cher pays, sans oublier le mien.

Attentif à la voix de votre Académie,
Silencieux auprès de la Muse endormie,
J'attendrai — pour chanter — son gracieux réveil :
Il est toujours pour nous le lever du soleil !
Cessant alors aussi de rafraîchir sa tête,

Et fermant l'éventail coloré du poète,
Ma main couronnera des lauriers les plus verts
Tous les bustes pensifs des rois de l'univers :
Du vieux poète errant, du rayonnant aveugle
Marchant dans la rosée et la prairie, où beugle
La vache aux yeux tournés vers le soleil levant;
De Virgile, où la Muse est belle si souvent ;
De son noir compagnon dans l'ombre ouvrant la porte
D'où l'on entend les cris de l'humanité morte;
De Mathurin Regnier, de l'immortel Ronsard,
Passés maîtres tous deux aussi dans le grand art
De mêler la couleur, l'harmonie et les tropes ;
De Molière étonnant, peignant les misanthropes,
L'avare aux yeux rougis, sur un sac d'or penché,
Ou Tartufe amoureux, par Elmire alléché;
De Despréaux moqueur, qui n'est jamais sublime,
Mais qui sait manier le rabot et la lime ;
Et je n'oublierai pas de couronner aussi
Les deux rivaux dont l'œuvre est en honneur ici :
L'un, donnant libre cours à la fierté romaine,
Nous a fait applaudir Camille après Chimène,
Et l'autre, plus sensible encore à nos douleurs,
Connut mieux le secret des sanglots et des pleurs.
Tous deux, l'un près de l'autre, ont vu pleuvoir les palmes
De l'immortalité, dans l'azur des cieux calmes,
Et tous deux à jamais dans l'avenir vivront,

La lyre entre leurs mains et la couronne au front !

Touchant aussi les cœurs en charmant les oreilles,
Mais sans vouloir prétendre à des hauteurs pareilles,
Sous les fronts couronnés de nos maîtres divers,
Conservons, sans faiblir, le culte des beaux vers,
Qui fait toujours vers Dieu monter l'esprit de l'homme ;
Et, nous souvenant tous de ces vierges de Rome,
Debout au fond du temple à Vesta consacré,
Veillons, à notre tour, sur notre feu sacré !

1878.

LA LÉGENDE DU DRAGON.

« Par le saint nom du Seigneur, par
sainte Waudru notre patronne, et par
Notre-Dame-de-Wasmes, je jure de ne
rentrer dans Mons que vainqueur du dragon. »
  Toute l'assistance répondit : Ainsi soit-
il ! Tout le monde s'agita; et Gilles, au
milieu de toute la cour, fut conduit jusqu'à la porte du Rivage.
           J. COLLIN de PLANCY.
  (Légende des douze convives du chanoine de Tours.)

C'était en l'an du Christ onze cent trente-trois.
Le souffle de l'automne, en parcourant les bois,
Chassait les passereaux, dispersait la verdure,
Et donnait un air triste à la grande nature,
Recueillie à côté de ces vivants d'alors,
Près desquels sept cents ans ont déposé leurs morts.

Les chevaliers chrétiens revenus des croisades,
Fatigués, reprenaient leurs longues promenades
Dans les bois, dont tombaient les feuillages dorés,
Et d'où sortaient les cerfs et les daims effarés.

L'un d'eux, Gilles de Chin, à la lance héroïque, --
Après avoir tué la panthère en Afrique,
Vu les noirs ouragans se lever sur les mers
Et mourir à ses pieds les crocodiles verts, —
Résolut d'attaquer, dans son horreur superbe,
Un dragon dont la croupe, au sein des touffes d'herbe,
Luisait tous les matins aux clartés du soleil,
A l'heure bourdonnante où, dans le champ vermeil,
On voit de loin courir les perdrix et les cailles.
Ce monstre colossal, tout recouvert d'écailles,
Jetait des cris perçants qui faisaient fuir les bœufs
Et faisaient tressaillir le faisan sur ses œufs.
Il était la terreur des campagnes montoises.
En ligne horizontale il mesurait dix toises.
Or le hardi seigneur de Chin et de Coucy
Ne sentit nullement son courage obscurci :
Comptant sur Notre-Dame et sur ses chiens fidèles,
Il aborda sans peur la bête aux grandes ailes,
Bien que jusqu'à ce jour aucun des assaillants
N'eût reparu dans Mons au milieu des vivants.
Les moines, à genoux dans les vieux monastères,
Se signaient lentement et joignaient leurs prières.
Tous les bourgeois émus, Baudoin Quatre et sa cour
Étaient sur le sommet de la plus haute tour.
On croyait du héros le courage inutile,
Et l'on avait fermé les portes de la ville.

Le dragon fougueux sort de son antre en sifflant;
Le chevalier descend de son destrier blanc.
Quatre écuyers tremblants l'attendaient dans la plaine.
Du soir dans les rameaux courait la fraîche haleine.
Les cloches ébranlaient les vieux clochers noircis,
Et les ramiers rentraient dans les bois éclaircis.
Voici la blanche lune et le bleu crépuscule.
Le héros est vainqueur, et le dragon recule.
Les yeux étincelants, sortant de la forêt,
Une lanterne en main, Notre-Dame apparaît.
Ida de Berlaimont, comtesse de Chièvres,
Laissa fuir, de la tour, un baiser de ses lèvres,
Et, quatre jours après, entendit le héraut
Proclamer le vainqueur chambellan de Hainaut.

Du seigneur de Coucy le dragon héraldique
S'unit, un mois plus tard, à la chimère antique
Qu'Ida voyait briller aux tours de son manoir,
Blanche, et son aile au vent, sur un écusson noir.

1868.

MELLE [1]

Ce siècle à son déclin n'était pas encor né,
Que Melle fut déjà de gloire illuminé.
Ses classes en ce temps — à peine s'ouvraient-elles —
Ont su charmer déjà les Muses immortelles,
Arrivant à plein vol du splendide horizon
Pour planer au-dessus de la jeune Maison.

1. La célèbre *Maison de Melle,* près de Gand, fut fondée
par messire Louis Van den Hole, en faveur des chanoines
réguliers de l'ordre de Saint-Augustin, le 16 juillet 1431.
Leur collège était très florissant au xviie siècle; on y ensei-
gnait les humanités et les sciences. Fermée par Joseph II, le
12 avril 1784, la *Maison de Melle* fut rendue aux études, en
1789, par M. Eugène de Sauw, grand-père maternel de l'auteur. Elle passa successivement, depuis lors, sous la direction
de M. Joseph Dechamps, grand-oncle de l'auteur, en 1807, —
de M. Van Wymelbeke, en 1823, — et, enfin, sous celle de
MM. les Joséphistes, en 1837.

Le doux protectorat des Muses rassemblées,
Se penchant vers ces murs, marchant dans ces allées,
A fait fleurir ici la science et les arts,
Dont les lauriers plus beaux que tous ceux des Césars,
Réunis par la paix dans le bois solitaire,
Ne coûtent point un sang généreux à la terre :
Ils font monter nos cœurs, dans un suprême élan,
Vers le divin Auteur incompris de ce plan
Embrassant — étendue ouverte au vol de l'âme —
L'immensité portant mille archipels de flamme,
Amas prodigieux, superbe, éblouissant,
Qui fait ployer l'esprit quand il en redescend.

Les maîtres ont toujours dans ce charmant asile,
D'où jamais la clarté du bonheur ne s'exile,
Attiré les regards jusques à la hauteur
Où les brûlants soleils parlent du Créateur,
Mais pour les ramener vers l'humble pâquerette,
Où dans un rayon d'or le papillon s'arrête,
En faisant tour à tour envisager ainsi
L'astre éclatant là-haut, la fleur charmante ici !

Remarquable en naissant, en vieillissant illustre,
Melle a reçu du temps toujours un nouveau lustre :
Le gland est devenu le chêne aux mille oiseaux
Que le fleuve, en passant, réfléchit dans ses eaux.

Qui pourrait, étonné, nous dire ici le nombre
De ceux qui sont venus préparer à son ombre,
Sous ses puissants rameaux, leur esprit et leur cœur
Au combat de la vie, où plus d'un fut vainqueur !

Au lumineux sommet où sa main nous élève,
La gloire a couronné plus d'un ancien élève,
Qui, jetant les regards vers les anciens beaux jours,
S'est souvenu de Melle, *où l'on revient toujours !*
Il est des noms qu'en soi parmi vous chacun nomme,
Car nous pourrions ici citer plus d'un grand homme.
Gloire à ceux qui les ont amenés par la main
A ce commencement douteux de leur chemin
Où l'avenir n'avait, dans les branches lointaines,
Que les faibles rayons des clartés incertaines !
Gloire à vous, professeurs savants et dévoués
Qui vous êtes toujours si noblement voués
A ce culte où le bien avec le beau s'enchaîne,
Et qui nous réunit encor sous le grand chêne !

Mais gloire à vous surtout qui depuis vingt-cinq ans,
Devant cet horizon paisible où les volcans
N'ont jamais fait briller leur rougeur d'incendie,
Dirigez la Maison constamment agrandie !
Le monde a depuis lors vu passer dans les airs
De sombres ouragans, de terribles éclairs;

La porte de l'abîme à grand bruit s'est rouverte,
Et du sang répandu la terre s'est couverte.

Directeur vénérable, auguste et paternel,
L'émotion nous gagne en ce jour solennel,
Où l'amour filial vous tresse une couronne,
Où le touchant respect de tous vous environne,
Où, pour vous entourer, de tous les points venus,
Nous avons retrouvé nos chemins si connus,
Et le joyeux clocher, qui de loin se profile,
Faisait monter vers Dieu le nom de THÉOPHILE.

Pensons tous à tous ceux que le Ciel a repris,
Invoquons d'ici-bas leurs voltigeants esprits ;
Qu'une larme pour eux à d'autres pleurs se mêle ;
Et, saluant debout tout le passé de Melle,
Les cent ans réunis en un seul souvenir,
Dans le même horizon buvons à l'avenir [1] !

---

1. Ces vers ont été lus à Melle par M. Jean Gilbert, de Bruxelles, ancien élève également, le mardi 11 août 1874, à l'occasion du 25ᵉ anniversaire du supériorat de M. Théophile. Un très intéressant et très précieux volume a été consacré, par la *Maison de Melle*, à tous les détails de la célébration solennelle de cet anniversaire.

DE BRUXELLES A TERVUEREN [1].

Doux soleils du poète et des Muses savantes,
Les constellations aux clartés d'or vivantes
N'incrustaient plus les cieux richement éclairés,
Où l'on voyait blanchir leurs feux décolorés.
Jetant sur tous les toits des milliers d'étincelles,
Le souriant matin illuminait Bruxelles,
Dont les gris monuments dans les airs remontaient,
Sans fléchir sous le poids des siècles qu'ils portaient,
Et le soleil levant, de ses rayons obliques,
Enflammait les vitraux des vieilles basiliques.

[1]. Charmante commune du Brabant, sise dans un vallon,
sur la lisière orientale de la forêt de Soigne, et dont l'origine
remonte au commencement du viiie siècle. Son magnifique
château royal — séjour actuel de l'infortunée princesse Char-
lotte, fille de S. M. Léopold Ier, roi des Belges, ex-impéra-
trice du Mexique — a été autrefois la résidence favorite
des anciens souverains brabançons, et des archiducs Albert
et Isabelle, qui datèrent de là une très grande partie de leur
correspondance politique.

Dans le Parc reverdi, légèrement mouillé,
L'oiseau, par la rosée et le jour éveillé,
Volait parmi les dieux de marbre ou sur la branche.
Partout, dans la cité repeinte et toute blanche,
On voyait se croiser de gros chiens attelés
Dont les harnais brillaient, de cuivre constellés,
Et près desquels marchaient les laitières flamandes,
Arrêtant l'équipage à toutes les demandes.
Un char à bancs public, aux quatre blancs chevaux,
Partait pour le village où, comme à Roncevaux,
Un guerrier qu'un soleil en sa mort accompagne
A vu pleurer la Gloire altière, sà compagne :
La calèche au flanc jaune, emportée au galop,
Nous laissait lire encor ce mot noir : Waterloo,
Et le bruyant clairon dont le postillon sonne
Réveillait à son tour la cité brabançonne.
Mais le poète, au lieu de revoir le tombeau
Où de César vaincu s'éteignit le flambeau,
S'en allant où le vent le transporte et le mène,
Marcha vers le tombeau d'une raison humaine.

Pour ce château royal qu'on découvre à demi,
Il partit de Bruxelle avec un vieil ami,
Voyant, de la chaussée où roulait la berline,
Poindre à l'horizon clair les clochers de Maline.
Les vieux rameaux touffus vers le sol s'inclinaient.

Les arbres au-dessus de leur fronts se joignaient.
La mousse épaisse et verte en recouvrait les souches,
Et les chevaux trottaient, assaillis par les mouches.
Frais plafond de verdure immobile du bois,
Combien tu vis passer de chevreuils aux abois,
En ces jours disparus de fanfare ou d'émeutes
Où l'écho répétait les aboîments des meutes !
Du cor en mille endroits retentissaient les sons.
C'étaient les joyeux temps des vieux ducs brabançons,
Ou ceux où, s'asseyant dans la forêt si belle,
Albert, avec amour, contemplait Isabelle.
Sur de blonds palefrois superbement parés,
Les princesses d'alors, aux cols démesurés,
Dont la chasse emportée animait les visages,
Poursuivaient brillamment les sangliers sauvages.
Mais la forêt paisible a repris tous ses droits
Après les bruits éteints de l'olifant des rois :
Plus tranquille aujourd'hui, le brun rossignol couve
Sans entendre les cris effrayants de la louve,
Et, sautillant parmi les chênes, l'écureuil
S'y mêle au vermillon éclatant du bouvreuil.

Aux deux bouts de la route, ainsi d'ombre couverte,
On semblait voir au loin une fenêtre ouverte,
Et la ronde éclaircie, à chaque extrémité,
D'un jour éblouissant découpait la clarté.

Sous tes rameaux jadis, verdoyante avenue,
La cour, voisine alors, est bien souvent venue,
Arrivant du château de Tervure en traîneaux,
Au bruit clair des grelots du collier des chevaux :
La neige embellissait le croisement des branches,
Les belles souriaient dans leurs fourrures blanches,
Et les brillants seigneurs aux longs cheveux poudrés
Souriaient, à leur tour, dans leurs manteaux dorés.

En des temps reculés plus éloignés des nôtres,
Avant le Christ errant et les premiers apôtres,
Nos ancêtres debout, une hache à la main,
Dans ces bois, qu'ils aimaient, se frayaient un chemin.
Mais à l'heure où le jour naissant se développe,
Et fait bientôt lever la tête à l'antilope,
Recouverts de la peau des grands loups monstrueux
Qu'ils abordaient toujours quand ils passaient près d'eux,
Ensemble, sans qu'un mot s'échappât de leurs bouches,
On voyait, sur un mont, tous ces hommes farouches
Se prosterner devant le glorieux réveil,
Et, le front vers la terre, adorer le soleil [1].
Laissant, comme autrefois, se parler nos deux âmes,
A Tervure en Brabant bientôt nous arrivâmes.
Entrés dans l'écurie étrange au bleu vitrail,

---

1. Tervueren posséda jadis, croit-on, un temple consacré

Nos chevaux, dont l'écume argentait le poitrail,
Se couchant sur la paille arrangée en litière,
Allaient s'y reposer une journée entière.
L'alouette chantant dans des cages d'osiers,
Le verdoyant jardin tout rempli de rosiers,
Un paon se promenant en l'air sur les voitures,
Les hangars sous lesquels se touchaient les voitures,
Un pignon que le lierre en grimpant tapissait,
Le poulain familier qui près de nous passait,
La vache, auprès du chien, beuglant dans la prairie,
Faisaient un paradis de notre hôtellerie.
Les coqs joyeux dressaient leur crête avec fierté ;
Ils paraissaient toiser le faisan argenté.
Près d'une vieille assise, en plein air cousant seule,
L'aiguiseur de couteaux faisait tourner sa meule.
Le vieux Teniers jadis, le trouvant à son gré,
L'eût peint soigneusement de velours bleu paré,
Et, pour s'asseoir aussi, détachant sa rapière,
Eût écouté le bruit des couteaux sur la pierre.
Là Rubens et Van Dyck ôtaient leurs grands chapeaux,
Admirant le passage éclairé des troupeaux,
Quand du soleil couchant la pompe occidentale
Dans l'or et dans l'azur à l'horizon s'étale.

au soleil, au dieu de la forêt de Soigne. (Voir le savant ouvrage de M. Alphonse Wauters, *Histoire des environs de
Bruxelles.*)

Mais voici qu'en ce bourg pittoresque et loyal
Apparaît devant nous le blanc château royal
Avec son fin grillage aux lances redorées,
Sa façade ionique abritant cinq entrées,
Son bas-relief de grâce antique éblouissant,
Où l'on voit des cerfs fuir et Calydon chassant [1],
Le salon italien, largement circulaire,
Qu'un lanterneau du haut d'une coupole éclaire ;
Des murs de stuc neigeux ou d'albâtre fleuri,
La salle où Marguerite amoureuse a souri [2],
Mosaïque au fond noir, la vaste cheminée
D'oiseaux et de bouquets superbement ornée,
Et la vue, à travers une glace sans tain,
Du vieux bourg, de l'église au pur vaisseau latin,
Où tous les francs chasseurs, retirant leurs sandales,
Adoraient saint Hubert endormi sous les dalles [1].

Quelle ombre dans ce parc et quels arbres touffus !
L'œil, étonné, surpris de la hauteur des fûts,
Croit voir s'étendre au loin des nefs de cathédrales.

---

1. Admirable travail du célèbre sculpteur français François Rude, auquel on doit également, à part beaucoup d'autres chefs-d'œuvre, le magnifique bas-relief le Départ, de l'arc de triomphe de l'Étoile.

2. Les fiançailles de Louis de Male et de Marguerite de Brabant eurent lieu au château de Tervueren, le 1er juillet 1347.

Des canards du Japon, des poules d'eau, des râles,
Des cygnes, côtoyant les rives deux à deux,
Nagent dans le cristal des étangs lumineux.
Ils n'en troublent jamais la paisible surface.
Leur doux et lent sillage en un clin d'œil s'efface,
Et l'on voit, de l'eau claire aspirant la fraîcheur,
Passer éblouissant le bleu martin-pêcheur.

Sérénité du ciel, calme heureux de la terre,
Balancements sacrés du vieux bois solitaire,
Combien vous êtes faits, cependant, pour fermer
La plaie ouverte au fond d'un cœur, et pour calmer
Celle que l'on a vue autrefois si choyée
Avant qu'un coup du sort affreux l'eût foudroyée!
Portant une toilette admirable d'été,
Vaporeux vêtement d'argent clair pailleté,
La voici qui descend, par une rampe douce,
Du château vers l'étang sur un tapis de mousse,
En inclinant devant le tranquille horizon
Le front d'où sa couronne emporta sa raison,
Quand l'une et l'autre ainsi, coup sur coup dérobées,
Sont au milieu des flots de l'océan tombées.
Son œil suit dans les airs le vol des pigeons blancs.

1. Saint Hubert, évêque de Maestricht et de Liége, patron
des chasseurs, fonda Tervueren, et ses cendres y reposent.

Plus d'habits chamarrés, de cour, de chambellans !
Dans les coins des salons rayonnants, plus de garde !
Mais le poëte en deuil, qui pleure et la regarde,
Laisse à ses pieds tomber poésie et respect
Dans ce parc centenaire au pacifique aspect ;
Car, plein de l'Évangile où notre enfance épelle,
Il chante où le sanglot des cœurs brisés l'appelle,
En laissant à chacun le poids des repentirs,
Contre tous les bourreaux et pour tous les martyrs.

La mort du rossignol frappe au cœur sa femelle.
Dans sa tête, à présent, tout se heurte et se mêle :
Sa chasse aux papillons, dans ces mêmes chemins
Où nous sont revenus ses pauvres pas humains,
Son berceau, son enfance, ici, dans sa patrie,
Adriatique au loin, Miramar, Illyrie,
Bruit de la fusillade au lamentable écho,
Combats, mort du héros, empire, Mexico,
Voitures de gala maintenant disparues,
Foule, acclamations du peuple dans les rues,
Frais jardins sur les toits transportant dans les airs
Les nopals, les jets d'eau brillants, les viviers clairs,
Des arbres arrivant à des hauteurs épiques,
Les mille oiseaux, les fleurs célestes des tropiques ,
Tout ce qu'elle admirait et tout ce qu'elle aima,
O pays du soleil et de Montézuma !

Dans quel gouffre effrayant a sombré sa pensée
Après les jours tombés de sa grandeur passée !
Comme il est aujourd'hui désespérant de voir
Se débattre son âme au fond du gouffre noir !
La nature a perdu pour elle tous ses charmes,
Et, dans leur fixité, ses yeux n'ont plus de larmes !
Effrayée, éperdue, elle appelle au secours
Pour celui qu'elle aimait et qu'elle attend toujours !

Sa raison ébranlée a perdu l'équilibre.
Mais à l'heure où notre âme au ciel redevient libre,
Où l'esprit, remontant les glorieux chemins,
Échappe, à son départ, à tous nos bruits humains,
La vision fuira de ses regards étranges
Dans la sérénité magnifique des anges.
L'Empereur, le héros fusillé lâchement,
Deviendra pour toujours son immortel amant.
Si la terre aveuglée a brisé leur couronne,
Le Dieu que la lumière éternelle environne,
Donnant à leurs amours des cercles agrandis
Dans l'éblouissement des lointains paradis,
Du sceau de ses élus les couronnant lui-même,
Fera pâlir ainsi leur tremblant diadème.

Parmi les rameaux verts le vent plus froid passait,
Sous l'orage arrivant le parc s'assombrissait.

Abandonnant l'espace et les puissants coups d'ailes,
Plus bas, sur les étangs, volaient les hirondelles.
Les fleurs disparaissaient dans les vapeurs du soir.
La foudre illimitée éclairait le ciel noir.
Au loin, sur les hauteurs par des ravins coupées,
Les éclairs paraissaient des croisements d'épées,
Comme si, dominant les forêts ou les mers,
Des géants se livraient des combats dans les airs.

L'Impératrice alors sembla sortir d'un rêve
Qu'un bruit inattendu subitement achève,
Et, quand le premier coup de tonnerre éclata,
Vers son château royal lentement remonta :
Blanche apparition, entrevue à la porte,
Que le soleil ramène et que l'orage emporte.

1878.

17

GRÈCE ET ROME

DELPHES.

Pendant que Rome ailleurs, encore à sa naissance,
Sentait confusément s'éveiller sa puissance,
Dans sa gloire évoquée après quatre mille ans,
S'approchant à son tour du noir gouffre du temps,
En Phocide, et de près regardant Chéronée,
Delphes resplendissait, de monts environnée :
Ses dieux apparaissaient sur tous ces pics fameux.
Diane chasseresse y descendait comme eux,
Et, du sombre Borée écartant la menace,
Un soleil magnifique inondait le Parnasse.

Au sein des rayons d'or d'un éternel été,
Sous un ciel plein de flamme et de sérénité,
La ville éblouissante aux riches avenues
Voyait ses immortels souriant dans les nues,

Vénus, au bleu regard vers elle se penchant
Dans la blancheur de l'aube ou l'éclat du couchant,
Ou Junon — rouge encor d'un baiser sur sa joue —
Ayant à ses côtés son paon, qui fait la roue.

L'eau vive étincelait comme un ardent miroir
Dont l'échassier brillant s'approchait pour se voir,
Quand, se couchant au pied des roches Phædriades,
Sous les feux de midi sommeillaient les dryades.
Éole, contenant le fougueux aquilon,
L'empêchait de troubler le berceau d'Apollon ;
Le voltigeant zéphyr des vallons de Diane
Caressait en passant le buste d'Ariane
Dans un divin bosquet aux flottants végétaux
Où serpentait le lierre autour des piédestaux ;
L'œil découvrait Cybèle et la chèvre Amalthée
Non loin de la statue admirable d'Antée,
Géant, fils de la Terre, étouffé dans les bras
De l'invincible Hercule aux étonnants combats ;
Et, sous les rameaux verts, dans une allée oblique,
Souriant, ravissante, en marbre penthélique,
Hébé — dont la jeunesse éclatait dans les yeux —
Tenait en main la coupe et le nectar des dieux.

Étalant aux regards ses trésors de sculpture,
Avec sa gracieuse et svelte architecture,

Le temple d'Apollon au centre s'élevait.
Les yeux étaient ravis à l'heure où se levait,
Le frappant tout entier de sa blanche lumière,
Phœbé, qui dans le ciel fleurissait la première.

La cité merveilleuse et sacrée à la fois
S'ouvrait devant les chars et les présents des rois :
Alexandre, arrêtant sa marche triomphale,
Laissa s'y reposer le bouillant Bucéphale,
Qui fut pompeusement conduit dans un palais :
Quand on eut aux piliers suspendu ses harnais,
Rafraîchi ses naseaux avec du vin de Crète,
Caressant de la main sa crinière et sa tête,
Voulant dans ce palais l'honorer plus encor,
La pythonisse au cou lui mit un collier d'or.
Le héros fastueux, se donnant en spectacle,
Se vit proclamer grand entre tous par l'oracle.
Le front haut, couronné du laurier souverain,
Prodigue, il ajouta de nouveaux dieux d'airain
A tous ceux qui peuplaient les vertes promenades,
Où brillaient à travers les blanches colonnades.

Le sol brûlant était stérile et rocailleux,
Mais l'art y répandait ses tableaux merveilleux ;
Les grands arbres touffus des forêts de l'Asie
Y luttaient au soleil d'ombre et de poésie.

Des gueules des tritons tombait le bruit des eaux.
De luxueux perchoirs enchaînaient mille oiseaux.
Les faisans couronnés au rayonnant plumage,
Les paons dans l'eau vermeille admirant leur image,
L'argus étincelant courant parmi les fleurs
Mêlaient diversement leurs cris et leurs couleurs.

Aux théâtres remplis des plus vives peintures
Le splendide Orient apportait ses tentures,
Et la blonde enfant grecque ou les esclaves bruns
Remplissaient nuit et jour les vases de parfums.

Les Gaulois effrayants, vaincus aux Thermopyles,
Troublèrent néanmoins la plus riche des villes.
Mais la foudre éclata dans les cieux courroucés,
Et, pendant qu'ils fuyaient, par les prêtres chassés,
On vit trois cavaliers de taille surhumaine
Surgir dans la nuit sombre et courir dans la plaine.

La naïade — éveillée au milieu des roseaux —
Ne trouvait nulle étoile éclose au fond des eaux;
Aucun rayon — du saule illuminant les branches —
N'éclairait amoureux ses deux épaules blanches.
Les dieux avaient voilé tous les astres du soir.
La déroute ennemie, au-dessous du ciel noir,
Faisait des vieux Gaulois tomber l'orgueil en poudre,

Et, s'achevant sinistre aux clartés de la foudre,
Mêlait avec fureur les mille bruits rivaux,
Les cris de rage humaine au galop des chevaux.

Et maintenant, non loin d'un village moderne,
Les bergers grecs assis au bord d'une citerne
Regardent sans regrets les débris de tombeaux,
Sous le même soleil, sous les cieux toujours beaux,
Et, leurs chiens à leurs pieds, mais sans flûte à leurs lèvres,
Sur ce vieux sol illustre où vont brouter leurs chèvres,
Ils n'aperçoivent pas, se dressant devant eux,
Tous les grands souvenirs du passé lumineux !

1871.

CHEZ CLAUDIUS.

Quand ses chevaux joyeux, sortis des écuries,
Se voyaient contemplés avec étonnement,
Ces coursiers africains, couverts de pierreries,
Sur le pavé romain hennissaient fièrement.
L'esclave au bras nerveux dont la main les dirige,
Sous les yeux du tribun plusieurs fois couronné,
Était superbe à voir debout dans son quadrige.

De bassins somptueux et d'ombre environné,
Le palais de Claudius, du plus ravissant style,
Brillait seul à côté du temple de Castor.
Sa terrasse embaumée et son blanc péristyle
Auraient aussi charmé César Imperator,
En ces temps pleins de force où, revenant des Gaules,
Acclamé par son peuple et par tous ses guerriers,

Il ôtait son manteau de ses larges épaules
Pour s'asseoir un instant au milieu des lauriers

Mais l'esprit de César avait quitté la terre.
Auguste était alors le soleil solitaire
Qui montait au-dessus de l'univers romain.
L'éblouissant empire était lourd pour sa main,
Et cependant la lyre et la voix des poètes
Ne lui manquaient jamais au milieu de ses fêtes

Ce jour-là, de Claudius le palais corinthien,
Aux chapiteaux brillants où l'acanthe se tient,
Abritait l'Empereur, et Lesbie, et Tibulle.
C'était l'heure où Phœbé, sur le mont Janicule,
Répandait vivement ses rayons argentés,
Et c'était la saison où, dans la forêt verte,
Les nymphes souriaient aux sylvains enchantés.

La salle du festin est pleine de clartés,
Le plafond étincelle, et la table est couverte
Des mets les plus exquis, des vins les plus vantés.
Le cécube enflammé fait rayonner Lesbie ;
La rose est sur sa joue, et l'azur dans ses yeux.
Des esclaves brûlant des parfums d'Arabie,
Entourés de flambeaux allumés autour d'eux,
Sont debout et muets dans les coins de la salle ;

Et, pendant qu'au dehors la voûte colossale,
Où la nuit a jeté tous ses mille points d'or,
Couvre superbement Rome de sa lumière,
Chez Claudius, à côté du temple de Castor,
Chacun rêve, au milieu d'une chaude atmosphère,
La rose éternité du plaisir sur la terre.

1867.

LA FIN D'UN MONDE.

La maison s'élevait non loin du Colisée.
Tous les trésors de l'art s'y trouvaient réunis.
Les lumineux boutons de porte ou de croisée,
Les plafonds bleu de ciel, par un souffle ternis,
Un escalier royal en marbre de Sienne,
Un atrium rempli d'un air voluptueux,
Le buste d'Apollon dans sa beauté païenne,
Tout dans cette maison aurait charmé des dieux ;
Vénus en souriant en aurait fait la sienne,
Et sur un lit de Rome eût oublié les cieux !

Le malheur, cet oiseau sinistre aux plumes noires,
N'avait jamais frappé les vitraux dans la nuit ;
Mais parfois au-dessus de ce tombeau des gloires
S'abattait lourdement le vautour de l'ennui.

L'eau — parfumée aussi — tombait dans les baignoires,
Comme un jet de cristal, des grands robinets d'or.
Des rideaux d'un tissu léger, soyeux et rare,
En tamisant le jour, rendaient plus belle encor
La Diane endormie en marbre de Carrare.
Le soleil animait de ses rayons charmants
Les vases, les Césars, les fleurs, les diamants,
Les épis d'or mêlés aux cheveux de Cybèle,
Sous la lumière aussi plus brillante et plus belle.

C'était là que Délie à ses jeunes Romains
Présentait en chantant le cécube et l'amphore,
Et là que le regard étonné de l'aurore
Les retrouvait toujours la coupe entre les mains !
C'était là que courait la jeunesse dorée,
Que Délie, à vingt ans, se trouvait adorée ;
C'était là que, fuyant les hauteurs des grands jours,
On salissait du pied la robe des panthères ;
Qu'un rhéteur énervé célébrait les amours ;
Que l'ombre de la Gloire et des aïeux sévères
Pleuraient sous le ciel noir d'un monde à son déclin,
Et — voyant le plaisir ronger le cœur de l'homme —
Écoutaient tristement l'écroulement de Rome,
Au roulement vengeur d'un ouragan lointain.

1863.

FLORA.

Se couchant lentement dans les cieux bleus et roses,
Un brillant soleil d'or éclairait Tusculum.
Flora marchait rêveuse en effeuillant des roses,
Sa villa rayonnait, et son léger péplum
Fendait le doux courant de la brise embaumée.

Phœbé se levait blanche à l'horizon lointain.
Des sentiers tout poudreux la poussière enflammée
Attendait le réveil et les pleurs du matin.
Flora, les yeux baissés, mélancolique et blonde,
Cueillait la fleur divine aux derniers feux du jour.
Pleurant à côté d'elle, et dans ce coin du monde,
Musset aurait crié : *Les vents sont à l'amour !*

Cette femme, à vingt ans, vivait comme une reine.

Des cypriens dorés serpentaient dans les eaux
De son vivier de marbre, où dormait la murène.
Quand elle allait à Rome avec ses blancs chevaux,
En la voyant passer sur la voie Appienne,
Des brillants sur le front, l'œil levé vers les cieux,
Les poètes croyaient que Sapho la Lesbienne,
Debout dans la lumière, éclatait devant eux !

Mais, ce soir-là, Flora, dans sa maison romaine,
De la rose endormie aspirait le parfum.
Le zéphyr caressait son cou de son haleine.
On voyait dans ses yeux qu'elle attendait quelqu'un.
Tout à coup, non loin d'elle, un cheval noir de race
Leva vers le ciel bleu la tête en s'arrêtant :
Laissant tomber soudain sa rose, et s'envolant,
C'est bien lui, cria-t-elle aussitôt, c'est Horace !

Échappés tout joyeux du feuillage odorant,
Dans les airs embrasés bourdonnaient les phalènes.
La lune épanouie illuminait les plaines,
Les lions accroupis au seuil de la maison,
Et la Vénus couchée au-dessus du gazon.

1863.

L'AN DE ROME 816.

L'éloquence occupait les esprits : les rhéteurs,
Cultivant le dilemme et la prosopopée,
Rassemblaient autour d'eux des milliers d'auditeurs.

Le luxe était alors le goût du jour : Poppée
Voulait des bains de lait tout remplis de parfums,
Et des fers d'or luisant aux quatre pieds des mules.
Les moins riches prenaient les puissants pour émules,
Et les vivants dressaient des palais aux défunts.

Le soir, en s'endormant, on relisait Tibulle.
Chacun s'étudiait à rendre plus brillants
Les blancs palais de marbre au joyeux vestibule ;
Chloé, son pied plus fin, ses yeux plus pétillants.
Des étoffes de l'Inde ou de Babylonie

Ornaient les frais boudoirs de longs rideaux flottants,
Et l'esprit abondait, à défaut de génie.

La jeunesse dorée, aux Laïs de ce temps,
Envoyait des bijoux arrivés de Corinthe.
Chacun vivait ainsi sans pudeur et sans crainte.
Ce vaste énervement, qui grandissait toujours,
Effrayait chez les morts les héros des grands jours.
On avait délaissé la sibylle de Cumes.
Le vieil orgueil romain se trouvait abattu.
Le vice engloutissait, dans ses noires écumes,
Le droit, la liberté, l'honneur et la vertu.

Comme un tigre royal, dans les bois, flaire et rôde,
On voyait au forum, au théâtre, partout,
Néron ayant à l'œil son lorgnon d'émeraude[1].

Une lueur d'éclairs courait alors sur tout.
Chacun s'étourdissait pour n'être pas morose.
Des bateleurs teignaient des autruches en rose.
Les sénateurs, couverts de chapeaux thessaliens,

---

1. « Néron, dans les commencements, regardait les jeux,
« couché, par les fenêtres d'une loge entièrement fermée ;
« plus tard, du balcon ouvert » (Suétone, chap. xi), « avec
« un lorgnon fait d'une émeraude taillée, parce qu'il était
« myope. » (Pline, *Hist. Nat.*, XXXVII, 64.)

Admiraient des lions fougueux et sans liens,
Loin du brûlant soleil des plages africaines,
Expirant dans le cirque où le gladiateur,
En mourant à ses pieds, saluait l'empereur.

C'en était fait de vous, vertus républicaines !
On buvait, on chantait, mais de sourds craquements
Annonçaient la fin sombre et les écroulements.

1868.

QUINTILLIA.

Aux jeux bruyants du cirque où sa place est marquée,
Elle est, en arrivant, aussitôt remarquée.
Par tous les jeunes fous ouvertement prisé,
Son art, qui les séduit, rendrait le vice aimable
Si le vice, en tout temps, n'était pas méprisé.
Sa voix harmonieuse, au charme inexprimable,
Donne un tel chatoiement à tous les mots latins
Que l'œil est ébloui des beautés qu'ils recèlent.
Dans ses cheveux toujours artistement reteints,
Diamants et rubis richement étincellent.

Pour elle et sans compter, le puissant Pollion,
Qui possède un palais et toute une province,
Dédaignant les attraits des femmes qu'elle évince,
Du désert africain fit venir un lion :

On voit rôder, le jour, la bête familière
Autour des oiseaux bleus perchés dans la volière;
Ou parfois on la voit, morne et s'accroupissant,
Rêver à son désert au ciel éblouissant.

Dans le rose atrium où le rayon solaire
Brille amoureusement sur tout ce qu'il éclaire,
Un piédestal soutient un quadrige d'airain.
Du parfum s'échappant d'un grand vase murrhin
La pénétrante odeur en entrant vous énerve,
Vous qui chantez Vénus et riez de Minerve,
Descendants des héros, voluptueux Romains,
Qui jouez de la flûte et portez dans vos mains,
Au lieu des étendards, effroi de cent armées,
Des boîtes de sandal renfermant des camées,
Des roses de Pœstum qu'un artiste lia,
Rassemblant en bouquet, de ses deux mains soigneuses,
Et la luisante feuille et les fleurs lumineuses.

Courtisane aux yeux bleus, belle Quintillia,
Tu voulus sur ton char des ramiers pour insignes,
Toi dont le cou d'albâtre a la blancheur des cygnes.
Comme Horace, en été, dans la saison des bains,
Tu vas chercher aussi l'ombre des monts sabins :
Là, tes nègres assis sous les branches des chênes
Tiennent des perroquets attachés par des chaînes;

Là, rêveuse, inclinée au bord de ton vivier,
Oubliant le forum et l'acteur grec Diphile,
Tu suis, en écoutant la chanson du bouvier,
Le héron qui s'envole ou l'étoile qui file.
Tes légers brodequins en cuir bleu du Levant
Couvrent tes jolis pieds et les montrent souvent.
Le couchant écarlate a rougi le Volturne.
Les pins à l'horizon balancés par le vent
Ont leur panache atteint par le frisson nocturne.

Craignant le sombre ennui de l'uniformité,
Tu veux toujours, avant la fin de chaque été,
Sans penser aux fureurs de la vague indocile,
Te sentir balancer, sur la mer de Sicile,
Par ta galère, où l'œil est ébloui de voir
Des paysages d'or briller sur le fond noir
De la resplendissante et riche boiserie.
La voile rose enflée avec coquetterie,
Au souffle caressant d'un zéphyr parfumé,
En reçoit mollement son charme accoutumé.
Quand la nuit reparaît au ciel en souveraine,
Attentive au doux chant marin de la sirène,
Tu portes tout à coup ta main droite à ton cœur,
Dans cet enivrement intime du bonheur,
Et voudrais contenir ses battements rapides
Sous le dôme étoilé couvrant les flots limpides.

En retournant à Rome au souffle des hivers,
Tu veux y retrouver du délire et des vers
Dans tes soupers joyeux, où l'amphore au beau galbe
Fait couler le falerne avec le vieux vin d'Albe,
Où l'on mange à minuit, admirant ton écrin,
Le faisan de Scythie et l'huître de Lucrin.
Le vermillon fleurit alors sur les figures.
On a chassé le vague et colossal ennui.
Mais sous d'autres plafonds, consultant les augures,
Pâlit plus d'un convive au sortir de la nuit.
Pour toi, beauté romaine, un voile sur ta gorge,
Tu vas trembler aussi, dans ton luxe latin,
Devant l'oiseau sacré qu'à tes yeux l'on égorge,
Au pied de la statue en marbre du Destin.

La salle où le festin largement étincelle,
Où la clarté s'étend sur l'or de ta vaisselle,
Soutient une coupole admirable en cristal.
Des plantes qu'on enlève à leur climat natal
Font sortir du fouillis luisant des feuilles vertes
Des boutons ou des fleurs superbement ouvertes.
Le blanc rayon lunaire éclairant les rameaux,
Tombant légèrement sur les joyeux trumeaux,
Remplit d'une céleste et tendre poésie
Ta salle, où constamment brûle un parfum d'Asie,
Et d'où l'on aperçoit les astres radieux.

Quand se tait dans les bois l'oiseau mélodieux,
Quand les corbeaux dans Rome arrivent par volées,
Quand luit un froid soleil dans les belles gelées,
Tes deux nègres parés de plumes de toucans,
Attellent sous tes yeux tes chevaux rubicans.
Leur front se lève, atteint par le givre des branches.
Ces deux beaux coureurs noirs ornés de taches blanches
— Sur la voie Appienne admirés du passant,
Des blonds Germains couverts de brillantes cuirasses,
Des Indous basanés rêveurs sur les terrasses —
Ont chez toi, courtisane, un luxe éblouissant :
L'écurie est splendide, et chacun a la sienne.
Les lourds piliers y sont en marbre de Sienne.
Une arabesque suit le carré du plafond.
Les râteliers d'argent apparaissent au fond.

Mais, à deux pas, le tigre effrayant vous promène,
Sous des yeux satisfaits, lambeaux de chair humaine !
Mais l'orgie accomplit son travail destructeur !
Mais, saluant César, tombe un gladiateur !
Mais, pendant que l'on boit les vins de Campanie,
Tu frémis loin de Rome, ô liberté bannie,
Et l'on rit sans pitié des vieux rois enchaînés
Sur les chars triomphaux par huit chevaux traînés !
Mais Messaline infâme aux lumineux cothurnes
Court, les cheveux au vent, aux débauches nocturnes !

Mais, sortant des tombeaux, tous les grands immortels
Pleurent en voyant Rome à ses nouveaux autels
Chanceler enivrée ainsi qu'une bacchante !
Mais dans ces blancs palais merveilleux — où l'acanthe
Se penche élégamment autour des chapiteaux —
Sont des poignards sanglants cachés sous des manteaux !

Tous deux, les bras croisés sur vos larges poitrines,
Entraînant sans pitié l'impudeur aux latrines,
Montrant le vice à nu sous le décor qui ment,
Regardant face à face un tel enivrement,
O Perse, ô Juvénal, devant tous ces scandales,
Vous entendez la foudre et l'ouragan venir !
Ouvrant tous ces palais aux yeux de l'avenir,
Vous faites résonner les parois et les dalles !
Dans ce luxe inouï vous marchez à grands pas,
Et votre vers superbe à vous n'y faiblit pas !

1869.

SOUS LES CÉSARS.

Temps anciens où couraient le faune et les satyres,
Par tes brillants côtés, combien tu nous attires!
Combien surtout la Muse, aux deux puissantes mains,
Nous entraîne avec force au pied des monts romains!
Combien toute âme ouverte à toute poésie,
Et qui, devant le beau, s'enflamme et s'extasie,
Aime à vous retrouver, vieux paradis des arts,
O Rome éblouissante aux siècles des Césars!

D'énormes aqueducs pleins de désinvolture,
Cent fontaines de marbre où brillait la sculpture,
Des milliers de jets d'eau, de merveilleux bassins
Dont l'artiste admirait les élégants dessins,
Des viviers de porphyre où fuyaient des murènes,
De grands lions d'airain, au quartier des Carènes,

En rafraîchissant l'air, plus chaud loin des hauteurs,
Mêlaient un doux murmure à des bruits enchanteurs.
La verdure abondait, et la main des édiles
Avait partout semé l'églogue et les idylles :
De beaux parcs s'étalaient, pleins de lotiers mouvants
Remplis d'oiseaux chanteurs balancés par les vents.
Des ébéniers choisis, des plantes exotiques
Croissaient près des palais et des villas antiques.
Tout ce joyeux Éden de feuillage et de chants
Était splendide à voir quand les soleils couchants
Des temples dispersés éclairaient la coupole.

Rome était, dans ces temps, la grande métropole :
Tous ses arcs de triomphe, où passait l'univers,
Apparaissaient de loin à cent peuples divers.
Ici, les blonds Germains aux brillantes armures,
Dans les parcs verdoyants, luisaient sous les ramures,
Et, là, de vieux soldats ou de vieux chefs bretons,
Dont une barbe blanche ombrageait les mentons,
Comparaient tristement à leur île asservie
Ces jardins luxueux pleins de sève et de vie;
Ce forum et ce mont dont les triomphateurs,
Couronnés de lauriers, atteignaient les hauteurs;
Ces hardis monuments en pierres tiburtines
Où l'art grec se mêlait à des formes latines;
Ces thermes fastueux, d'artistes regorgeant,

Dont les eaux ruisselaient dans des bassins d'argent.

Le peuple, émerveillé, courant aux réceptacles,
Recevait largement du pain et des spectacles.
Tous les anciens, pensifs et sur leurs piédestaux,
Regardaient des Césars monter sur les tréteaux.

La courtisane était partout la bienvenue
Quand Phœbé radieuse éclatait dans la nue;
Et les bandits fuyaient vers les marais Pontins
Quand Rome s'éveillait aux blancheurs des matins.

On relisait les vers de Catulle et d'Horace.
La Mort avait détruit toute la vieille race
Debout sur les hauteurs des temps républicains.
Les histrions montraient des ours et des requins.
On vantait, chez Néron, les professeurs de danse.

Derrière l'horizon, la grande Providence,
Voyant, dans le lointain, les jours les plus hideux,
Attendait le moment d'ouvrir le ciel en deux,
D'apparaître au-dessus de la ville énervée,
De lui crier aussi : « Ton heure est arrivée! »
Et de prendre, avec feu, son marteau dans la main
Pour fermer le cercueil de l'univers romain.

1868.

JUVENILIA

ORVAL.

I.

Après avoir couru de victoire en victoire,
Et traversé le monde avec Napoléon,
Notre siècle, à vingt ans, fatigué de sa gloire,
Brisa la coupe ardente où son ambition
A longs traits avait bu, dans le bruit du tonnerre,
L'amour de la mitraille et le vin des combats.
Comme il en fut alors du clairon de la guerre,
La lyre aujourd'hui tombe et se brise en éclats.

A la voix du canon et des grands capitaines
Qui parcouraient l'Europe au galop, soulevant
Une poussière ardente, en franchissant les plaines
Où la France a planté son drapeau triomphant;

A ce bruit de quinze ans succéda l'harmonie :
Des poètes divins l'éblouissant génie
Apparut, dans le ciel, ouvrant ses ailes d'or.
A genoux, aujourd'hui, nous l'attendons encor !
Combien il était beau, son rayonnant sourire !
Comme son front brillait d'un éclat immortel !
Comme il tenait joyeux et fièrement sa lyre !
Comme il était sublime en traversant le ciel !

Qu'êtes-vous devenus, beaux jours où Lamartine
Nous faisait visiter des pays inconnus ?
Jours sacrés du passé devant qui l'on s'incline,
Jours de Victor Hugo, qu'êtes-vous devenus ?
On écoutait alors les soupirs de la source,
Et l'on allait rêver dans le sentier charmant.
De nos jours, où le cœur s'en va battre à la Bourse,
La strophe échevelée et le vers éloquent
Ne sont rien à côté du bruit du trois pour cent.
Avant de nous coucher dans nos six pieds de terre,
D'aller chercher au loin le mot du grand mystère,
Nous qui chantons encore, en attendant demain,
Nous entendrons sonner le réveil souverain :
La Poésie en feu, qu'un vent du ciel emporte,
Reviendra nous criant : « Non, je ne suis pas morte
« Pour ce siècle éclatant et sonore, et voilà
« Que je descends des cieux, ô chantre de Rolla,

« Des cieux où, dégagé du poids de la matière,
« Ton esprit, maintenant, sourit dans la lumière ! »

O poète immortel, poète dont la voix
Pénètre au fond du cœur, douce et forte à la fois,
Dans la tombe où sitôt nous t'avons vu descendre,
Le clairon du réveil agitera ta cendre ;
Et ton esprit, venant nous souffler de beaux vers,
Soudain, autour de nous, planera dans les airs !
En attendant, amis, chantons, chantons encore.
Le couchant de ce siècle, aussi grand que l'aurore,
Entendra se briser le veau d'or avec bruit,
Et verra, blanche et belle au milieu de la nuit,
La grande Poésie, à la voix éclatante,
Se lever, tout à coup, comme en mil huit cent trente,
Et devenir ainsi la clarté du tombeau
Après avoir été le soleil du berceau !
Ce saint amour de l'art et de la poésie
Fera bondir nos cœurs et leur rendra la vie.
Du palais des faux dieux les murs s'écrouleront.
La Muse étincelante, une couronne au front,
Dans ce renversement, mêlera ses cantiques
Au bruit des aquilons soufflant sous les portiques.
La suivant du regard, nous la verrons encor
Monter vers l'Orient, ouvrant ses ailes d'or.

Plusieurs de nous, trouvant la foule inattentive,
Ont fortement lié leur nacelle à la rive ;
Sur la mer poétique, ils ne vont plus risquer
D'être sifflés soudain au moment de chanter.
Pour moi, quand l'harmonie, en traversant ma tête,
Dans mon cœur agité soulève une tempête,
O Muse, tu le sais, je ne résiste pas ;
Comme autrefois, je tombe encore entre tes bras.
Il semble que la foule, en riant de nos flammes,
Par de plus forts liens ait réuni nos âmes ;
Que notre vieil amour, que notre attachement,
Grandisse en plein soleil devant cet insolent,
Ou ces gros parvenus, satisfaits de la vie,
Riant de la pensée et de la poésie.

Voici donc un poème où de nombreux défauts
A tes yeux vont, lecteur, surgir à chaque page.
Je n'ai pas avec feu, rebrossant mon héros,
Cent fois sur le métier replacé mon ouvrage,
Et, de tout cœur, vraiment, je vous dirai merci
Si vous voulez l'entendre et l'accueillir ainsi.

II.

Marcel Orval, jeune homme, enfant de la Provence,
Vendit, un beau matin, le château paternel,
Et courut à Paris oublier son enfance,
Doté des biens du monde et des faveurs du ciel :
L'or et les diamants brillaient dans sa cassette,
Des anneaux de rubis pétillaient à ses doigts;
Il avait le regard et le front d'un poète,
Son cœur impétueux résonnait dans sa voix.
Il aimait les torrents et les forêts muettes,
Les lions bondissant au milieu des déserts;
Victor Hugo, Milton et tous les grands poètes,
Musset qui mit son cœur tout entier dans ses vers.
Il aimait l'Orient, le sérail, les sultanes,
Les poignards catalans, les vieux châteaux du Rhin,
Le chant des ménestrels, la voix des courtisanes;
Napoléon debout sur son pilier d'airain;
Les soldats, le canon, les lauriers, la victoire,
Les régiments français, la liberté, la gloire,
La flamme étincelante au-dessus des volcans,

Et dans les airs la voix du tonnerre et des vents !
Comme il vous adorait, castels du moyen âge,
Tourelles, pont-levis, tournois, chansons des preux,
Provence, et toi, Bourgogne au vigoureux corsage,
Pays du chaud soleil et des vins généreux !

Ainsi que l'on choisit les roses les plus belles,
Quand l'été reverdit les forêts et les champs,
Dans le nombre infini des beautés immortelles,
S'il avait à choisir les noms les plus charmants,
Les minois les plus frais et les plus séduisants,
Terminant au galop son examen profane,
Il prenait : Pompadour, la Vallière et Diane !
Et s'il devait citer non pas tous les savants
Dont le regard se perd au milieu des planètes,
Ni les puissants du monde aux chars étincelants,
Mais les deux écrivains, mais les deux grands poètes
Dont l'esprit pétillant et le pinceau divin
Ont le mieux retracé le carnaval humain,
Le mieux peint l'univers et tous ses ridicules,
La femme, sa folie et sa frivolité,
Les charlatans du monde ou les enfants crédules,
La panthère et les loups tuant la Liberté,
Il s'écriait toujours : La Fontaine et Molière !

Il disait : Comédie ! en voyant, sur la terre,

Éclatants, solennels, les prêtres ou les rois
Porter si gravement la couronne et la croix;
Et, buvant tous les jours le champagne à plein verre
Ce joyeux compagnon, orphelin à vingt ans,
Répandait au hasard sa fortune et sa vie,
Comme on jette une fleur, le soir, aux quatre vents.
Il ne connaissait pas l'égoïsme, l'envie,
Ni l'orgueil, ce fléau, ni l'amour, ce bonheur;
Il ne connaissait plus la prière. Son cœur
Recevait largement ces plaisirs qu'on achète
En tous temps, en tous lieux, et tarifés selon
La beauté des sophas, du lit et du salon;
Selon la voix du temps, criant dans la tempête,
Ou dans la nuit paisible au ciel étincelant,
Que l'aube est éloignée, ou que le jour s'apprête
A couvrir de ses feux le splendide orient.

Quand l'airain bondissait, que c'était jour de fête,
Plus rien ne lui parlait de toi, Seigneur! — de vous,
Premiers jours de la vie où l'enfance, à genoux,
Un bandeau virginal sur le front, et des roses
Dans la main, croit toujours voir d'aussi belles choses,
Poursuit la demoiselle au-dessus des ruisseaux,
Mêlant sa voix rieuse au doux chant des oiseaux,
Ou seule, au fond des bois, s'assied, joyeuse et blonde,
Respirant à la fois tous les parfums du monde.

Mais nos illusions, Satan, avec mépris,
Les saisit tout joyeux de les trouver si belles,
Et chaque soir encore on en voit de nouvelles
Tomber sur les pavés de Londre ou de Paris.
La nuit vous chasse au loin, ô pauvres fleurs mourantes,
Car plus rien ne résiste au vent des passions,
Dont le vol si rapide aux chaleurs dévorantes,
Attise un feu de joie au cœur des nations.
Passants, les voyez-vous, ces lueurs infernales?
Voyez-vous l'Impudeur, une torche à la main,
Admirer en chantant le feu des saturnales ?
Entendez-vous Satan marcher dans le lointain ?
Regardez! du foyer l'éblouissante flamme
Attire avec fureur, avec entraînement,
La jeunesse égarée ou le vieillard infâme!
Mais, au fond du tableau, beaucoup plus effrayant,
Passants, regardez bien, toi surtout, jeune femme,
Le déshonneur, le duel au regard menaçant,
Des cercueils par milliers ; la blancheur des suaires,
Calme au-dessus des morts ; au loin, des cimetières,
Et, si touchants naguère, autrefois si joyeux,
De beaux amours en pleurs remontant vers les cieux!

Orval se souciait fort peu de politique,
Préférant aux discours de Thiers ou de Guizot

Une actrice au théâtre à la voix sympathique,
Un cavalier superbe, un cheval au galop,
Les sons joyeux du cor, les chasseurs, l'amazone
Partant comme un éclair du faubourg Saint Germain.

Lecteur, notre héros, peu fier de sa personne,
N'était pas de ces gens qui pensent, le matin,
Au costume, au gilet, au luxe, à la toilette
Qui les fera briller, le soir, dans une fête.
Mais son regard profond, son regard pétillant,
Quand il s'aventurait dans un bal, par moment
Fascinait tous les yeux comme un trait de lumière
Échappé d'une étoile et tombant sur la terre.
La jeune fille, au feu du regard séducteur,
Se troublait en voyant sa vertu menacée,
Et ne retrouvant plus le fil de sa pensée,
Sentait comme un frisson qui passait dans son cœur.
Ah! ce qu'il faut surtout pour dominer la femme,
Ce n'est pas, à coup sûr, la douceur du hautbois
D'un Florian caché dans l'épaisseur des bois!
C'est l'archet frémissant qui jette au fond de l'âme
L'énergie et le feu de ces transports brûlants
Que la vieillesse en pleurs regrette à soixante ans,
Le soir, près du foyer, tandis qu'au loin la neige,
Brillante, abandonnée au vol des aquilons,

Fait trembler l'indigent que la famine assiège
Et vole, au clair de lune, en légers tourbillons.

III.

2 novembre.

Un vent froid retenait le vieillard dans sa chambre,
Un nuage effrayant roulait au fond des cieux.
Le temps nous ramenait la nuit du deux novembre.
Des orphelins priaient, tremblants, silencieux,
Les uns dans leur palais, d'autres dans la mansarde
Où parfois, pâlissant de misère et de faim,
La beauté, qui faiblit et que Satan regarde,
Vend sa virginité pour un morceau de pain.
Orval, tremblant aussi, pensait-il à sa mère ?
Pauvre enfant, pensait-il à ces jours d'autrefois,
Où sa main, tous les soirs, parfums de la prière,
Vous répandait au pied du Sauveur sur la croix,
Pendant que les rayons du couchant, dans les plaines,
Éclairaient faiblement le joyeux moissonneur,
Et que les rossignols sautillaient dans les chênes ?
Ah ! songeait-il à vous, doux soleil de bonheur,
Lumière épanouie au ciel de notre enfance ?

Pensait-il, en pleurant, aux fleurs de l'innocence?
Hélas! le jour des Morts ne lui disait plus rien
Qui pût lui rappeler un passé plein de charmes,
Ni vous tombeaux muets, vieux témoins de ses larmes.
Souriant près de lui, Satan disait : C'est bien!
Car sa voix résonnait au milieu d'une orgie :
« Nous trouvons, disait-il, peu de jours dans la vie;
Jouissons, mes amis, pour n'avoir, en mourant,
Que fange et que poussière à jeter au néant!
Buvons sur les autels de Vénus et d'Armide ;
Rions de Dieu, rions de son éternité;
Couronnons-nous des fleurs de Cythère ou de Gnide ;
En chœur, à pleine voix, chantons la volupté! »
Et tous l'applaudissaient! Les femmes, demi-nues,
Dans leurs bras énervés le pressaient tour à tour,
Mais l'une, en l'embrassant, osait parler d'amour.
Hélas! autant vaudrait, le soir, au coin des rues,
Les deux pieds dans la boue et le blasphème au cœur,
Bafouer, en chantant, le nom du Créateur!
Vous profanez l'amour, ô misérables femmes,
En faisant retentir ce mot divin chez vous ;
Au moins, pour le nommer, ce feu des grandes âmes,
Essayez de rougir et tombez à genoux!
Comparez, en pleurant, à vos marchés d'esclaves,
Où le seul bruit de l'or est toujours écouté,
La beauté, la candeur, tous les parfums suaves

Et le baiser d'amour de la virginité;
A vos manteaux soyeux, à vos brillants corsages,
Comparez la fierté, la joie et la grandeur
Des femmes méprisant tous ces vains étalages,
Pour conserver, au moins, la liberté du cœur!

IV.

20 février.

La valse échevelée, aujourd'hui, tourbillonne
A l'Opéra. Voyez ce turban qui rayonne,
Et ces dominos noirs, lents et mystérieux;
Voyez ces chevaliers d'Espagne ou des croisades,
Vêtus pour les combats et pour les sérénades.
Répandant l'harmonie en flots impétueux,
La musique est parfois voluptueuse et folle;
Parfois, c'est la chanson d'un oiseau qui s'envole,
Les soupirs cadencés des ruisseaux dans les bois,
Les chants mélodieux des Tyroliens, la voix
De tout ce qu'on entend résonner sur la terre,
De l'amour, du bonheur, de l'onde et du tonnerre.
On se repose enfin un instant. Écoutons
Deux amants, dans ce bruit, se parler à voix basse :

« Marcel, quand le soleil rayonnait dans l'espace,
Jadis, quand je passais au milieu des vallons,
Bien souvent, je pleurais en voyant la colombe !
J'implorais à genoux le sommeil de la tombe,
Car il me faut, vois-tu, la tendresse et l'amour,
Comme à l'oiseau la branche et la clarté du jour.
Maintenant que ta voix m'a dit ces mots : « Je t'aime »,
Que ton amour me rend la blancheur du baptême,
Oh ! j'attends le soleil sans pâlir de frayeur !
Jadis, le rossignol, c'était le chant moqueur,
Me criant : Plus d'amour pour toi, quand la Nature
Chante au milieu des bois ; quand Dieu, dans la verdure,
Regarde en souriant le nid des passereaux,
Bénit la fleur de juin pensive au bord des eaux,
Et répand dans les cieux la vie et la lumière !
Le rossignol plaintif, amoureux, solitaire,
Répondra maintenant aux soupirs de mon cœur,
Et j'attends le soleil, le printemps, le bonheur. »

L'hypocrite, en parlant de bonheur, de campagne,
En fascinant les yeux du malheureux enfant,
Remplissait au galop et vidait lestement
Son verre, où pétillaient les vapeurs du champagne.
Orval, la tête en feu, lui dit : « Oh ! tu le sais,
Je veux et je saurai retirer de la fange
Ta beauté, ta candeur, ton auréole d'ange !

Si tu pouvais comprendre, ah ! si tu connaissais
Tout ce que j'ai souffert le soir où je t'ai vue,
Toi, jeune et souriante, affichée et vendue,
Tu faiblirais, je pense, en lisant dans mon cœur
A la fois tant d'amour, de pitié, de douleur !
Ta voix retentissait si douce et si touchante,
Qu'en te voyant alors pour la première fois,
Perdu dans mes pensers, je tremblais d'épouvante ;
Mes yeux, qui t'admiraient, apercevaient parfois,
Cet abîme effrayant où chacun peut vous dire :
Combien votre baiser, vos nuits, votre sourire ?
Où l'amant qui vous aime, en sortant de vos bras,
Préfère à ses tourments les boulets des forçats.
J'essayais d'oublier ce rayon de lumière ;
Je buvais, je chantais les parfums de Cythère ;
Tes sœurs auprès de moi paraissaient tour à tour,
Mais toi, ma Louison, tu me parlais d'amour. »

Ah ! malheureux jeune homme, en proie à ce délire
Qui jette au fond du cœur des brasiers dévorants,
Tu crois trouver l'amour, ce parfum, cette lyre
Que touchait, autrefois, Lamartine à vingt ans,
Et tu n'as sous les yeux qu'une clarté trompeuse,
Qu'un mirage éclatant et qu'un poison mortel !
C'est que l'amour, vois-tu, c'est la fleur lumineuse
Que Dieu nous abandonne et qui descend du ciel !

Pendant que des plaisirs la brillante déesse
Attisait en chantant le feu du carnaval ;
Pendant que tous les cœurs, pleins d'une même ivresse,
En l'écoutant chanter, bondissaient dans ce bal,
Un rêveur méditait dans la foule insensée
Au milieu des transports de ce monde ébloui,
Apercevant de loin, par l'œil de la pensée,
La pâle vision du siècle évanoui :
Il voyait des cercueils et des tourbillons d'âmes
Remonter vers le ciel comme un millier d'oiseaux ;
Il voyait ces danseurs et tous ces corps de femmes
Descendre et se coucher dans la nuit des tombeaux ;
Il voyait des démons, suivis d'un bruit de chaînes,
Passer comme des loups au milieu des déserts,
Et des anges planer dans des clartés lointaines,
Chantant le nom de Dieu sous les cieux entr'ouverts.

Romains de Suétone et de la décadence,
Déchirez aujourd'hui vos linceuls ! c'est plaisir
De voir le carnaval déchaîné sur la France ;
Effrayants, levez-vous et venez applaudir !
Ce tableau de nos mœurs vaut bien les saturnales.
Entendez-vous les pas retentir dans les salles ?
Ah ! si Dieu maintenant détruisait l'univers,
S'il disait à la mort de frapper Babylone
Et de la renverser, de brûler sa couronne,

Tout cela tomberait, sous le feu des éclairs,
Des bras de l'impudeur au milieu des enfers.
Oh! que dois-tu penser, toi, souverain des âges,
Assis au fond du ciel et dans l'immensité,
En voyant s'agiter, au-dessous des nuages,
Ce globe où le Sauveur fut jadis insulté,
Et que la main du temps, hélas! repousse encore
Aux pieds de Messaline et des dieux de Gomorrhe?
Quand l'océan bondit sur l'homme épouvanté,
L'arche, au milieu des eaux, sauva l'humanité;
Plus tard, en la voyant défaillir sur sa route,
Le Christ la releva, lui disant : Suivez-moi!
Pour dissiper encor le sommeil de la foi,
Plus rien, Dieu tout-puissant, n'apparaîtra sans doute?
L'univers affaissé va tomber à son tour
Où la Mort engloutit la jeunesse et l'amour.
La terre, à son déclin, n'aura plus de prophètes.
Bientôt, frappée au cœur au milieu de ses fêtes,
On la verra jeter des regards effrayants
Au ciel, où pâlira la clarté des étoiles,
Sur les mers, où vaisseaux voguant à pleines voiles,
Hardis navigateurs et marins frémissants
Tâcheront, mais en vain, de regagner la plage ;
Le feu du Dieu vengeur, déchirant le nuage,
Alors fera briller le monde épouvanté,
Tombant de l'agonie à son éternité!

V.

21 février.

Au sommet nébuleux des tours de Notre-Dame,
On voit se rassembler des tourbillons d'oiseaux.
Le matin, se levant sans rougeur et sans flamme,
Ne fait pas scintiller, dans le miroir des eaux,
Ces vifs rayons du jour que l'été seul nous donne ;
La blancheur, aujourd'hui livide et monotone,
C'est la couleur qu'il faut aux tableaux effrayants
De l'impudeur d'un monde aux pieds de ses tyrans,
Aux pieds des voluptés et des plaisirs infâmes,
Salissant à la fois les vieillards et les femmes ;
Prenant avec fureur la vierge, à dix-sept ans,
Pour la jeter bientôt, tremblante et méprisée,
Dans l'abîme effrayant de cet enfer mortel
Où ne descend jamais un seul rayon du ciel ;
Où la beauté pâlit comme une fleur brisée ;
Où l'orgie effarée et qu'on entend rugir,
A ces tableaux hideux, vous condamne à rougir,
A vous cacher les yeux, ô blanche Poésie,

Si belle et si touchante au matin de la vie !

Mais déjà retentit sur le pavé sonnant
La rumeur de Paris s'éveillant lentement ;
Et, tandis qu'on entend ce bruit sourd dans les rues,
Le tambour du soldat, les cloches dans les nues,
Sortant de l'Opéra, parodiant l'amour,
Louise à son amant parle avec un sourire
Charmant, délicieux, et finit par lui dire :
« Viens souper chez Vachette et saluer le jour. »
En un mot, le voilà, tout votre caractère,
A vous qui ternissez aux fanges de la terre
La beauté, la candeur et la virginité !
Vos dieux, à vous, c'est l'or et l'argent. Une fête
A vos yeux, c'est toujours un plaisir qu'on achète ;
Les plus beaux sentiments, l'amour, la charité,
N'ont plus d'émotions pour exciter vos âmes !
Ici-bas, la vertu, c'est la grandeur des femmes,
Et, quand on a perdu ce trésor comme vous,
Sachez-le, pour river un cœur d'homme à sa vie
Et le tenir longtemps courbé dans l'infamie,
Il faut mettre à ses pieds des enfants ou des fous !

Marcel est un enfant égaré dans sa route.
Dieu puissant, tu le sais, au fond c'est un bon cœur
Que le sien ; et bientôt il reviendra sans doute

S'agenouiller tremblant aux autels du Seigneur.
Un jour, en regardant le portrait de sa mère,
Il sentira tomber des larmes de ses yeux;
Il se rappellera la piété, sur la terre,
De cet ange à présent réveillé dans les cieux,
De celle qui, jadis, affaissée, expirante,
Au jour de l'agonie et du dernier adieu,
Lui parlait d'espérance, avec sa voix mourante,
Avant de remonter vers le ciel et vers Dieu.

VI.

Trois ans, en un clin d'œil, ont passé comme un rêve.
Sous les brûlants rayons du soleil africain,
Le lion, en sortant de ces bois plein de sève
Où le chasseur s'assied un poignard à la main,
S'élance avec fureur et bondissant de rage
Dans la plaine où l'attend le plaisir du carnage.
Ainsi, pendant trois ans, jeune homme impétueux,
Avec tous les transports de cette frénésie,
Marcel a traversé le chemin de la vie.
Sous l'effort redoublé de son poignet nerveux,

Pliant et secouant le chêne où sur les branches
Retentissait la voix de ses illusions,
Il a vu, tout à coup, ces tourterelles blanches
Voltiger, s'effrayer de ces commotions,
Et partir, comme on voit les oiseaux de passage
S'envoler quand l'automne a terni le feuillage,
Et quand le rossignol, sans amour et sans voix,
Regarde en soupirant la profondeur des bois.

Marcel, aujourd'hui pâle, insensé, solitaire,
Commence à ressentir le poids de la misère.
Il a vécu trois ans au sein des carrefours,
Et jamais de ses pieds n'a secoué la fange !
Misérable, égaré dans cette vie étrange
Où l'on ferme en chantant le ciel bleu des amours,
Il a pris les marteaux et les clous du martyre,
Il a crucifié, dans ses jours de délire,
La Foi de sa jeunesse au regard suppliant !
C'est justice : aujourd'hui, voici le châtiment.
Il ne savait donc pas que le remords, dans l'ombre,
L'épiait au passage, un couteau dans la main ;
Il ne savait donc pas qu'un jour, muet et sombre,
Il verrait se dresser la Misère et la Faim ;
Qu'après l'orgie impure où rayonne la joie,
Dieu doit avoir son jour et la douleur sa proie !

De ses amis, jadis si joyeux de le voir,
Un seul, toujours le même, est demeuré fidèle.
Enfin l'adversité saisit l'enfant rebelle ;
Assis dans un fauteuil, pâle de désespoir,
Il nous fait présager un drame épouvantable.
Deux pistolets chargés, étalés sur la table,
Attendent le moment de rejeter au ciel
L'âme d'un malheureux n'ayant pas le courage
De relever la tête au milieu d'un orage,
De vider jusqu'au fond le calice de fiel.
Orval, ta Louison, connaissant ta misère,
Prend un milord anglais aujourd'hui pour amant !
Mais il te reste encore un ami sur la terre !
Ah ! celui-là du moins ne veut pas lâchement
Abandonner aussi l'asile où ta souffrance
Sans lui n'aurait jamais un rayon d'espérance !
Sois grand, ne faiblis pas, et prends-le par la main.
Il faudra du courage et du cœur. Mais enfin,
Quand on peut ressaisir ce courage en ce monde,
On traverse en vainqueur la nuit la plus profonde ;
Affreux, désespéré, Satan tombe à genoux,
Tout le ciel nous contemple, et Dieu marche avec nous.

Par degrés, lentement, la nuit vient, le jour tombe.
Orval, toujours muet, est là dans son fauteuil ;
Il rêve en souriant le néant du cercueil.

Mais quoi ! le malheureux, il faiblit, il succombe ;
Le pistolet d'ivoire est déjà dans sa main.
Pauvre enfant, il s'apprête, accoudé sur la table,
A déchirer d'un coup le voile impénétrable !
Fantômes de Werther et de Rolla, demain
Peut-être verrez-vous descendre dans l'abîme
Un fantôme nouveau, suivi d'un nouveau crime.

Mais voici qu'un bon ange et qu'un libérateur
De ton œuvre, ô Satan, vient briser la puissance :
Le seul ami d'Orval aux jours de son enfance,
Le seul qui soit fidèle aux jours de son malheur,
Raymond, joyeux soldat sous les drapeaux de France,
Arrive en s'écriant : « Oh ! non, je ne veux pas
Qu'oubliant aujourd'hui le regard de ta mère,
Et ta foi si naïve, et ta jeune prière,
Et les tombeaux muets entr'ouverts sous tes pas,
Tu jettes là tes jours sans courage et sans crainte.
Marcel, mon amitié, toujours pieuse et sainte,
Vient sauver ta jeunesse à genoux près de toi.
Dieu te rendra l'amour, l'espérance et la foi.
Ah ! laisse-toi toucher par un ami qui t'aime !
Sois grand dans cette épreuve et reviens à toi-même !
Marcel, pense à ta mère ! et qu'au moins dans les cieux,
La femme dont la main a bercé ton enfance,
En souriant jadis d'amour et d'espérance,

Ne sente pas couler des larmes de ses yeux!
Voudrais-tu, pour toujours, en te séparant d'elle,
Te condamner toi-même à pleurer, à gémir
Sous l'accablant fardeau de la vie éternelle ?
Oh! non, je le sens bien, un pieux souvenir
Te rend à la piété de tes jeunes années,
Te montre, avec douceur, dans ces nuits effrénées
Où tu croyais trouver la joie et le bonheur,
Un poison dévorant qui nous brûle le cœur. »

Dieu tout-puissant dont l'âme, au jardin des Olives,
A ressenti le feu des douleurs les plus vives,
Toi qui vins parmi nous sauver l'humanité,
Relever Madeleine et la femme adultère,
Sois béni, sois loué, puisque ta croix éclaire
Un malheureux jeune homme, effrayant, agité,
Sur ces bûchers du siècle où meurt la vérité!

VII.

10 avril.

Chateaubriand pensif, debout à Notre-Dame,
Sentait la voix de Dieu pénétrer dans son âme.

Il était beau de voir ce génie incliné
Courber devant la croix son front illuminé !
Soulevant tous les cœurs, comme un coup de tonnerre,
Au loin retentissait la voix de Lacordaire.
La vieille basilique, avec solennité,
Dans sa grandeur pieuse et dans sa majesté,
Inspirait l'orateur, dont les regards sublimes
S'enflammaient en voyant ces milliers de victimes
Que la prostituée entraîne, avec fureur,
Dans une vie infâme et dans le déshonneur ;
Superbe, il accablait du poids de sa parole
Tous ces cœurs profanés d'où la piété s'envole,
Et dans tout l'auditoire un long frémissement
Passait comme un éclair dans un ciel rayonnant.

A côté des vieux saints dans leurs manteaux de pierre,
Le silence a repris son pouvoir solitaire ;
Et, tandis que l'on voit les plus belles couleurs
Des rayons du couchant sur les vitraux gothiques,
Tandis que tout reçoit ses clartés magnifiques,
Marcel, agenouillé, prie en versant des pleurs !
Respirant le parfum des fleurs du sanctuaire,
Il oublie, il maudit, à côté de la croix,
Le miel empoisonné des plaisirs de la terre ;
Un remords déchirant lui parle, et cette voix
Qui fit trembler jadis le cœur de Madeleine,

Cette voix du remords aussitôt le ramène
A la foi des martyrs et du Sauveur mourant,
Ce Werther, ce Rolla, qui croyait au néant!

Oui, l'homme est immortel! Comment pourrait-on croire
Que du dieu de Sorrente ou de Napoléon
Il ne subsiste plus qu'un souvenir de gloire,
Qu'une épée, un poème et le bruit d'un vain nom?

Le temps peut écraser un panthéon superbe
Et renverser un monde effrayé dans la nuit;
Où brillait un empire, il fait croître un peu d'herbe;
Vainqueur, il planera sur l'univers détruit.

Mais, laissant la matière aux enfants d'Épicure,
Nous tous qui voulons voir plus haut que l'animal,
Écoutons à genoux les voix de la nature;
Livrons-nous, sans pâlir, au temps, pouvoir fatal;

Laissons, au jour d'adieu, notre corps à la terre;
Rappelons-nous alors notre immortalité :
L'orpheline, en mourant, va retrouver sa mère;
Tout homme, au fond du cœur, porte une éternité!

Quoi! nous finirions tous comme finit la brute,
N'ayant qu'un jour pour nous dans l'univers mortel!

De l'homme anéanti la mort serait la chute !
Il irait comme une ombre au sommeil éternel !

Ah! pour jeter au vent tout cet orgueil de l'âme,
Cet espoir d'un réveil près du flambeau des jours,
Il faut n'avoir jamais, quand la nuit les enflamme,
Admiré les soleils dispersés dans son cours;

Il faut, à leur clarté, demeurer insensible;
Il faut tuer en soi le moindre sentiment,
Ne pas sentir, le soir, quand le monde est paisible;
Comme un parfum du ciel venu du firmament;

Il faut n'avoir jamais pleuré sur une tombe :
Là notre cœur nous dit et comprend sans effort
Que l'esprit vient d'en haut, que le corps seul succombe,
Que l'on trouve ici-bas un berceau dans la mort!

VIII.

25 juin.

La lumière, en flots d'or tombant sur les feuillages,
Au loin tremble et rayonne au fond des paysages.

Chansons des passereaux, immensité des cieux,
Réveillez l'espérance au cœur des malheureux.
Chantez et sautillez, rossignols et fauvettes,
Fredonnez les soupirs de vos premiers concerts.
Ainsi tout pétillait aux vallons des Charmettes,
Ainsi le doux ramier voltigeait dans les airs,
Ainsi le moucheron bourdonnait sur la branche,
Ainsi la terre en feu palpitait de bonheur,
Quand Rousseau, qui pleurait en voyant la pervenche,
S'inclinait dans les champs pour cueillir une fleur.
Une fleur! c'est la foi qui revient dans notre âme,
C'est un parfum montant dans les vapeurs du jour,
C'est comme un souvenir de la première flamme
Du cœur, — de nos chansons de jeunesse et d'amour!

Quand l'été jette ainsi sa chaleur sur le monde,
Dirait-on, à ce bruit des oiseaux dans les champs,
A cet aspect du ciel, de la terre et de l'onde,
Que le séjour de l'homme a déjà six mille ans ?
Que déjà tant de rois, de beautés ou d'esclaves,
De talents méconnus, brisés, buvant le fiel,
Ont senti la douceur de ces parfums suaves,
Et vu ce globe en feu qui plane aux champs du ciel
Lancer comme aujourd'hui ses clartés magnifiques
Sur vous, piliers de marbre au seuil des panthéons,
Sur toi, chaumière assise au milieu des vallons?

Soleil, tu rayonnas dans les jeux olympiques,
Au gibet des martyrs, sur le char des Nérons,
Sur le faste insolent de la splendeur latine,
Sur l'Impudeur couchée aux pieds de Messaline,
Sur le front pâlissant de tous les libertins,
Sur le vieux Capitole et sur les vieux Romains !
Étincelant foyer que la foudre environne,
Tu vis naître et tomber Palmyre et Babylone,
Et tu vis disparaître et se briser le char
Où s'étaient élancés Alexandre et César !
O royauté du ciel, brûlante et solitaire,
Flambeau de six mille ans tombés dans la poussière,
Si tu pouvais parler dans ton immensité,
On verrait tressaillir, à ce nouveau langage,
Comme une forêt sombre où passe un vent d'orage,
L'ambition, l'orgueil de l'homme épouvanté.
Tu parlerais si bien, toi, grandeur infinie,
De ce pouvoir du temps qui frappe, autour de nous,
La beauté, la candeur, la gloire et le génie,
Que la puissance humaine, effarée, à genoux,
Comme un enfant qui tremble à la voix du tonnerre,
Verrait tout siècle mort remonter sur la terre,
Et défiler, muet, le soir, sous tes rayons,
Le cortège effrayant des générations,
Les parias, les rois, la grandeur souveraine,
Le vieillard dont la main tient un bâton de chêne,

Napoléon superbe au regard foudroyant,
La Gauloise aux cheveux couronnés de verveine.
Tout serait là debout, et tout dirait : Néant!

Nôtre malheur, à nous, c'est notre intelligence :
Le rossignol léger, que le zéphyr balance,
Et qui chante aujourd'hui ses amours dans les bois,
En laissant tout son cœur palpiter dans sa voix,
Regarde, insouciant, glisser, sous les nuages,
Ce beau soleil de juin, vêtu de majesté,
Et n'entend pas sonner, dans la rumeur des âges,
La voix du temps qui passe et de l'Éternité!

IX.

Le voilà donc enfin sorti de la tempête
Où de ses passions bouillonnait la fureur;
Au pied du Dieu vivant il s'est frappé la tête,
Et la foi rayonnante a fait bondir son cœur!
Le Ciel bénit toujours la force et le courage :
Orval, avec le fruit d'un nouvel héritage,
Rachète en ce moment le château paternel;
Jeune encore, il revoit les champs de la Provence,

Les chemins, les sentiers où courait son enfance,
Inquiétant parfois le regard maternel,
Car l'amour si brûlant et si pur d'une mère,
Est bien le plus touchant des amours de la terre!
Il revoit deux tombeaux arrosés de ses pleurs!
Au milieu des vallons et du parfum des fleurs,
Il maudit mille fois cet abîme où l'on jette
Les plus beaux vêtements des rêves du poète,
Où ta main vient saisir, infâme Volupté,
La beauté, la jeunesse et la virginité,
Comme on prend sans respect, dans les amphithéâtres,
Des morts du choléra les cadavres bleuâtres,
Ou comme on entraînait jadis par les cheveux
La fierté des martyrs aux autels des faux dieux!

De tous les cœurs saignants grande et fidèle amante,
Vous qui donnez toujours ce que vous promettez,
Rendez-leur en chantant, nature étincelante,
Vos lointains horizons tout remplis de clartés!
Combien ils sont alors joyeux et pleins de charmes,
Vos vallons où la paix règne et descend sur nous!
Combien du cœur aux yeux on sent monter de larmes
En se retrouvant seul devant le ciel et vous!

1855.

LORETTE ET ROSIÈRE.

I

UN SOIR DE MAI.

— « Le vent caresse ailleurs la forêt reverdie.
C'est toujours le printemps d'Horace et de Lydie.
Paris, sorti fiévreux du plaisir des hivers,
Voit voler les moineaux près des marronniers verts.
Partons pour la Touraine ou pour la Normandie.
Je vois passer, Nellys, des flammes dans tes yeux.
Ce matin, dans les airs, j'ai vu deux hirondelles
Qui se parlaient d'amour avec des cris joyeux;
Elles m'ont fait rêver, et je me souviens d'elles
En causant avec toi, ce soir, sous les plafonds
Et sous les lustres d'or du joyeux café Riche.
Mieux vaudrait y songer, seuls, sous les cieux profonds,

20

En suivant du regard le chevreuil ou la biche ;
Mieux vaudrait y penser dans la plaine ou le val,
A côté des forêts, au milieu des campagnes,
Sur les bords de l'Isère, au sommet des montagnes,
Qu'ici, dans Babylone, après le carnaval.

Fuyons Paris bruyant et ses milliers de rues ;
Tout ce gaz enflammé ne convient pas, Nellys,
Aux conversations sur la rose ou le lis,
Sur les retours d'oiseaux, sur les fleurs disparues
Que nous voyons partout s'ouvrir coquettement
Au souffle parfumé du zéphyr, leur amant.
Viens cueillir avec moi la rose et la tulipe ;
Crois-moi, Napolitaine, allons chercher ailleurs
Des arbres plus vivants et le parfum des fleurs.
Tu me reparleras, le soir, du Pausilippe,
De Naple apparaissant à nos yeux éblouis,
Et tu me rediras les chants de ton pays.
Ce soir, allons rêver près du chalet des îles,
Y jouir des beautés de la nuit, au printemps,
Avant de les goûter, seuls, au milieu des champs,
Loin des cris de la foule et loin du bruit des villes. »

— « Alfred, as-tu connu Céleste Mogador,
Dont Clara Bellini m'a prêté les Mémoires ?
Laissons là la campagne avec ses forêts noire

Volons vers le plaisir et vers la Maison d'or !
Un verre en se brisant vaut bien les sons du cor.
Naguère, je le sais, un sot joueur de lyre,
En nous faisant dormir au bruit de ses ruisseaux,
A glissé dans ses vers que l'on a trouvés beaux :
« La vie est un mystère et non pas un délire. »
Laissons là bois, verdure et soleil éclatant.
Minuit vient de sonner, et Clara nous attend. »

II.

LE LENDEMAIN.

LE POÈTE

Non, le bonheur, pour moi, ne descend plus sur terre ;
O douleur, aujourd'hui, je suis seul avec toi.
Vous avez disparu, beaux jours que rien n'altère.
Tout est devenu sombre et triste autour de moi.

UNE JEUNE FILLE.

Le printemps a frémi ; le cœur ému des roses,
Sous les frais papillons, a battu ce matin ;

Un doux souffle a passé parmi les fleurs écloses ;
L'étoile est rajeunie à l'horizon lointain.

LE POÈTE.

Je vois que tout s'écroule, hélas ! et que tout tombe ;
Je sens partout déjà le vent froid du malheur ;
De tous ceux que j'aimais combien sont dans la tombe !
Et dans quel vide affreux j'entends pleurer mon cœur !

LA JEUNE FILLE.

Viens, je te verserai, dans une ombre discrète,
L'oubli de tes douleurs et des regrets amers ;
J'apporterai la joie à ton âme inquiète,
Et je te parlerai dans les sentiers déserts.

LE POÈTE.

Ah ! siècle trop fiévreux, ta brûlante atmosphère
Nous dévore et bientôt fait blanchir nos cheveux ;
Qu'attendre de nos jours ? que chanter et que faire
Quand plus rien vers le ciel ne fait monter nos vœux ?

LA JEUNE FILLE.

Entends-tu soupirer les cours d'eau pleins de vie ?
Le gai vallon tressaille à la voix du printemps ;
Le soleil est superbe, et la terre est ravie ;
Mon cœur brûle à tes pieds, je t'aime, et j'ai vingt ans.

1865.

OLIVIER.

I.

Ils s'étaient rencontrés, certain soir, dans un bal,
L'artiste à l'œil de flamme et la jeune ouvrière.
Ce n'était pas, lecteur, au temps du carnaval.
Le gai Valentino couvrait de sa lumière
La valseuse levant la jambe à la hauteur
De son fringant corsage, où palpitait son cœur.
Ce n'était pas ainsi dans la saison des masques.
Il est vrai qu'on pourrait me dire, avec raison,
Que le masque, en ce monde, est toujours de saison.
Novembre faisait luire, à travers ses bourrasques,
Un froid rayon de lune, et dans le bal bruyant
Tout n'était que chansons et que frémissement.

Il s'était, canne en main, assis à côté d'elle.
A l'écart, dans un coin, ils avaient fui tous deux
Loin de la valse ardente aux bonds voluptueux.
Petits pieds, blanches mains, regard de tourterelle,
Joue en feu, frais sourire, accent sentimental,
Blonds cheveux, tout en elle était fait pour qu'une âme
Tressaillît à sa vue et devînt une flamme.
Un poétique amour s'échappa de ce bal.
De grands nuages blancs volaient dans le ciel sombre.
Minuit sonnait. La nuit recouvrait de son ombre
Paris rempli de bruit, de chars et de chevaux.
C'est là, c'est dans ce bal, qu'au fond d'un cœur d'artiste
L'amour vint allumer ses immortels flambeaux,
Et que mon Olivier s'éprit d'une fleuriste
Qui se laissait aimer, mais qui ne l'aimait pas.

Amour, ô toi qui tiens l'univers dans tes bras,
Qui fais chanter l'oiseau dans le bois solitaire,
Se contempler de loin le soleil et la terre,
Résonner dans la nue un cantique éternel
Et monter la chanson du poète en plein ciel;
Toi qui fais traverser cet océan de flammes
De ton bleu paradis au doux vol de nos âmes,
Dis-moi donc quel pouvoir Dieu t'a mis dans la main
Pour qu'il te soit donné d'agiter la nature,

D'émouvoir toute chose et toute créature,
Et d'entraîner ainsi le cœur du genre humain ?

II.

Le timbre de sa voix, d'une douceur divine,
Allait au fond du cœur. Son nom était Rosine.
Son beau regard d'azur, plein de sérénité,
Lecteur, avait vraiment l'éclat de la beauté
Que l'ardent Raphaël a donnée à ses toiles.
Pour passer un seul jour auprès de ce bijou,
Tout homme aurait risqué de se casser le cou.
Elle aimait les parfums, les oiseaux, les étoiles,
Mais, comme je l'ai dit, n'aimait pas son amant.
Fontainebleau superbe, avec son bois mouvant,
D'où l'aigle remonta vers le soleil, Asnières
Avec ses canotiers, avec ses canotières,
Clamart et Bagnolet, Bellevue et Meudon,
Les jardins de Versaille, au splendide horizon,
Saint-Cloud, rempli d'ombrage et de fleurs printanières,
Tout cela, cher lecteur, les vit pendant deux ans
Saluer, en avril, le soleil du printemps.

III.

Mais le jeune Olivier, dont l'ardent caractère
Éclatait bruyamment comme un coup de tonnerre,
Se fatigua pourtant de n'être pas aimé
Et dans tout ce duo d'être seul enflammé.
Il brisa tout à coup son amour comme un verre,
Fit une scène atroce et bizarre, et voilà
Comment, un beau matin, son oiseau s'envola.

IV.

Cinq ans s'étaient passés, lecteur, depuis la scène
Qui rompit un amour né dans un bal joyeux.
Le beau soleil de mai, pâlissant dans les cieux,
Éclairait Notre-Dame et les eaux de la Seine.
Le croissant argenté montait au firmament.
Tous les grands boulevards s'agitaient bruyamment.

Dans le frais Luxembourg et dans les Tuileries,
Les ramiers voltigeaient sur les branches fleuries,
Les moineaux pétulants recommençaient leur nid.
Il la revit, passant non loin de Tortoni,
Au bras d'un muscadin à la moustache altière.
Une poussière d'or voltigeait autour d'eux.
Olivier tressaillit en rencontrant ses yeux.
Une larme, un regret, tomba de sa paupière.
« Garçon, s'écria-t-il, un madère! » en frappant
Sur la table sonore avec le jonc brillant,
Qu'il tenait dans sa main agitée et fébrile.
Comme un bruit d'océan parlait la grande ville.
Rosine était passée, et ne se doutait pas
Que l'on eût tant souffert au seul bruit de ses pas!

Tandis que tout chantait dans les bois pleins de sève
Et que dans le passé s'envolait un beau jour,
Il sentit vers son cœur remonter son amour!
Il l'avait si souvent revue au fond d'un rêve!
Il venait, sous ses yeux, de la revoir enfin,
Tenant un autre bras, touchant une autre main,
Toujours belle, et toujours souriante et légère!
Il lut le *Figaro,* prit un second madère,
Et, dans les derniers feux d'un beau soir de printemps,
Accoudé sur sa table, il y rêva longtemps.

1863.

PAULINE.

I.

Connaissez-vous Louvain et son hôtel de ville
Si brillant, si léger et si beau que vraiment,
En se croisant les bras devant ce monument,
On se met à penser au temps où l'Évangile
Faisait sortir de terre et monter vers les cieux
Ces tours où nous voyons éclater sur la pierre
Ce feu des jours de foi, d'amour et de prière
Qui s'allumait jadis au cœur de nos aïeux
Et qui semble à présent abandonner la terre?
Noir donjon féodal, cloche du monastère,
Comtesse galopant sur de blancs palefrois,
Beaux chevaliers armés de fer et de courage,
Portails majestueux, parfums du moyen âge,
Châteaux, castels des preux, ô clochers, ô beffrois,

Comme vous savez bien nous forcer à descendre,
Notre lyre à la main, le long chemin des jours,
Et sonner le réveil du passé sur la cendre
D'un monde évanoui que nous croyons entendre!

II.

Avec ses carillons, ses chants et ses amours,
Louvain est une ville élégante et coquette.
A mon avis, lecteur, c'est un séjour charmant.
Huit cents étudiants y font tourner la tête
A l'ouvrière en fleur, au doux regard flamand,
Si calme, si profond, qu'il laisse au fond de l'âme,
Ainsi qu'on voit briller des perles sous les eaux,
Entrevoir tout à coup tous ces trésors si beaux
D'amour et de bonté que ta faiblesse, ô femme,
Jette au premier venu qui, rempli de serments,
Vient, sa canne à la main, profaner ce printemps,
Sans pitié, sans remords, séparer de sa tige
Cette fleur de jeunesse où le matin vermeil
Fait tomber sa rosée, où gémit et voltige
Le bel oiseau d'amour dans les feux du soleil.
Virginité divine, ô primeur de la vie,

A ton jardin céleste, hélas! sitôt ravie,
Le noir esprit du mal vient s'abattre sur toi
Dans ce siècle malsain sans amour et sans foi.
Quand Paris étincelle et rit dans la nuit sombre,
La richesse à tes yeux apparaissant dans l'ombre,
Pauvre enfant, vient un soir te glisser dans la main
Cet or qui doit payer ta mansarde et ton pain.

Comtesse au pied chinois, marquise à la main fine,
Dans votre paradis, non, vous ne savez pas
Tout ce qu'il a fallu de lutte et de combats
A la pauvre ouvrière, à la jeune orpheline,
Pour vivre du travail de tous vos falbalas!
Non, vous ne savez pas qu'à vos pieds tant de femmes
Sont là se débattant, luttant contre le mal,
Mais laissant tôt ou tard la grandeur de leurs âmes
Tomber fatalement dans le gouffre infernal.
Pendant que tout cela va sauter à Mabille,
Aimez, chantez, riez, valsez dans vos salons;
Que la misère en pleurs, affaissée et fragile,
Ne vienne pas jeter de pâleur sur vos fronts.
Détournez vos regards de ces brûlants abîmes,
Chantez! n'écoutez pas ces cris et ces sanglots,
Et ne regardez pas ce troupeau de victimes
Levant les bras au ciel dans la rumeur des flots
De ce fleuve orageux traversant Babylone,

T'entraînant dans son cours, virginale couronne,
Nacelle délabrée où chantait, aux beaux jours,
La voix de l'innocence et des jeunes amours.
Sur cette heureuse barque, ô pauvre fille d'Ève,
Autrefois, vierge encor, tu faisais ce beau rêve
Qui s'est anéanti dans la réalité
D'un travail corrupteur et dans la pauvreté!
Ah! quand viendra le jour, femme, où sur notre terre,
Ne voyant plus Satan passer dans ton sommeil,
Tu pourras conserver, sans craindre la misère,
La blancheur de ton âme et ta place au soleil?

Cueillant des vers bien loin du ciel de mon poème,
Je m'enflamme à Paris, au lieu d'être à Louvain.
Je vous l'ai dit, lecteur, c'est un séjour que j'aime
Sous les feux du couchant, aux clartés du matin,
Avec son air de fête, avec ses maisons blanches,
Chantant comme des nids dans la fraîcheur des branches,
Et ses vieux monuments, aïeux de la cité,
Penchés sur la jeunesse et sur la liberté.

III.

C'était dans la saison où la nature en fête
Fait tomber ses trésors sur le monde ébloui,
Et, rappelant l'oiseau, réveillant le poète,
Vient nous faire oublier l'hiver évanoui.
Les fleurs, dans les buissons, brillaient comme des perles
Quand une eau lumineuse y tombait le matin;
Les bois retentissaient du sifflement des merles,
Et déjà fleurissaient pâquerette et jasmin.
Tout paraissait si beau, si frais dans la nature;
Tant de frémissements passaient dans la verdure,
Que, remplis de bonheur, le poète et l'oiseau,
En regardant le ciel, chantaient le renouveau.

C'était donc le printemps, et c'était un dimanche.
Sous la sérénité de ce bleu firmament,
Bien brossé, bien ciré, le teint vif, l'œil brillant,
Le bourgeois, tout joyeux dans sa cravate blanche,
Se remplissait de bière et fumait gravement.
Les gais étudiants, le cigare à la bouche,

Passaient en fredonnant quelque refrain joyeux.
Mais voici que le jour disparaît dans les cieux;
Le bourgeois va dîner, et le soleil se couche.

IV.

J'ai dit, en commençant ce poème, — irrité
En parlant de jeunesse et de virginité, —
Que la corruption avait la faim pour mère.
Ce n'est pas seulement le bras de la misère,
Pauvre fille du peuple, aux regards si touchants,
Qui vient décapiter les fleurs de ton printemps :
Ah! tu faiblis aussi quand une voix menteuse
Te promet lâchement d'éternelles amours!
Dans ta croyance, enfant, tu dis : « Je suis heureuse,
Tout son cœur m'a crié qu'il m'aimerait toujours. »
Toujours! dérision, mensonge, hypocrisie!
Jeune homme, au lieu d'aller briser toutes ces fleurs,
Ravager ce jardin rempli de poésie,
Prends ton or dans la main pour le jeter ailleurs.
Ne vas pas arrêter ce chant sous la feuillée
Ni ternir froidement la candeur et la foi,

Ne va pas profaner la neige immaculée,
Et, crois-moi, ne fais pas, sous la voûte étoilée,
Monter une infamie entre le ciel et toi !

Le soleil disait donc au revoir à la terre,
Les fleurs et les oiseaux lui criaient : « A demain! »
Et l'horizon en feu dévorait sa lumière.
C'était l'heure où dînait le bourgeois de Louvain.
Les gais étudiants s'en allaient, par centaines,
Danser près du clocher d'un village voisin;
Le soir faisait frémir les tilleuls et les chênes;
Au loin retentissait le son du tambourin.

v.

L'orchestre étourdissant, en l'air sur quatre planches,
Ces marchands, ces jongleurs et ces ménétriers,
Effrayant les oiseaux endormis dans les branches,
Devraient avoir ici les pinceaux de Téniers.
En passant son mouchoir sur sa joue enflammée,
La rêveuse ouvrière aux souliers de satin
Est heureuse, et frémit de se sentir aimée;

On lui dit qu'elle est belle, en lui serrant la main;
En lui prenant la taille, on lui dit qu'on l'adore,
Et ses grands yeux, remplis de candeur et d'aurore,
Se tournent tout à coup, dans la fraîcheur du soir,
Vers les bleus horizons qu'on lui fait entrevoir.

Mais voici la plus belle au bras de ce jeune homme.
Chacun la suit des yeux, la connaît et la nomme.
Comme il la séduit bien, comme il est éloquent,
Ce futur avocat au corsage élégant,
Estimant que la voix doit servir, en ce monde,
A cacher la pensée, et qu'il faut, pétillant,
Courir, le cœur en feu, de la brune à la blonde,
Pour respirer ainsi sans pitié, sans remords,
Tous les parfums divins de ces fleurs de la terre!

O noir esprit du mal, chantez le chant des morts,
Car cet ange aujourd'hui marchant dans la lumière
De ses dix-huit printemps de vierge et de rosière,
Ne croyant plus à rien, va sortir, à son tour,
Les yeux voilés de pleurs, de son premier amour!
Jeune homme, réponds-moi, que veux-tu que devienne
Cette vie, à ta voix, enchaînée à la tienne?
Qui voudra donc pour femme accepter cette enfant
Dont tu deviens, ce soir, l'espérance et l'amant?
Et si quelqu'un la prend, et du peuple comme elle,

La conduit devant Dieu, moins joyeuse et moins belle,
Dans le lit nuptial, ne la verra-t-il pas
Défaillir tout à coup et trembler dans ses bras ?
Ton vivant souvenir sera là. Cette flamme
Que tu viens d'allumer agitera cette âme :
Entre elle et lui toujours implacable et brûlant,
Passera, nuit et jour, le passé rayonnant.

Sentinelle de Dieu qui veillait sur le monde,
La lune, au fond du ciel, se levait claire et ronde,
Couvrant avec amour de ses tremblants rayons
Le clocher du village et les toits des maisons.
Les grands arbres dormaient sur les bords de la route
Que soudain reprenait Pauline, — en ce moment,
Mélancolique et pâle au bras de son amant ;
Ce n'était pas qu'en elle eût pénétré le doute,
Mais cette pauvre enfant avait de ces terreurs
Qui font trembler au bois la colombe ou les fleurs,
Et dans les blancs hivers font tressaillir la neige,
Sous nos pieds, l'épervier ou la main sacrilège.

VI.

Flambeau de notre vie ou berceau des douleurs,
O femme, ton histoire est lumineuse ou sombre,
Depuis Adam maudit et chassé de l'Éden :
Montant dans la lumière ou t'abaissant dans l'ombre,
Bonheur ou désespoir, clarté du genre humain,
Tu nous fais t'adorer, te chanter, te maudire,
Tomber un chant d'aurore ou de nuit — de la lyre
Du poète enflammé, plein d'ardeur et de foi,
Tourné vers le soleil, vers le ciel et vers toi !
Ève des jours anciens, ici tu perds un monde !
Ève des jours nouveaux, tu viens le délivrer !
De ton calvaire aussi le feu céleste inonde !
Ce nouvel univers qui va te couronner.
Après les chants d'amour de la Grecque Aspasie,
Voici, la croix en main, la sœur de charité,
Humble dans sa grandeur et dans sa poésie,
Sur le seuil de la tombe et de l'éternité.
Samson et le héros que pleura Déjanire,
Se dressant dans la nuit du passé ténébreux,

Sont là se regardant et debout pour nous dire
Combien on est petit et faible sous tes yeux,
Quand ta main nous enchaîne et nous traîne aux abîmes.
Comme il est effrayant ce troupeau de victimes
Que l'on voit aujourd'hui dans Londre ou dans Paris
Promener un front pâle et des regards flétris!
Mais cet autre troupeau, ces jeunes courtisanes
Vendant la nuit obscène et les baisers profanes,
N'est-ce pas toi, jeune homme au regard effronté,
N'est-ce pas vous aussi, misère et pauvreté,
Qui l'avez entraîné, poussé dans ces ténèbres, —
Au milieu de ces cris et de ces chants funèbres,
— Où, quand l'aurore éclate à l'orient vermeil,
Descend, comme un remords, la clarté du soleil?

VII.

Regards de don Juan, voix qui la faites croire,
Mains qui la ravissez à son bleu paradis,
Baisers, baisers brûlants sur son beau corps d'ivoire,
Projets, serments d'amour, tenez, soyez maudits!
Tonnerre, ô vent de feu qui soufflas sur Sodome,

Éclatez, levez-vous, renversez-moi cet homme,
Emportez dans la mort ce royal séducteur,
Ouvrez, fermez sa tombe, et laissez-nous la fleur !
Seigneur, laissez-nous-la rayonnante et soyeuse,
Parmi ses frais buissons, laissez-nous-la joyeuse,
Et qu'il ne soit pas dit qu'elle doive, ô mon Dieu,
Jeter à tout bonheur un éternel adieu !

VIII.

Dix-huit mois sont passés. — Avec sa fiancée,
Dont la couronne brille aux clartés du matin,
Le voici devant Dieu. — La jeune délaissée
Pense à tous ses serments et se meurt à Louvain.

1863.

BLOENDJE.

I.

Elle avait vingt-deux ans, les plus beaux yeux du monde,
La joue en feu, le pied comme une Cendrillon.
Bloendje, au pays flamand, se traduit par la blonde.
C'était une Flamande, et *Bloendje* était son nom.

II.

Lecteur, ce n'était pas du tout la femme d'Arle,
Brillante, au profil grec, aux grands yeux langoureux,
Qui sent, sous le beau ciel où son amant lui parle,
Des zéphyrs embrasés dénouer ses cheveux;

Ce n'était pas non plus la jaune Italienne,
Rêveuse et palpitante, assise au bord des mers,
Ni l'Andalouse en feu sous les orangers verts.
L'éclat joyeux et franc de sa voix plébéienne,
Son œil plein de finesse et de vivacité
Faisaient fuir la tristesse et fleurir la gaîté.
Elle aimait en artiste, écoutant ses caprices,
Adorant, certain soir, un buisson d'écrevisses,
Un gros dindon truffé le soir du lendemain,
Prenant aujourd'hui Paul, et son ami demain.

III.

La voici : le nez fin, la bouche en fleur, petite,
Attirant les baisers comme une marguerite
Humide et toute blanche attire un papillon ;
Toujours en mouvement, appétissante et frêle,
Aimant à rassembler dix amoureux près d'elle,
Adorant le homard, le moët, le melon,
Mettant Suzanne au bain au-dessous de Manon.

IV.

On la trouvait toujours joyeuse et souriante.
Elle avait, pour tout bien, dix-huit cents francs de rente.
C'était là son bonheur avec sa liberté.
Son petit chapeau rond était très bien porté.
Elle effaçait vraiment la lorette aigre et blême,
Vous criant : « Des louis ! » au lieu de : « Je vous aime ! »
Et tombant sur Paris des hauteurs de Bréda.

V.

Dans son joli salon, deux pots de réséda
Répandaient leurs parfums. — Des oiseaux des tropiques
Y gazouillaient gaîment. — Deux serins magnifiques
Y chantaient de tout cœur du matin jusqu'au soir.
Ce joyeux paradis faisait plaisir à voir.

Des rideaux éclatants, d'une étoffe légère,
En rouge, au chant du coq, apportaient la lumière.
Un gros chien noir et blanc, et surtout paresseux,
Ronflait sur le tapis, près des rideaux soyeux.

VI.

Bloendje avait l'habitude, au café comme à table,
De dire à tout propos : « Cé vrément rémarquable ! »
Et se moquait autant de Noël et Chapsal
Que des fleurs de Nanterre et que du temps pascal.
Je n'ai pas dit, je crois, qu'elle habitait Bruxelles,
Qu'elle avait vu le jour dans un joli vallon,
Près de là, dont, ma foi, je ne sais plus le nom,
Vallon que chérissaient pinsons et tourterelles.

VII.

Un soir, dans le beau feu de ses premiers transports,
Le grand Van Dyck, ôtant son feutre à larges bords,

Fatigué, s'arrêta, dit-on, dans ce village[1].
Un chœur de rossignols chantait dans le feuillage.
Il s'en allait, pensif, sa palette à la main,
Respirer un autre air sous le soleil romain.
L'horizon n'était pas voilé par des montagnes.
Le couchant solennel rougissait les campagnes.
Les grands bœufs nonchalants marchaient vers l'abreuvoir.
La lune apparaissait dans la splendeur du soir.
Il avait aperçu, dans l'auberge, une blonde[2]
Avec de beaux yeux bleus, les plus brillants du monde.
Pour elle, en ce village, il s'arrêta trois mois.
On peut voir dans l'église, au-dessus de la croix,
Un ravissant tableau qu'y laissa ce jeune homme,
Amoureux et rêveur, à son départ pour Rome.

VIII.

Bloendje avait délaissé ce gai vallon flamand
Pour venir habiter le faubourg de Cologne.
On dégustait, le soir, un flacon de Bourgogne,
Dans son joli boudoir, assis nonchalamment,

1. Saventhem, près Bruxelles.
2. Anne Van Ophem.

Avant de la conduire au *Théâtre-Lyrique*,
Autre château des fleurs sans lumière et boueux :
Ni jardin, ni salon, rien n'éblouit les yeux
Dans ce Mabille étrange et si peu poétique
Où l'on voit s'agiter Blondinette et Cora,
Et qu'un badigeonneur certain jour décora.
Mais n'en médisons pas : c'est là qu'on trouve Irène,
Que vient la boulangère, et que *Bloendje* est la reine !

IX.

Elle admirait Ostende et la rumeur des flots.
« Je t'aime », et « tu me plais » étaient ses premiers mots
Quand quelqu'un lui plaisait. Elle était vraiment belle.
La fantaisie en feu voltigeait autour d'elle.
Un plaisir inouï s'échappait de sa voix.
Elle allait à Boitsfort pour courir dans les bois,
Mais aimait le théâtre autant que la nature.
Son gros chien noir et blanc la suivait chez Pature [1].

---

1. Jules Depature, très renommé restaurateur bruxellois, et très fin connaisseur en matière de sculpture, de peinture, de gravures en couleurs et de lithographies coloriées.

Si le soir, par hasard, on la faisait poser
En la taquinant tous à la taverne anglaise,
Cette joyeuse enfant, au lieu de se fâcher,
Riait et savourait un cigare à son aise.
Le cœur et l'œil en feu, *Bloendje* avait su toujours
Varier ses plaisirs autant que ses amours.
Elle aimait son Bruxelle et la place espagnole
Où sur la tour superbe un léger saint Michel
Semble prêt, à toute heure, à s'envoler au ciel.
Avec son chapeau rond, capricieuse et folle,
Ayant un petit air étrange et virginal,
Bloendje était, de tous points, un type original !

1862.

ROSINE.

I.

La nuit — nuit de printemps, nuit de mai, comme celle
Qui fit chanter naguère et sangloter Musset —
S'allumait dans les cieux si brillante et si belle ;
Le vent, dans les rameaux, si tendrement passait,
Tant de vie et de joie animait la verdure,
Un tel frisson d'amour parcourait la nature
Qu'un seul cri, cri de feu, de tout cœur s'élançait !
O transport de notre âme, amour, sans toi la terre
Est un désert brûlant, un cachot ténébreux :
Dans ce désert, c'est toi l'eau qui nous désaltère
Dans ce cachot, c'est toi le bonheur de nos yeux ;
C'est toi seul le flambeau, le soleil, la lumière !

Tout Paris, rajeuni sous les feux du printemps,
Courait à son Musard, à ses cafés chantants.

L'Arc de Triomphe, au loin majestueux et sombre,
Écrasant, solennel, apparaissait dans l'ombre,
Rêvant du grand empire et de Napoléon.
Avec le bleu du ciel qu'il prenait à l'espace,
Il s'emparait aussi du pétillant rayon
D'une joyeuse étoile éclose à l'horizon.
La gloire, au vol bruyant, comme un aigle qui passe,
Volait rapide, au sein des vapeurs du printemps,
De la colonne à lui. Le bruit, l'air pur, les chants,
Les chars qui se croisaient dans les Champs-Élysées,
Les salons dont le lustre enflammait les croisées,
Tout cela faisait fuir la pensée et le cœur
Dans un vrai tourbillon d'ivresse et de bonheur!
Aimons, disait l'oiseau qui voltigeait dans l'arbre;
Aimons, chantaient l'étoile et le vent dans les bois;
Aimons, soupirait l'eau dans les bassins de marbre;
Aimons, criaient la terre et le ciel à la fois!

II.

Mabille étincelait. Son orchestre sonore
Entraînait la valseuse aux grands yeux languissants.

Tout semblait couronné de fraîcheur et d'aurore ;
Mais le rêveur voyait, sous les chapeaux brillants
Et sous le fard menteur qui couvrait les visages,
Je ne sais quoi de sombre et quoi de ténébreux.
Plein du gaz enflammé luisant dans les feuillages,
Tous ces regards ternis ne montaient plus aux cieux ;
Tous ces fronts de vingt ans n'avaient plus de noblesse.
Le rire était partout de l'étourdissement.
On ne trouvait plus là la vie et la jeunesse,
Mais bien la mort vivante et l'abrutissement.
Ces arbres désolés, ces tapis de verdure,
Ce gazon frissonnant, où se penchaient les fleurs,
N'avaient pas dans leur sein votre sève, ô nature,
Vos palpitations, pas plus que tous ces cœurs
N'avaient encore en eux de force et de lumière.

III.

A la voir, ne dirait-on pas une rosière
Dans la timidité craintive d'un chevreuil ?
De ses vingt ans à peine elle a touché le seuil.
Ses yeux noirs sont remplis des clartés de l'aurore.
On dirait qu'en son cœur la vertu lutte encore.
De son ardent pinceau que Raphaël, rêveur,

Eût dessiné jadis sa tête avec bonheur !
Au bord de cet abîme où son joli pied tremble,
Voyez comme elle est belle ! et voyez comme il semble
Qu'un pieux souvenir tout à coup la soutient,
Qu'une voix la supplie et qu'un bras la retient !

La voyant si touchante et la voyant si belle,
Un rêveur de trente ans vint s'asseoir auprès d'elle,
Le cœur rempli de flamme et d'attendrissement.
La lune errait pensive au fond du firmament,
Se couvrant d'un nuage ou regardant la terre.
Loin du bal tournoyant, parmi les églantiers,
Les voilà tous les deux marchant dans les sentiers.
Il la prend par la main, lui parle de sa mère,
De son clocher natal, des champs de son berceau,
De Dieu, de l'avenir, du ciel et du tombeau.
Feignant de ressentir toujours un nouveau charme,
On la voyait parfois essuyer une larme.
Elle prenait plaisir à ce roucoulement,
Elle écoutait ce cœur comme on lit un roman,
Et se donnait si bien des airs de sensitive
Qu'il la croyait tremblante, agitée et naïve.
Il rêvait, il rêvait, le poète insensé !

IV.

Tout ce petit roman, dans un bal commencé,
Dura bien près d'un mois. Il adorait Rosine.
Il est si doux de croire, il est si doux d'aimer,
Et tout cœur généreux est prompt à s'enflammer.
Le soir, lorsque Paris s'agite et s'illumine,
Se remplit de chansons, de lumière et de voix,
Du joyeux Café Riche ils s'en allaient au bois.
Enghien, au bord du lac où le soleil s'admire,
Les vit plus d'une fois s'embrasser et sourire.
Ils s'envolaient joyeux de Clamart à Meudon,
A l'heure où le matin, qui rougit l'horizon,
Vers le ciel éclatant fait monter l'alouette,
Se refermer l'étoile et chanter la fauvette.

Il voulait à tout prix devenir son sauveur,
La saisir, l'emporter et la rendre au bonheur.
Il la voulait marchant avec lui dans les plaines ;
Il la voulait joyeuse, assise au pied des chênes,
En été, près de lui, dans les grands bois mouvants

Remplis de rossignols, de fraîcheur et de chants;
Il la voulait chantant, le soir, au clair de lune.
Il n'avait, il est vrai, que bien peu de fortune,
Qu'un très modeste avoir; mais le peu qu'il avait
Suffisait pour bâtir l'avenir qu'il rêvait.
Rosine, en soupirant, écoutait cette lyre ;
Cet avenir brillant paraissait lui sourire.

Un jour qu'il revenait, en lui parlant ainsi,
Avec elle d'Enghien et de Montmorency,
« Nous devons nous quitter, mon ami, lui dit-elle ;
Mon père est à la mort, ma mère me rappelle.
Peut-être pourrons-nous nous retrouver plus tard.
J'aurais dû dès hier t'annoncer mon départ,
Mais ce cri déchirant est resté dans mon âme ! »
(Ah ! qui croirait qu'ainsi peut mentir une femme?)
Ses pleurs coulaient brûlants et voilaient son regard.

Au milieu des buissons et des fleurs printanières,
Il la revit un soir, — un mois après ce jour,
Singeant sans doute encore la candeur et l'amour, —
Au bras d'un gros Anglais, au Casino d'Asnières.

1862.

PREMIER AMOUR.

Comme la forêt tremble! et quel doux clair de lune!
Comme la brise est fraîche au tomber de la nuit!
Dans ces chemins des bois, pas de foule importune,
Le bruit léger des eaux est au loin le seul bruit.

La rose, en soupirant, se ferme sur la terre.
Étoiles, fleurissez, ouvrez-vous dans les cieux;
Couvrez de vos rayons ce couple solitaire,
Étincelez, milliers de globes lumineux;
Levez-vous dans les airs, vieux soleils de l'espace,
Éclairez ces chemins et ces jeunes amours,
Touchantes aujourd'hui comme au berceau des jours.
De son pied ravissant, sentiers, aimez la trace,
N'oubliez pas cet ange, et vous, échos des bois,
Gardez le souvenir éternel de sa voix.

Nuit calme, enveloppez la vallée et la plaine.
Ah! comme ils sont heureux! dix-neuf ans et vingt ans!
Printemps, caressez-les de votre fraîche haleine,
Murmurez tendrement ces deux noms, ô fontaine,
Célébrez-les, chanteurs, sur vos rameaux flottants,
Sous le ciel étoilé, près de vos nids de mousse,
Et prenez aujourd'hui votre voix la plus douce.

C'est bien là le tableau sacré de tous les temps,
Qui toujours nous émeut, et qui toujours nous charme;
Qui toujours de nos yeux fait tomber une larme,
Lorsque nous regardons, dans le passé, le jour
Du premier cri de l'âme et du premier amour!
Ah! quand on a vécu des fièvres de l'orgie,
Quand on s'est endormi sur la table rougie,
Et qu'arrive au réveil l'instant des repentirs,
Ce sont là, ce sont là d'accablants souvenirs!

Décembre 1864.

APRÈS UN BAL.

Comme au temps où la foudre au ciel éclatera,
S'échappant de la nuit nuageuse et profonde,
Un jour triste et glacé se levait sur le monde.
On sortait en chantant du bal de l'Opéra.
La soirée et la nuit avaient été joyeuses.
La fureur du plaisir enflammait tous les cœurs.
Un vent froid agitait le manteau des danseuses;
Leurs cheveux dénoués laissaient tomber des fleurs :
Non vous, fleurs du printemps, sous le soleil écloses,
Mais ces bouquets flétris de théâtre et de bal.
Les longs dominos noirs, près des dominos roses,
Avaient je ne sais quoi de sombre et d'infernal,
Et le jour paraissait. De la Maison Dorée,
Le gaz étincelant éclairait les vitraux;
Les soleils blanchissaient à la voûte sacrée,

Mais la volupté pâle allumait ses flambeaux;
La cloche du travail appelait la misère.
Les viveurs effrénés riaient, chantaient, buvaient,
Et, pendant que chantaient ces heureux de la terre,
Résignés et sans feu, des vieillards s'éveillaient.
Du matin, qui naissait, sonnait la cinquième heure.
Baissant la tête, au bruit de cette voix des jours,
Lui, qui regagnait seul tristement sa demeure,
Pleurait au souvenir de ses jeunes amours.

1863.

MORLANWELZ.

I.

Le vent frais du printemps agitait les grands chênes.
Le rossignol sonore au ramage éclatant
N'avait jamais été, je crois, plus éloquent.
Le ciel avait vraiment ces beautés souveraines
Qui nous font tressaillir et font planer nos cœurs
Entre sa voûte en flamme et notre terre en fleurs.
Les vieux bois éclairés brillaient au clair de lune.
Il vous retraversait, chers sentiers d'autrefois,
Qui connaissiez si bien ses amours et sa voix!
O forêts, parmi vous, sur terre, en est-il une
Pouvant mieux nous séduire et mieux nous émouvoir
Que celle où descendaient ces blancs rayons du soir?

II.

Agitant leur feuillage, il entendit les chênes
Lui parler tout à coup, en s'inclinant vers lui :
« Loin de nos gais vallons, de nos champs, de nos plaines,
Es-tu vraiment heureux, o poète, aujourd'hui?
Naguère, il t'en souvient, dès que la jeune aurore
Enflammait en naissant nos larges horizons,
Tu marchais en rêvant à travers les gazons.

« Au point du jour, dis-nous, ton cœur bat-il encore?

« Jadis, à nos côtés, un véritable amour,
Quand la nuit rayonnante avait chassé le jour,
Faisait étinceler et tomber de ta lyre
Des vers, un chant d'amour, un rêve illuminé,
Que ses yeux parcouraient à travers un sourire.

« Ce parfum de bonheur, te l'a-t-on redonné?

« Au bruit de nos ruisseaux, ton cœur était paisible.
Tu chantais la pâleur de l'automne et l'été.

« Au réveil des saisons n'est-il pas insensible?
Dans Babylone en feu, n'est-il pas agité? »

III.

Du blanc soleil des nuits les rayons, pleins de charmes,
Tombaient plus lumineux sur les bois éclatants.
Les rossignols toujours saluaient le printemps.
Les arbres se taisaient, voyant couler des larmes!

1863.

RENCONTRE.

.

Dans les grands bois remplis des souffles du printemps,
Dans les prés reverdis, — elle avait dix-sept ans, —
Jadis, il l'avait vue, adorée et joyeuse,
En la saison du cœur chantante et lumineuse,
Ses grand yeux bleus ouverts sur le riche avenir,
Et ne connaissant rien de l'amer souvenir.

Plus tard, le front ridé, dépourvu de ses charmes,
Les yeux portant la trace et le sillon des larmes,
Il la revit, à l'heure assombrie où vingt ans
Les séparaient tous deux des clartés du printemps.

L'amitié seulement unissait ces deux âmes,
Qu'elle éclairait encor de ses paisibles flammes.
Plus d'un brûlant amour était mort dans leurs cœurs
Depuis les jours brillants de la jeunesse en fleurs.

Dans leurs sentiers connus, très longtemps ils causèrent ;
L'attendrissement vint, et, le soir, ils pleurèrent
Quand le clocher sonna le moment des adieux,
Et quand leur vieux soleil s'éteignit dans les cieux.

Juillet 1867.

APRÈS DIX ANS.

Rien n'a changé : chemin qui traversez le bois,
Votre mobile ombrage est là comme autrefois;
Sentiers, fuyant ruisseau qu'écoutait notre enfance
Dans son bleu vêtement de joie et d'innocence,
Dans votre gai miroir vous recevez encor
Du jour et de la nuit les mêmes rayons d'or;
Avec ce bruit connu, vous polissez la pierre
Que son pied remuait en s'y posant naguère,
Quand du bord opposé je lui tendais la main.
O ruisseau si brillant aux clartés du matin,
Penché sur mes amours, bouquet de fleurs fanées,
Que j'aime à te revoir après ces dix années!
Mon cœur auprès de toi se plaît à revenir,
Et ton chant est pour lui l'immortel souvenir!

Te voilà toujours belle et riante, ô nature!

Rossignols, vous chantez toujours dans la verdure!
Chênes, vous frémissez toujours au vent des soirs,
Et vous vous balancez, comme autant d'encensoirs,
Faisant monter vers Dieu, superbe et solitaire,
Le parfum des forêts et le chant de la terre!

Hélas! c'est donc ici, sous l'ombre de ces bois,
Que tout mon cœur ému tressaillait à sa voix!
C'est ici qu'un baiser réunissait nos âmes!
Chemins, sentiers, vallons, champs où nous nous aimâmes,
Je viens seul près de vous jeter, après dix ans,
Un triste et long regard sur ces jours rayonnants
Disparus dans la nuit comme un éclair rapide.
Oh! non, rien, rien jamais ne peut combler le vide,
Ni chasser les regrets que vous laissez en nous,
Amours de nos vingt ans que l'on chante à genoux!

Clartés de mes forêts tendrement balancées,
Vous rendez plus profond le deuil de mes pensées,
Et, sous le doux soleil du printemps dans sa fleur,
Tout est beau pour mes yeux, mais plus rien pour mon cœur!
Il faut s'y résigner : cette fleur inclinée,
Qui s'endort aujourd'hui, sera demain fanée;
Nous voyons, d'un côté, rayonner les berceaux,
Mais, de l'autre, on entend se fermer les tombeaux.
C'est ici le jardin des amours et des roses,

Mais là le noir chemin de nos ennuis moroses,
De nos pleurs, des regrets, du souvenir amer,
Des jours que le passé vit tomber dans sa mer,
Dans son triste océan, dont le vent nous apporte
Les odorants parfums de la jeunesse morte,
Et nous fait incliner la tête avec douleur,
Le soir, auprès de toi, champ dévasté du cœur.
Le vent frais du matin vous traversait naguère
La bleue illusion vous parcourait légère;
Mais, où tant de soleil et de bonheur ont lui,
Tout est mort, tout se penche, et tout pleure aujourd'hui.

Morlanwelz, 1863.

LES DEUX MUSES.

I.

LA MUSE PAIENNE.

Il est doux de s'asseoir, poète, au pied des chênes :
Le gai lilas se penche en tremblant sur les nids;
Je vois dans ton Paris, aussi joyeux qu'Athènes,
Briller l'eau des bassins et le jet des fontaines;
Apollon reparaît dans les cieux rajeunis.
N'as-tu pas entendu venir ta bien-aimée?
Pour te voir, aujourd'hui, je me suis parfumée;
Sous mon léger péplum a tressailli mon cœur.
Le soleil est nouveau, la brise est embaumée.
Je t'apporte en chantant, le flambeau, du bonheur.
Poète, viens à moi : je suis la Muse antique,

La chanteuse immortelle aux longs cheveux flottants,
Qui vit passer Vénus dans les bois de l'Attique
Et s'ouvrir à ses pieds les fleurs d'or du printemps.
Elle était belle alors comme au sortir de l'onde;
Les oiseaux la chantaient dans les airs, et les dieux,
Pour la voir parmi nous, se penchaient sur le monde.
Quels odorants parfums tombaient alors des cieux!
Comme tout cœur battait à la voix du génie
Quand l'aube, ouvrant les yeux, de l'orient sortait!
L'Olympe était lumière et la terre harmonie;
Quel souffle de bonheur traversait l'Ionie,
Et comme Philomèle au soir tombant chantait!
Poète, bien souvent tu m'as crié : « Je t'aime! »
A cette heure où Phœbé dort au milieu des eaux.
— Viens, prends-moi dans tes bras, je suis toujours la mê
Ton Christ, qui m'a jeté son premier anathème,
Entend monter vers moi l'hymne des temps nouveaux.
Des quatre vents du ciel ce chant joyeux s'élève;
Le printemps aujourd'hui reverdit la forêt,
Et même, au sein des nuits, dans la beauté d'un rêve,
On entend tous ces bruits que Tibulle adorait :
Les baisers des oiseaux dans les feuilles nouvelles,
Le roulement du char étincelant du jour,
Ce qu'Horace écoutait au pied des cascatelles,
La voix du bois plein d'ombre et le cri de l'amour.

II.

LE POÈTE.

Je t'ai pour mon malheur trop souvent écoutée ;
Chacun de tes baisers a fait couler mes pleurs ;
C'est toujours en saignant que mon cœur t'a quittée,
Nos amours ont toujours précédé mes douleurs.
Ne viens plus me parler des îles de la Grèce,
De Cythère, endormie aux flots voluptueux,
De ton Horace, assis aux pieds de sa maîtresse ;
Mon cœur, qui t'abandonne, est trop grand pour tes dieux.

III.

LA MUSE PAIENNE.

Ce qui fut grand jadis et divin sur la terre
Est sorti de la nuit, ô poète, à ma voix !

23

Fontainebleau sourit, le parc est solitaire ;
Viens me parler d'amour à l'ombre de ces bois,
Et voir mes dieux debout dans ce palais des rois.
Viens, je te chanterai l'Ionie éclatante,
Ce brillant archipel où s'ébat l'alcyon,
Mytilène et Théos, où dort Anacréon ;
Le vin joyeux de Chypre et la forêt tremblante,
Le marbre de Paros, les rosiers de Pœstum,
Tibur et Tivoli, Corinthe et Tusculum.
Quand Phœbé dans les airs commencera la course
Qu'aimaient le doux Tibulle et l'orageux Byron,
Quand on n'entendra plus qu'un léger bruit de source,
Qu'un phalène éveillé sous un premier rayon,
En levant vers le ciel nos coupes ciselées,
Nous boirons à la Grèce, à tout grand souvenir,
A tous ces dieux charmants qui peuplaient les vallées,
Et nous boirons aussi tous deux à l'avenir.
Mes poètes viendront au bord du ciel immense,
Ils se réuniront pour écouter nos chants.
Mon soleil reparaît, mon règne recommence.
O ma mère, ô Vénus, pour fêter ta naissance,
La voix des morts se mêle à la voix des vivants !

IV.

LE POËTE.

Oui, le printemps est jeune et rempli de lumière ;
Oui, le jasmin s'incline en tremblant vers les nids ;
Oui, la terre est en fleurs et la brise est légère ;
Oui, l'oiseau monte encor dans les cieux rajeunis.
C'est la saison joyeuse où le poëte éprouve
L'impétueux désir de soupirer des vers,
Et de mêler les sons de son luth, qu'il retrouve,
Au souffle parfumé qui parcourt l'univers.
Il est doux de s'asseoir sous la fraîcheur des chênes,
De suivre au fond du ciel un nuage argenté,
Et de vous voir tomber, jet brillant des fontaines !
Mais près de toi mon cœur, ô Muse, a trop chanté ;
Après nos jours brûlants vient une heure où l'on aime
La céleste oasis et sa beauté suprême,
Le temple où notre enfance allait prier, la voix
S'échappant des tombeaux et partant de la croix.
Plus le temps disparaît, plus sonnent les années,
Plus cette voix nous touche et plus nous l'écoutons ;

Les roses du plaisir à nos pieds sont fanées,
Mais notre cœur s'élève, et nous nous souvenons.

V.

LA MUSE CHRÉTIENNE.

Te souviens-tu, dis-moi, de nos sentiers pleins d'ombre,
De ton premier amour aussi pur que le ciel?
Ah! depuis, plus d'un jour s'est pour toi levé sombre,
Plus d'une main, depuis, t'a présenté le fiel.
La douleur est venue, et le remords peut-être;
Tu n'as plus pensé même à tes jours les plus beaux;
Mais, poète, à ma voix, ton bonheur va renaître.
Viens, nous irons d'abord prier sur deux tombeaux.
J'ai vu le doux Sauveur et la Samaritaine,
Le soleil se voiler sur le calvaire en deuil,
S'éclairer l'orient, sangloter Madeleine,
Et les morts se lever en sortant du cercueil.
Au bruit des vents du ciel venant de Palestine,
Tous les autels de Rome ont croulé sous mes yeux;
Dans le fleuve effrayé de la cité latine

Sont tombés les Césars et les débris des dieux.
Vers le Dieu du Thabor, au sein des nuits suaves,
J'ai porté la prière et le cœur des martyrs,
Et, brisant à sa voix la chaîne des esclaves,
Recueilli tous les pleurs et tous les repentirs.
Viens, je te parlerai des champs de Samarie,
Des oliviers sacrés, des ramiers du Carmel,
Des chemins parfumés que traversa Marie,
Et je te parlerai de la tombe et du ciel.

1864.

PARIS

LE ROI DES HUNS.

I.

Il avait sans pâlir traversé deux cents fleuves
Avec ses légions, ses chars et ses chevaux,
Fait tomber des remparts, fait des milliers de veuves
Sanglotant dans la nuit au-dessus des berceaux.

Les rochers effrayants d'où roulait l'avalanche
Portaient son nom royal sur leurs flancs de granit ;
Quand il apparaissait sur sa cavale blanche,
Les vautours, pour le voir, s'échappaient de leur nid.

Or, comme il était grand parmi les plus superbes,
Parmi les plus hardis et les plus redoutés ;
Comme il avait vu choir trois cents tours dans les herbes,
Et broyé dans sa main des soldats indomptés ;

Comme il avait aussi, tel qu'un César de Rome,
Des flatteurs, à genoux, au sortir des combats,
Ce conquérant croyait qu'il était plus qu'un homme,
Et que tout devait fuir au seul bruit de ses pas.

II.

Un soir, — à l'heure ardente où le soleil se couche,
Faisant en flots de feu couler l'eau du torrent, —
Le héros s'endormit dans sa beauté farouche.
Voici ce qu'il dut voir dans le sommeil pesant
Que le Ciel fait tomber sur tous les cœurs de pierre :
Un grand lion terrible, agitant sa crinière
Sous un ciel orageux, dispersait, à sa voix,
Des milliers d'animaux dans l'épaisseur des bois ;
Mais, tel qu'un roi déchu qui s'affaisse et qui tombe,
Effrayé tout à coup par un cri de colombe,
Il courut effaré chercher au bord des eaux
A se cacher dans l'ombre au milieu des roseaux.

III.

Huit jours plus tard, le chef de l'armée étrangère,
Rêvant d'autres combats et des lauriers nouveaux,

Sentait tomber sa lance aux pieds d'une bergère.
Ses cheveux roux flottaient sur son front insolent.
Hagard, devant Lutèce et sur son cheval blanc,
Il leva vers le ciel son œil sombre et farouche.

C'était encore à l'heure où le soleil se couche.
Il entendit soudain, dans le ciel tout en feu,
Passer une fanfare et les clairons de Dieu.
Souriante au milieu de tous ces bruits étranges,
Geneviève éclatante était là devant lui.
« Roi du ciel, cria-t-il, c'est ton jour aujourd'hui ! »

Au loin, sur un rocher, les mains des deux archanges
Balançaient avec force un encensoir fumant.
Le conquérant sentait sa fierté terrassée
Et qu'un pouvoir céleste abaissait sa pensée.
On chantait : « Gloire à Dieu ! » dans les feux du couchant,
Au-dessus du berceau de la cité française.
Les airs étaient remplis de voix et de parfums,
Et la Seine, enflammée aux pieds du roi des Huns,
Étincelait dans l'ombre, ainsi qu'une fournaise.

1863.

OLYMPIA.

VOCATION.

Ses yeux d'un noir d'ébène, aux clartés triomphantes,
Ont vu le jour naguère au pays des infantes,
Des chevaliers debout dans les vieux cadres d'or,
Du bleu cavalcadour et du toréador.
Sous le ciel radieux dont Venise est jalouse,
La brune Olympia, la chanteuse andalouse,
Naquit — dans un hameau — de pauvres artisans.
Auprès de deux tombeaux, orpheline à douze ans,
Elle entendit la voix émue et solennelle
D'un ange qui passait, la touchant de son aile :
C'était, Olympia, le voyageur divin
Auquel ceux qu'il choisit résisteraient en vain.

Il crée avec amour les fières destinées.
Il te fit, à quinze ans, franchir les Pyrénées.
Ce beau Génie errant accompagnait tes pas.
Tu joignais les deux mains, tu pleurais, n'est-ce pas,
Embrassant mille fois les cheveux de ta mère?
Les chamois fugitifs broutant l'herbe éphémère,
Le bruit retentissant des torrents écumeux,
Les rochers au soleil resplendissants comme eux
Te faisaient tressaillir, entraînant ta pensée,
Par un rapide éclair aussitôt traversée.
Étonnée, écoutant avec émotion,
Le chant mystérieux de la création,
Tu sentis ton cœur battre — et, rempli d'harmonie,
S'ouvrir en te jetant le cri de ton génie!
Le soir couvrait le ciel noirci de ses rougeurs
Et les escarpements des aigles voyageurs.

II.

DÉBUTS.

Quand la plaine, un matin, à tes yeux fut rendue,
Des monts aériens quand tu fus descendue,
On t'accueillit, chanteuse à l'œil étincelant,

Parmi les arlequins d'un théâtre ambulant :
A côté d'un héros affublé d'un grand casque,
Saisissant la mandore ou le tambour de basque,
Tu chantais à ravir, quelquefois vivement,
Lentement quelquefois, quelquefois tristement.
Pierrot, pour écouter, suspendait ses folies.
Les brillants muscadins et les femmes jolies,
A ta voix, s'arrêtaient sous les arbres touffus.
Les paillasses, surpris à cheval sur des fûts,
Ayant le cœur atteint, demeuraient immobiles.
L'acrobate, au milieu de ses enfants débiles,
En se croisant les bras, devenait soucieux.
Tu songeais à la tombe en regardant les cieux.
Tes longs cheveux flottants tombaient sur tes épaules.
La roulante maison reposait sous les saules.
On te jetait de loin une orange ou des fleurs.
Le Titien — à ta vue — eût broyé ses couleurs.

III.

TRIOMPHE.

La gloire, au doux langage, en cent lieux l'a nommée.
La richesse est venue avec la renommée.

Les arts ont couronné sa jeune royauté.
De l'or et des bravos le bruit n'a rien ôté
A sa bonté première, à sa douceur exquise.
Reine, elle évitera de devenir marquise,
Et de changer jamais, contre un blason doré,
Le nom de son berceau par la Muse adoré.

IV.

PARIS.

J'aime à te voir briller, villa blanche et coquette,
D'où sont bannis la sotte et sévère étiquette,
Nos merveilleux du jour, sans esprit et sans cœur,
Que regarde — à travers deux siècles — ce moqueur
Qui fit si bruyamment siffler ses étrivières
En ce temps où les cerfs, traversant les rivières,
Se voyaient, dans les bois, richement poursuivis
Par le galop brillant des courtisans ravis.
Je t'admire et je t'aime en nos Champs-Élysées
Avec tes rideaux bleus derrière tes croisées,
Paradis enchanteur, palais d'Olympia!
Émaux ou camaïeux, pastel ou sépia,
Cassolettes d'argent, chiens de bronze en querelle,

Tableaux de Salvator Rosa, fine aquarelle,
Patineurs zélandais, troupeaux à l'abreuvoir,
Clair de lune émouvant, calme et splendide à voir,
Vierges de Murillo, brillante panoplie,
Ramiers se becquetant sur le rameau qui plie,
Dans les faibles rayons d'un heureux demi-jour,
Tout cela, chastement, rayonne en ce séjour,
Où poètes connus et critiques sévères,
Sous les plafonds d'azur, font se toucher leurs verres
Près d'un buste admiré du Cid Campéador,
Des vieux rois espagnols portant la Toison d'Or,
De cheveux ouvragés, souvenir et relique,
Près d'Apollon debout en marbre pentélique !

1869.

RÉFLEXION.

Un jour qu'il méditait, rêveur sur la colonne,
Regardant à ses pieds l'immense Babylone,
Il se disait : Tout marche avec rapidité
Dans ce Paris bruyant, jour et nuit agité;
Hormis les chevaux noirs traînant les chars funèbres,
Tout fuit sous le soleil, tout fuit dans les ténèbres.

1864.

UN RICHE.

C'était un des Crésus des temps où nous vivons,
C'était un mauvais riche. Au milieu des rayons
Du soleil insolent de sa richesse altière,
Croupissant nuit et jour dans l'or et la matière,
Heureux, gonflé d'orgueil, ce dieu se prélassait.
La Mort riait dans l'ombre, et Dieu le regardait.

Il avait des valets dans les deux hémisphères.
Certain soir, tout fiévreux, parlant de ses affaires,
Sur les grands boulevards, il passait rayonnant.
Or il était suivi par un vieux mendiant,
Maigre, les yeux rougis, et dont la chevelure
Au souffle de l'hiver flottait à l'aventure.
Craintif, à demi-voix il murmurait : « J'ai faim! »
Il lui disait : « J'ai froid! » en lui tendant la main.

« Laissez–nous, vagabond; vieux scélérat, silence! »
S'écria le Crésus dans son impatience.
Le couvrant tout à coup des clartés de l'enfer,
Satan à ses côtés passa comme un éclair,
Et l'on vit un bel ange, ardent et sympathique,
Remonter en pleurant vers le ciel magnifique.

1863.

MARGUERITE.

Ses jolis noms étaient Thérèse et Marguerite.
On l'avait vue errer, quand elle était petite,
Le long des boulevards, en ses jours les meilleurs,
Son panier à la main, dans la saison des fleurs,
Offrant modestement jasmin ou violette.
Mais elle avait grandi. Son chapeau, sa toilette,
Tout en elle annonçait cette simplicité
Qui sied dans sa fraîcheur si bien à la beauté.
Elle avait dix-sept ans. La douceur de la flamme
Qui montait chastement à ses yeux, de son âme,
Rendait rêveur l'artiste ardent et soucieux.

Un soir qu'un chaud soleil descendait dans les cieux,
Auprès d'un vieil Anglais, au Café Riche assise,
On la vit moins joyeuse et moins simplement mise.

Le couchant magnifique était plein de rougeurs.
Une enfant lui parlait, souriante et petite,
Et l'on voyait trembler la main de Marguerite
En prenant un bouquet dans son panier de fleurs.

1863.

CHRÉTIEN ET JUIVE.

I.

SAINT-CLOUD.

Le soleil, se couchant au loin dans la lumière,
Enflammait en mourant le splendide horizon.
La lune au fond du ciel paraissait la première.
Le tremblant rossignol commençait sa chanson.

Le soir laissait tomber une paix solennelle
Sur les sentiers déserts, sur les eaux, sur les bois.
Je voyais son amour qui s'éveillait en elle ;
Sa main serrait ma main pour la première fois.

Pleins d'un bonheur muet, nuit d'amour, sous tes voiles,
Nous marchions au hasard dans les chemins poudreux.

L'air embaumé du soir et le feu des étoiles,
La beauté de la terre et la clarté des cieux,

Après les mille bruits d'un jour rempli de charmes,
Après l'éclat mourant du coucher du soleil,
Faisaient alors monter nos regards, pleins de larmes,
De ce champ des tombeaux au pays du réveil :

Terre et ciel à la fois saisissaient nos pensées !
Sa main avec amour pressait toujours ma main.
Les feuilles s'agitaient, doucement balancées,
Et la lune toujours brillait dans le lointain.

Nous disions : Notre vie, ici, n'est qu'un passage
Où nous pourrons tous deux nous aimer un instant,
Chanter aux jours heureux, prier pendant l'orage ;
Notre dernier soupir, c'est le commencement.

Mais laissons aujourd'hui se mêler nos deux flammes.
C'est le feu tout-puissant qui doit renaître ailleurs.
Aux pieds du Dieu d'amour, qui réunit les âmes,
Unissons pour toujours notre joie et nos pleurs.

Elle avait cet accent sincère et sympathique
Qui me faisait vibrer et pleurer en l'aimant ;

Je ne sais quoi de grand et quoi de prophétique
Éclairait à sa voix l'avenir rayonnant.

Grands chênes frémissants, ombrages séculaires,
Gardez de cette nuit le sacré souvenir !
Dans les mêmes chemins, sous les mêmes lumières,
Nous reviendrons causer tous deux dans l'avenir ;

Penchés sur des berceaux et sur des têtes blondes,
Dans la saison des fleurs, au déclin des beaux jours,
En reportant encor nos regards sur deux mondes,
Nous reviendrons te voir, berceau de nos amours !

A Paris, retrouvant l'immense Babylone,
Nous sentîmes nos cœurs s'unir en frémissant.
Les grands aigles veillaient autour de la colonne.
On entendait partout le bruit retentissant

Des chars tumultueux dont les clartés mouvantes,
En passant devant nous au milieu des chansons,
Nous paraissaient de loin des étoiles volantes
Voltigeant sur les quais et traversant les ponts.

Minuit, qui s'échappait des tours de Notre-Dame,
Venant nous séparer, nous fit dire : A demain !

« A demain ! à demain ! » fut le cri de son âme,
« A demain ! » répondis-je en lui serrant la main.

II.

PARIS.

La nuit apparaissait. La rue était déserte.
Son perroquet bavard dormait dans sa prison.
Assis, rêveurs tous deux, à sa fenêtre ouverte,
Nous sentions le besoin d'un plus vaste horizon.

Derrière elle, au plafond, pendait sa lampe juive.
La lune errait pensive au fond du ciel serein.
Elle me reprenait souvent sa main craintive,
Mais je la ramenais aussitôt dans ma main.

Nous causions de Rachel, de Noémi, de l'arche
Portant l'espoir du monde et flottant sur les mers ;
De Dieu parlant lui-même au premier patriarche ;
De la colonne ardente au milieu des déserts ;

24

D'Abel et de Caïn, de la première femme
Levant son premier-né sous le ciel éclatant,
Des vallons du Carmel et du buisson de flamme,
Du berceau sur le Nil, du Sinaï tonnant;

Des promesses du Dieu de Jacob à sa race;
De Jacob s'apprêtant à monter vers les cieux,
Du souffle impétueux qui disperse et qui chasse
Les Juifs découronnés loin du champ des Hébreux;

Du souffle tout-puissant qui, selon les prophètes,
Doit les ramener tous sur les monts d'Israël,
Quand Sion, relevée, appelant à ses fêtes,
Tombera magnifique aux pieds de l'Éternel!

Pressant alors sa main plus fortement encore,
Attirant ses regards sur un autre berceau,
Je fis devant ses yeux étinceler l'aurore
Du jour le plus sublime et du jour le plus beau :

Je lui fis voir, de loin, près d'un Dieu dans ses langes,
Près de l'Enfant divin qu'annonça Gabriel,
Les saints frémissements de la terre et des anges;
Et, de ce monde alors la transportant au ciel,

Je lui fis entrevoir la Vierge immaculée
Qui s'affaissa mourante à côté de la croix,
L'étoile du matin, le lis de la vallée,
L'Ève des jours nouveaux, sainte et mère à la fois ;

Je lui montrai, pensif, au loin, dans la lumière,
Tout entouré de fleurs, le front ensanglanté,
Le Sauveur tout-puissant et le roi du Calvaire,
Marchant au fond des cieux dans son éternité.

III.

VILLENEUVE-SAINT-GEORGES.

Après m'avoir repris ce bonheur de l'enfance
Qui brille autour de nous au sortir des berceaux,
Seigneur, dans votre gloire et dans votre puissance,
Vous m'avez entraîné dans la nuit des tombeaux.

Voyant son front pâlir et ses regards s'éteindre,
J'avais cru voir aussi sa tombe à mes côtés ;

Vous m'avez fait pleurer et vous m'avez fait craindre,
Vous sembliez la prendre, et vous me la rendez !

Et vous me la rendez rayonnante et ravie
D'entendre retomber le marbre du tombeau,
D'apparaître joyeuse au soleil de la vie,
Comme si pour ses yeux le monde était nouveau ;

Comme si tout à coup les rougeurs de l'aurore,
En éclairant la Seine et l'épaisseur des bois,
Comme si tout à coup le rossignol sonore
Frappaient son cœur ému pour la première fois !

Vous tenez la puissance et la clef des mystères,
Seigneur ! — à votre voix, je m'incline à genoux,
Et je sens dans la paix des sentiers solitaires
Tout mon cœur s'échapper pour s'élancer vers vous !

Je les plains, je les plains tous les foyers sans flamme,
Tous les cœurs dont le monde a fait mourir la voix,
Tous ceux qui lentement ont écrasé leur âme
Pour ne plus la sentir dans la fraîcheur des bois ;

Pour ne plus la sentir au sein des nuits muettes,
Pour ne l'entendre plus au bruit des ouragans,

Pour la voir sans éclairs à la voix des poètes,
Pour ne plus l'écouter sous les cieux éclatants!

Je les plains, je les plains dans leurs sentiers profanes
Où l'on voit, insultant lumière et vérité,
Passer les spectres blancs des pâles courtisanes,
Montrant le faux bonheur et la fausse clarté,

Portant la coupe ardente en leurs mains convulsives,
Et disant : « C'est l'amour et le bonheur, buvez! »
Ah! comme tout cela s'écroule aux clartés vives
Des flambeaux souverains, Seigneur, que vous rendez

A tous ceux qui, malgré des jours pleins de ténèbres,
Toujours dans la poussière ont plié les genoux,
Toujours, s'agenouillant sur des dalles funèbres,
Se sont frappé la tête et souvenus de vous!

J'ai peut-être ici-bas étouffé quelques flammes,
Éloigné des regards de ton clair firmament;
J'ai peut-être en ce monde égaré quelques âmes,
Mais vous m'en donnez une à sauver maintenant!

IV.

PLUS TARD.

(Envoi d'un portrait.)

Puisque la voix de notre mère,
Nous séparant, parle entre nous;
Puisque la croix, sur le Calvaire,
Me fait tomber seul à genoux,

Prenez au moins, pour qu'il vous suive —
Si vous le permettez — toujours,
Ce souvenir qui vous arrive,
Ce souvenir de nos amours!

Voilà donc comment le beau rêve
Que l'on faisait sous le ciel bleu,
Dans la réalité s'achève,
En nous jetant son cri d'adieu.

Novembre va couvrir la terre
De ses tapis aux fleurs d'argent;

C'est la saison où tout s'altère,
Où les oiseaux n'ont plus de chant.

Devant ces jours froids et moroses,
Devant ces soleils pâlissants,
Laissons partir, avec les roses,
Nos chants d'amour et nos serments!

1864.

LE CHARMEUR[1].

Victor Giraud est le fils d'Eugène Giraud. Tout le monde peignait dans cette famille, comme dans celle de Vernet. Charles, le frère d'Eugène, est lui-même un très bon peintre d'intérieur; mais celui qui semblait devoir amener sur ce nom le plus de lumière et de gloire était Victor. . . .

C'était un beau jeune homme aux cheveux blonds, abondants et touffus, retombant sur le front, à la barbe frisée, aux traits réguliers et purs, d'un galbe antique et rappelant le buste de Lucius Verus. . . . .

Une nuit, il prit froid au rempart, pendant une de ces factions que la lune éclaire de sa lueur glacée et mortelle répercutée par la neige. Il tint bon le plus qu'il put, car, en ces moments suprêmes, la maladie semble une désertion et comme le refuge de la lâcheté, pensée insupportable à une âme généreuse et fière; mais le mal fut le plus fort, et il fallut bien abandonner le lit de camp pour la couche de l'agonie.

Théophile GAUTIER.

1. Salon de 1870.

A VICTOR GIRAUD.

O peintre étincelant, ta muse a son étoile,
Sa couronne est venue, et sa joue a rougi!
Les yeux sont éblouis des splendeurs de la toile
Où ton brillant chef-d'œuvre a tout à coup surgi!

Tout reluit dans ta serre enchantée, où les plantes
Ont le magique éclat des pays lumineux,
De l'antique Étrurie aux couleurs opulentes,
Aux bergers nonchalants près des troupeaux laineux.

Parmi tous ces péplums qu'un chaud zéphyr lutine,
Quel mélange éclatant des tons les plus divers,
Et quelle poésie a la beauté latine
Souriant ou rêvant au sein des rameaux verts!

Ses yeux noirs sont tournés vers le charmeur étrusque
Aux grands hiboux songeurs, aux chatoyants oiseaux,
Au geste gracieux, dominateur ou brusque,
Aux colombes passant à travers des cerceaux.

L'air est pur, le ciel bleu, le blanc palais superbe.
Tout est lumière, amour, parfums, enivrement.
Le rayonnant soleil joue au dehors sur l'herbe.
La ville, à l'horizon, apparaît vaguement.

Que ce soit Clusium ombreuse ou Tarquinie,
Ton œuvre est le plus vif reflet que nous ayons
De ce brillant passé d'amour et d'harmonie
Où Vénus descendait au milieu de rayons,

On admire, ébloui, ces colombes lâchées,
Le vol interrompu d'un nuage argenté,
Cette flore exotique et ces fleurs panachées,
Cette ville entrevue au loin dans la clarté.

Artiste original épris du monde antique,
Plus d'un journal, dit-on, a jeté les hauts cris;
Mais, ô maître, au-dessus des voix de la critique,
S'élève et retentit la voix de tout Paris !

1870.

ORGIE.

Minuit sonnait au loin dans les tours colossales.
Le bal étourdissant faisait trembler les salles.
Paris illuminé retentissait encor
Du bruit des chars ardents revenant des théâtres,
Passant tumultueux près de la Maison d'Or.

Là, le punch enflammé, de ses clartés bleuâtres,
Couvrait le front blanchi des reines de l'amour,
Leurs yeux noircis le soir et leur bouche écarlate,
Où, fausseté de plus, le vermillon éclate.

Pour remplacer ainsi les chauds rayons du jour,
Du sommet des maisons, des soleils électriques
Éclairaient froidement les boulevards magiques.
On riait, on buvait dans les salons ouverts.

Les uns tremblaient de fièvre autour des tapis verts,
Et d'autres s'embrassaient en sablant le champagne.
Des Crésus fastueux et de vieux libertins,
Fardés, les cheveux blancs, et des brillants aux mains,
Hideux et convulsifs, chantaient le vin d'Espagne.

Au bruit renouvelé de tous ces chants divers,
Satan, l'œil enflammé, souriait dans les airs.
Son front était brûlant sous l'or de sa couronne.
Planant comme au-dessus des murs de Babylone,
Des blancs palais de marbre et des lions d'airain,
Il sentait tous ces cœurs entraînés par sa main.
Rayonnant à l'aspect de ces tableaux immondes,
Triste, il ne pleurait plus à la clarté des mondes.

Fleurissant par milliers, les grands soleils de Dieu
S'agitaient, se parlaient dans le fond du ciel bleu.
Au loin, sur les hauteurs, tous les grands cimetières,
Où dans la nuit passaient tout à coup des lumières,
Se penchaient sur Paris, qui s'enivrait ainsi,
Se parlaient l'un à l'autre et regardaient aussi.

1863.

ANGÉLINA.

I.

Son père avait suivi, portant sa croix d'honneur,
Les vieux canons de bronze et le grand empereur;
Puis il s'était couché, dans un jour de bataille,
Son fusil à la main, tombant sous la mitraille,
Et voyant, au milieu du bruit sourd du canon,
Dans la lumière au loin passer Napoléon.

Au travail le plus dur le sort l'avait réduite.
Un don Juan banal, au regard triomphant,
L'avait abandonnée après l'avoir séduite.
Son travail nourrissait sa mère et son enfant.

II.

Elle avait tout un jour, avec acharnement,
Pour leur donner ce pain des malheureux sur terre,
Fait marcher son aiguille au fond d'un atelier.
Jusqu'à minuit sonnant elle avait travaillé.
Mais elle allait subir huit longs jours de misère
Avant qu'un peu d'argent lui tombât dans la main.
Angélina disait : « Comment manger demain? »
Rêveuse, en retournant vers sa mansarde obscure.
Sortant de l'Opéra, courant vers leur voiture, —
Dans leurs manteaux d'hiver éclatants et soyeux,
Des brillants sur les doigts et dans leurs blonds cheveux,
Riant, laissant tomber des fleurs sur leur passage, —
Fuyaient dans la clarté des vierges de son âge.
La pauvre enfant, pensive à côté d'un pilier,
Regardait tout cela, debout sur l'escalier,
Et disait doucement, affaiblie et débile :
« Pourquoi faut-il qu'aux uns la vertu soit facile ?
Durant les froids hivers, pourquoi faut-il, Seigneur,
Ici, tant de misère, et là, tant de bonheur? »

1863.

LES AMES.

Un vieux chapeau troué lui recouvrait la tête.
Au sommet de la vie et grand dans sa vertu,
Il marchait lentement et le front abattu.

Dans les airs parfumés tout célébrait la fête
Du printemps déroulant ses joyeux tapis verts,
Où s'étendait jadis la blancheur des hivers.
Les nids d'oiseaux, les bois, la marguerite et l'onde,
Tressaillaient sous les feux du grand flambeau du monde.

Le vieillard affaibli, couvert de cheveux blancs,
Marchait dans ces clartés du soleil du printemps;
Un doux rayon tombait sur le visage austère
De ce vieux pèlerin prêt à quitter la terre.

Gandins se prélassant sur de brillants chevaux,
Dandys cravache en main, rose à la boutonnière,
Et femmes étalant des falbalas nouveaux,
Tout cela, près de lui, fuyait dans la lumière.

Or l'esprit du vieillard maigre et silencieux
S'échappait de la terre et planait dans les cieux,
Et celui des heureux tournoyait, loin des cimes,
Dans un noir tourbillon, au-dessus des abîmes,
D'où s'élevaient vers lui des bruits désordonnés,
La fumée infernale et la voix des damnés.

1863.

LA BELLE OCTAVIE.

I.

L'ardent soleil de juin, de ses brûlants regards,
Contemplait la colonne et les grands boulevards.
Les jardins rafraîchis et les fleurs arrosées
Répandaient leurs parfums dans les Champs-Élysées.
Les tours de Notre-Dame, avec leur forte voix,
Faisaient résonner l'heure où Paris court au bois.

Pendant qu'ailleurs alors sanglotait la misère,
Souriaient et passaient les heureux de la terre,
Sans penser qu'un peu moins de splendeur autour d'eux
Ferait luire un rayon de bonheur sous les cieux,
Et sans penser que Dieu, qui pèsera les âmes,
Sera terrible un jour pour tous les cœurs sans flammes.

II.

Sa coiffeuse élégante avait orné gaîment
Ses cheveux ondulés d'un dernier diamant.
Des vases pleins de fleurs brillaient sur la terrasse.
Tout l'hôtel rayonnait, et deux chevaux de race,
Faisant sonner l'acier de leur frein, piaffant,
Magnifiques, fiévreux, attendaient le moment
D'emporter dans leur vol le brillant équipage.

On se presse, on admire, on attend son passage.
La rêveuse ouvrière, un carton à la main,
S'arrête. Un mendiant, sans famille et sans pain,
Un vieillard fléchissant sous le poids des années,
Un roi de la misère aux deux mains décharnées,
Tout couvert de haillons, tremblant, s'arrête aussi.
Mais le concierge a mis chapeau bas : la voici!

Le mendiant pensif regarde l'ouvrière,
Un laquais galonné se jette à la portière,
Un gandin la salue, et le Ciel la maudit.
Un rêveur se détourne, et Satan applaudit!

1863.

A ANAIS FARGUEIL.

La photographie est à la nature ce que
l'orgue de Barbarie est à la musique.

A. F.

D'après ce que je vois, à votre avis, madame,
L'orgue de Barbarie est un sot instrument.
N'a-t-il jamais trouvé le chemin de votre âme ?
Le soir d'un jour de mai plein de rayonnement, —
A l'heure où le soleil mourait dans la nuée,
Laissant ses derniers feux tomber sur le gazon, —
N'avez-vous pas été quelquefois remuée ?
N'avez-vous pas levé, vers le rouge horizon,
Votre front inspiré, vos yeux remplis de larmes,
Quand un orgue ambulant gémissait près de vous ?
N'avez-vous pas ouï, dans ce bruit plein de charmes,
Parler les souvenirs de l'enfance à genoux ?
N'avez-vous pas alors, inclinée et rêveuse,

Regretté les beaux jours du printemps adoré?
Et, goûtant la fraîcheur de la brise amoureuse,
Le front dans votre main, n'avez-vous pas pleuré?
N'avez-vous pas senti que soudain vers des tombes
La voix de l'orgue en pleurs alors vous emportait,
Pendant qu'au fond des bois gémissaient les colombes,
Et que la blanche lune à l'horizon montait?
En voyant se lever l'étoile attendrissante
Où brillait le soleil dans un nuage d'or,
N'avez-vous pas crié, vous, la femme éloquente,
Que l'orgue est émouvant et vaut bien un ténor?

1868.

F***

Elle est gracieuse et blonde,
Et sa voix me rend joyeux.
Cœur aimant, bonté profonde,
Tout cela luit dans ses yeux.
Quand revient le vent d'automne,
Quand se flétrit la couronne
Que portait l'été vermeil,
Elle pleure, enfant rêveuse,
De voir la forêt frileuse
Et le départ du soleil.

Mes lectrices, c'est qu'elle aime
Chants d'oiseaux, lumière et fleurs
Plus qu'un brillant diadème,
Plus que le bal où vos cœurs

Battent sous vos blancs corsages ;
C'est que les joyeux ramages
Des passereaux dans les bois
Pour son âme ont plus de charmes
Et font mieux couler ses larmes
Que la flûte et le hautbois.

Au retour de l'hirondelle,
Au doux souffle du printemps,
Sa gaîté descend en elle :
Le feu des soleils couchants,
Loin de la foule importune,
Le rayon des clairs de lune,
La chanson du rossignol,
Le parfum des fleurs nouvelles,
Tout cela lui rend des ailes
Pour son poétique vol !

Son front attristé se lève
Vers le ciel joyeux et pur ;
Tout son sommeil est un rêve
Fait de lumière et d'azur.
Lecteur, les visions blanches
Fuyant le soir sous les branches,
Les anges qu'on entrevoit
Quand les oiseaux se rassemblent,

Ont sa beauté pâle et semblent
Tout à coup naître à sa voix.

Les deux pieds dans la rosée,
Dans la verdure et le thym,
Quand la terre est arrosée
Par les larmes du matin,
On la voit prêter l'oreille
A tout ce bruit qui s'éveille,
A tous ces gazouillements,
A cette rumeur confuse,
Qui fait tressaillir la Muse,
A tous ces frémissements!

Si le son de la pendule
M'a fait lui prendre le bras,
Au tomber du crépuscule,
Dans la saison des lilas,
Nous marchons près des eaux claires,
A côté des primevères,
Sous les derniers feux du jour :
Tout s'endort dans la nature,
Tout se penche, et tout murmure
Le nom si touchant d'amour!

La nuit bleue étend ses voiles.

Dans les lointains firmaments
· Brillent des bouquets d'étoiles;
A nos pieds, des vers luisants.
Bruits légers, parfums, mystère,
Feu du ciel et de la terre,
Tout s'unit pour nous charmer.
Son regard va de ce monde
A Phœbé limpide et ronde,
Et nous marchons sans parler.

1866.

SAINT-MANDÉ.

I.

De l'amour calme et fort le doux soleil se voile
En ce temps de plaisir et d'étourdissement;
Dans les sentiers joyeux admirons cette étoile
Qui pâlit et se cache au lointain firmament;
Disons-lui : « Globe en deuil, fais briller ta lumière
Puisque nous te cherchons, nous, dans l'ombre à genoux,
Et puisqu'il est encor d'autres cœurs sur la terre
Qui vont au fond des bois te bénir comme nous! »

II.

Nous avions fui Paris et sa rumeur immense,
Ses boulevards bruyants, tout son air enflammé,

Pour goûter la fraîcheur, pour jouir du silence,
Et sentir voltiger le zéphyr embaumé.
Juillet apparaissait plein de vie et de flammes ;
Le soleil était jeune ainsi qu'au premier jour ;
Du cœur brûlant des fleurs, du cœur ému des femmes,
S'échappaient des parfums ou sortait de l'amour !
Le tien tout rayonnant battait sous ta mantille.
Nous n'apercevions plus tout ce brillant décor,
La colonne qui monte où tomba la Bastille,
La Liberté légère ouvrant ses ailes d'or,
La Seine, les palais, les jets d'eau, les fontaines,
Voitures et chevaux se croisant sur les ponts,
Les dieux silencieux sous l'ombrage des chênes,
Au loin, l'Arc de Triomphe entouré de rayons ;
Mais nous marchions tous deux dans les herbes montantes,
Mais l'air était rempli des parfums les plus doux,
Mais près des nids joyeux, près des feuilles tremblantes,
Gais pinsons et bouvreuils chantaient autour de nous.
Les rossignols passaient sur les branches légères,
Les merles noirs sifflaient dans l'épaisseur du bois,
Et les canards lustrés nageaient dans les eaux claires.

O nature enivrante, ô nature aux cent voix,
Soleils illuminant le firmament énorme,
Bois qui disparaissiez dans les vapeurs du soir,

Fraîcheur des marronniers, du tilleul et de l'orme,
Rien plus que vous jamais ne peut nous émouvoir !
La nuit vint solennelle, et longtemps nous causâmes
De la terre éclatante en été, de l'oiseau,
Du moment incertain du départ de nos âmes,
Et du jour qui se lève au delà du tombeau.

Des nuages légers voyageaient dans l'espace,
La lune était voilée un instant quelquefois.
Rien des eaux à nos pieds ne troublait la surface.
Rien n'agitait non plus nos beaux jours d'autrefois,
Et ce beau lac paisible est pareil à l'enfance.
L'eau sombre a bouillonné depuis lors avec bruit ;
Mais il est bien plus doux, dans l'ombre et le silence,
De respirer ainsi la fraîcheur de la nuit
Quand on s'est pris la main au milieu d'un orage ;
Le bonheur est plus grand d'admirer les bois verts,
D'écouter la fauvette au milieu du feuillage,
Après avoir pleuré sur les tombeaux ouverts.

L'émotion du soir gagnait les bois superbes,
Les constellations descendaient dans les eaux,
Le lampyre à nos pieds s'allumait dans les herbes,
Et la brise odorante agitait les roseaux.

Tu saisis ton chapeau, que tenait une branche.
Des nuits sur les rameaux les blancs rayons tombaient.
Le phalène éveillé caressait la pervenche,
Et, regardant le ciel, les rossignols chantaient.

1865.

A F***

Partons ! les bois sont pleins de frais ombrages,
Meudon sourit là-bas sur les hauteurs ;
Un soleil d'or fait briller les feuillages,
L'eau qui miroite et les pommiers en fleurs.

Quittons Paris, fuyons sa foule immense.
Avril joyeux a blanchi le ciel clair.
Vois, c'est encor le printemps qui commence,
Ce sont des chants, de la joie et de l'air.

Allons revoir Clamart et Bellevue,
Montmorency, les jardins d'Argenteuil,
Notre Meudon, où tout charme la vue,
Le lac d'Enghien et les châlets d'Auteuil.

Tout refleurit, tout voltige ou bourdonne,
Le bois riant sort de son long sommeil,
Le renouveau met sa verte couronne,
Et tout tressaille au moment du réveil.

Les rossignols, les merles nous attendent,
Tout est lumière et joie autour de nous.
Que de nouveau les oiseaux nous entendent;
Ne manquons pas leurs premiers rendez-vous.

L'insecte vert luit comme une émeraude,
Éprouve aussi tout ce que je ressens.
La Muse en bleu parmi nous flâne et rôde
Près des jasmins et des boutons naissants.

Les nids sont pleins de chansons et de mousse;
Les cieux, d'azur, de gloire et de clartés.
Le moineau franc au soleil se trémousse
Dans les jardins par un souffle agités.

Partout la terre étale avec richesse
Les fins trésors de son luxe odorant,
Et plébéienne, aussi bien que duchesse,
Y peut choisir marjolaine ou safran.

Dans peu de jours, les roses triomphantes
Feront briller les plus tendres couleurs,
Et, rayonnant comme un essaim d'infantes,
Avec fierté régneront sur les fleurs.

Le jour s'éteint dans un doux crépuscule,
Le blanc matin se lève avec amour.
C'est le printemps que Ronsard et Tibulle,
Émus tous deux, ont chanté tour à tour.

Dans la forêt que remplit le mystère,
Près de la source au bruit calme et charmant,
Nous entendrons le grand cœur de la terre
En ces beaux jours battre plus fortement.

Des bruits divins, que le monde invisible
Peut seul entendre au milieu des bois verts,
Sont recueillis, pendant la nuit paisible,
Par les esprits voltigeant dans les airs.

L'essaim léger des âmes les plus belles,
Volant ainsi sous le ciel de la nuit,
Vient écouter, sans chaînes corporelles,
Le chant des fleurs, qui commence à minuit.

Tous les printemps, les forêts reverdissent,
Vaste univers, toi seul ne vieillis pas.
Pourquoi faut-il que nos cheveux blanchissent,
Et qu'un tombeau soit ouvert sous nos pas?

Pourquoi faut-il qu'un jour, près d'une pierre,
Versant des pleurs, l'un ou l'autre de nous
Cueille en tremblant cette fleur printanière
Qui nous appelle et nous dit : « Venez-vous? »

1866.

LES DEUX SŒURS.

Des arbres alignés et frissonnants les branches
Le long des boulevards s'étendaient toutes blanches :
C'était un jour de neige abondante. Un coupé,
Dont le riche écusson finement découpé
Brillait sur le panneau lustré de la portière,
Gardait, malgré le froid, son attitude altière :
Le cocher magnifique appuyait devant nous
Son fouet au pommeau d'or sur l'un de ses genoux ;
Sa joue était vermeille au milieu des fourrures.
Le cheval blond, couvert des plus fraîches parures,
Dans une rue étroite et malsaine arrêté,
Superbe, en relevant la tête avec fierté,
Mêlait au cliquetis de l'acier des chaînettes
Le joyeux carillon de cuivre des sonnettes,
Et, pareils aux brouillards du soir dans les roseaux,

Des nuages légers sortaient de ses naseaux.

La princesse élégante et sa petite fille,
La seule enfant vivante au foyer de famille,
— La sœur, un autre hiver, toute blanche, a monté,
Sur le svelte ascenseur de son éternité, —
La princesse et Louise ici-bas demeurée,
Après avoir franchi l'épouvantable entrée,
Sont, au cinquième étage et sous un plafond bas,
Près d'une mère en pleurs, mourant sur un grabat,
Tenant un crucifix rustique en sa main droite.
Le jour obscur descend dans cette chambre étroite
Par de sombres carreaux, où les mouches l'été
Couraient à la clarté céleste avec gaîté.
Le rude hiver, fouettant ces vitres qu'il assiège
Y fait tourbillonner d'épais flocons de neige,
Et revient maintenant suspendre des glaçons
Où l'oiseau prisonnier répandait ses chansons,
Quand la marchande offrait, bavarde au coin des rues,
Les frais boutons vermeils des roses disparues.

La chambre dans laquelle on pénètre en tremblant
A pour tout mobilier une table en bois blanc,
Des chaises dont la paille, au chat qui la vient mordre,
Semble une chevelure effrayante en désordre,
Un fauteuil où le père, en ses jours triomphants,

Faisait sur ses genoux sauter ses deux enfants,
Un cadre où se flétrit la couronne jaunie
Que le prêtre, unissant les époux, a bénie,
Et l'armoire en sapin dont un pied emporté
Fait pencher gauchement le meuble d'un côté.

Semblant sortir aussi des splendeurs éclipsées
Du monde intérieur des profondes pensées,
Le chat noir, en rouvrant dans un coin ses yeux verts,
Y paraît méditer comme un faiseur de vers.
Triste, sans une fleur rappelant son bocage,
La fauvette étendue est morte dans sa cage,
Mais les vieux murs noircis, devant l'âtre sans feu,
Sont pleins de la clarté rassurante de Dieu.
Le père au cœur vaillant, mort depuis quatre années,
Gagnait, aux jours passés, de très belles journées.
On s'envolait alors du vieux quartier latin
Vers les arbres des bois, le dimanche matin ;
Et le père, et la mère, et les petites filles,
Rayonnantes encor, mais plus tard en guenilles,
Quand ils rentraient le soir dans leur Paris bien las,
Y rapportaient joyeux des branches de lilas.

L'aînée avait suivi dans le ciel bleu son père.
Pauline était restée à côté de sa mère,
Et la veuve a toujours péniblement vécu.

Tout son fiévreux courage est aujourd'hui vaincu.
La voici dans les bras affreux de l'agonie,
Appelant ton regard, ô princesse bénie,
Sur l'enfant misérable, et murmurant tout bas
Son dernier vœu suprême après les durs combats
Qui l'ont ainsi tuée à vingt-huit ans à peine.

Soudain la noble dame aux allures de reine,
Après avoir, devant le corps inanimé,
Entendu lui parler le Sauveur bien-aimé,
Prend dans ses bras ouverts la chétive orpheline,
Ses doux regards allant de Louise à Pauline,
Aux destins désormais pour l'avenir liés.

Elle a redescendu les sombres escaliers,
Et, laissant retomber le voile qui la couvre,
S'est fait conduire en pleurs aux magasins du Louvre :
Soigneusement alors Pauline, en un clin d'œil,
Étonnée et muette, est habillée en deuil.
Les deux blonds chérubins que le destin rassemble
Se sont donné la main et vont sortir ensemble.

La voiture a repris le chemin du palais.
Sur le seuil éclatant sont quatre grands valets
Aux habits bleu de ciel couverts de broderies.
La princesse, en foulant les riches galeries

Aux tableaux rayonnants dans les beaux cadres d'or,
Les boudoirs éclairés, le brillant corridor,
Légère et gracieuse et relevant son voile,
Semble avoir sur le front la splendeur d'une étoile.
Sa main tient, d'un côté, Pauline en velours noir
Sous les vivants rayons des grands lustres du soir,
Et, de l'autre côté, marchant comme une infante,
Sourit sa blonde enfant vermeille et triomphante.

Le couvert d'or est mis dans le salon doré.
Le prince au bleu regard, de sa femme adoré,
Ne comprend rien d'abord à cette enfant présente,
Cher amour que va mettre à table une servante.
Mais la princesse alors aux divines pâleurs,
Dans un sublime élan, belle à travers ses pleurs,
Peignit le noir tableau, de sa voix la plus tendre,
A son mari debout, qui pleurait de l'entendre ;
Et chaque enfant dès lors dans l'autre retrouva
La sœur et la gaîté que la mort enleva,
Comme on voit un faucheur, en emportant sa gerbe,
Marcher, au soir tombant, vers l'horizon superbe.

1879.

LA MAISON NOIRE[1]

De la marquise étrange et sombre qui l'habite
Les cheveux d'or ont pris une blancheur subite
La nuit où, déjà veuve, elle a perdu l'enfant
Dont la vie éclairait son passé triomphant.
Écoutant depuis lors toujours son dernier râle,
Cette mère est restée inconsolée et pâle.
Son Ida, descendue au funèbre caveau,
Porta le dernier coup à son faible cerveau.
Bien qu'il soit plein encore d'étonnantes lumières,
On la dit vraiment folle aux foyers des chaumières,
Et ses anciens amis des châteaux béarnais,
Voyant des pleurs d'argent briller sur les harnais
De ses deux chevaux noirs aux crinières flottantes,
Et les pâtres assis sous les toiles des tentes,

1. Le tirage final des *Heures de Soleil* se trouvait terminé
quand l'auteur composa ce petit poème. Il aurait fermé, sans
cela, la deuxième série du volume, intitulée *les Deuils*.

En laissant à leurs pieds dormir les chalumeaux,
Répètent ce qu'on dit aux foyers des hameaux.

Quand le cocher en deuil promène à l'aventure,
Mère au cœur ulcéré, ta lugubre voiture,
Des lanternes brûlant aux quatre coins le jour
Y sont le feu sacré de l'immortel amour.

Au temps où sa puissance étonnante s'étale,
Rome le confiait dans l'ombre à la vestale ;
Il brûlait en l'honneur de sa virginité.
Mais il brille à présent avec plus de clarté,
— A ce carrosse errant où jamais ne pénètre
Le gai rayon du jour par l'étroite fenêtre, —
En l'honneur, ô martyre en deuil aux cheveux blancs,
Des enfants disparus et des berceaux tremblants.

Côtoyant des jardins aux riants belvédères,
La flamme en mouvement des quatre lampadaires
Donne à cet équipage, allant toujours au pas,
L'aspect d'un noir tombeau roulant que n'avaient pas,
Marquise aux yeux rougis, tes berlines ouvertes,
Dans la saison des fleurs et des campagnes vertes,
Au temps où le marquis, près de toi souriant
Sous les doux rayons d'or d'un soleil d'orient,
Comparait longuement, dans sa joie éphémère,

Les yeux bleus de l'enfant au regard de la mère.

Cette mère inclinée, à genoux dans les pleurs,
Se consume, à trente ans, au feu de ses douleurs.

De grâce, de bonté, de candeur couronnée,
Son enfant approchait de sa huitième année
Quand le croup effrayant échappé de l'enfer
Serra son cou d'ivoire en son poignet de fer,
Et, vieux monstre hideux poussant des cris sauvages,
Dans le Béarn entier promena ses ravages
Comme un tigre échappé de l'ombre des makis.

A Pau, qu'éblouissaient le radieux marquis,
Et la marquise heureuse, et la petite fille,
On citait la maison, le château, la famille
D'où n'était pas sorti le cercueil d'un enfant
Au bleu regard éteint par le croup étouffant.
Partout du glas des morts les sinistres volées
Résonnaient au-dessus des monts et des vallées,
Et l'aigle au vol puissant déployé dans les airs
Se trouvait étonné, sur les sommets déserts,
De la sérénité de l'immense étendue
Quand tout pleurait ainsi sur la terre éperdue.
Le tigre avait partout broyé le blanc troupeau.
La veuve abandonna ses vieux clochers de Pau,

Et se fit élever, aux pieds des Pyrénées,
Sa maison noire offerte aux sombres destinées.
Les contrevents d'ébène en sont toujours fermés.
Sur des trépieds d'argent jour et nuit allumés,
Des dragons dont l'artiste a déroulé les queues
Vers les plafonds en deuil lancent des flammes bleues.
Les meubles, les tapis, les lustres, les dressoirs,
Les rideaux sont pareils au ciel affreux des soirs,
Océan en hiver plein de bitume ou d'encre,
Où la lune au départ va bientôt lever l'ancre.
Du rutilant soleil le long rayon doré,
Exilé de ces murs, n'a jamais pénétré
A travers les vitraux de la demeure austère,
Incroyable tombeau de vivants sur la terre.
La bonne, en mérinos sinistre, le valet,
Opposant au grand jour qui se lève un volet,
Le cuisinier, auteur triste de plats étranges
Si légers qu'on les croit préparés pour des anges,
Baissant silencieux la tête à son aspect,
Sont remplis constamment pour elle de respect,
Et semblent, connaissant la douleur qui la tue,
Du malheur effrayant contempler la statue.

Ses yeux sondant la terre, où dorment réunis
Les oiseaux que la mort enlève au bord des nids,
Sont pleins des sombres feux du regard d'Andromaque.

26.

Racine et le divin chantre de Télémaque,
Devant ce cœur profond doublement déchiré
Et ce regard terrible, eussent tous deux pleuré.

La maison, sans jardin qui fleurisse à l'entrée,
Est pour toujours ainsi lugubrement parée.
La marquise en a seule arrêté les projets.
Les quatre murs noircis ont la couleur du jais.
Des corbeaux et des chiens de nuance identique,
Fidèlement soignés par le vieux domestique,
Quatre chevaux luisants aux yeux pleins de douceur,
Dont la robe au charbon a volé sa noirceur,
Sont les seuls animaux, avec deux tourterelles,
Qui vivent sous ce toit lugubre sans querelles.
Le perchoir où l'on voit monter les blancs oiseaux
Est placé près d'un buste en marbre où les ciseaux
Et les frais souvenirs d'un sculpteur de génie
Ont rendu, dans leur belle et touchante harmonie,
Les traits de la petite envolée à huit ans
Vers l'éternel azur de l'immortel printemps.
Le monde extérieur et les saisons, l'orage
Qui gronde au fond du ciel colossal avec rage,
Les chamois arrêtés sur les rochers hagards
N'ont jamais de son cœur détaché ses regards;
Mais le feu brillamment agité des étoiles,
Mais l'araignée affreuse au milieu de ses toiles,

Y dévorant la mouche au corsage azuré,
Ou le blanc papillon dans ce gouffre attiré,
Par le double tableau qui l'effraye ou la charme,
Ont toujours de ses yeux fait tomber une larme.

Après ce long calvaire écrasant parcouru
Sans que la joie absente ait jamais reparu,
Femme, — quand la Science, à ton chevet penchée,
Verra de ses liens ton âme détachée
Prête à quitter l'enfer terrestre où tu gémis, —
Tu souriras muette à tes derniers amis,
Et tu caresseras les chevaux du quadrige
Que la main d'un archange éblouissant dirige,
A travers tous les feux grandissants des soleils,
Vers l'immense ouverture où les enfants vermeils
Attendent, sur les bords heureux de l'autre vie,
La mère à leur amour immaculé ravie,
Et vers les fronts troublés par la tombe ici-bas,
Certains de l'avenir, tendent leurs petits bras,
Recouverts de baisers jadis, quand les ténèbres
Ne pesaient point encor sur les foyers funèbres
Inondés des rayons, plus brillants que le jour,
Du grand soleil voilé du maternel amour.

Bruxelles, mai 1879.

TABLE

I. — TABLEAUX, PORTRAITS ET PAYSAGES.

II. — LES DEUILS.

III. — PATRIA.

IV. — GRÈCE ET ROME.

— JUVENILIA.

VI. — PARIS.

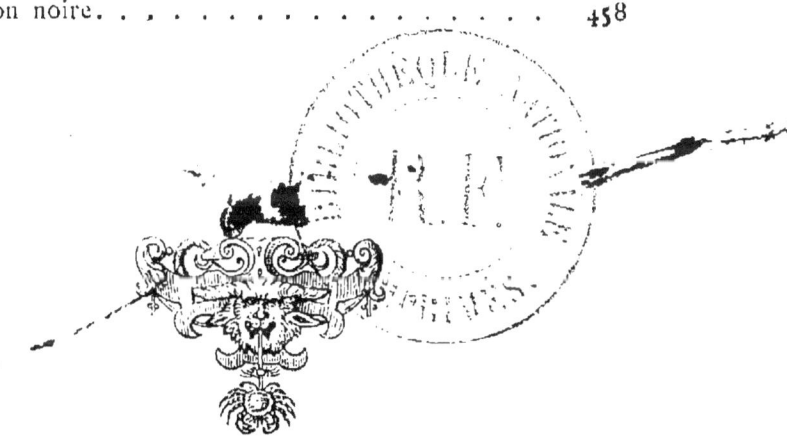